医学のつばさ

海堂 尊

角川文庫
23732

医学のつばさ　目次

1章　見た目が地味なヤツほど恐ろしい。　2023年5月31日(水)　9

2章　使わぬものは、アウト・オブ・眼中。　6月1日(木)　29

3章　軽薄鈍感エゴイスト、世にはびこる。　6月4日(日)　67

4章　修羅場は敵と味方の見分け場所。　6月6日(火)　85

5章　偶然と必然と運命と宿命は紙一重。　7月10日(月)　103
6章　気配りポイポイ捨てまくり。　7月12日(水)　121
7章　人生、やったもん勝ち。　7月13日(木)　145
8章　因縁、月光に溶ける。　7月13日(木)　163
9章　実物見ずして評価せず。　7月13日(木)　179

10章　年寄りの冷や水は甘すぎる。　7月14日(金)　193
11章　裏切り者の裏切り者は裏切り者ではない。　7月15日(土)　213
12章　行き止まりかどうかは、突き当たりまで行かなきゃわからない。　7月18日(火)　233
13章　ツバサを夢見ないのは、ツバサを持ったことがないからだ。　7月18日(火)　257
14章　人生は、行き当たりばったりのでたとこ勝負。　7月26日(水)　277
文庫版のあとがき　298

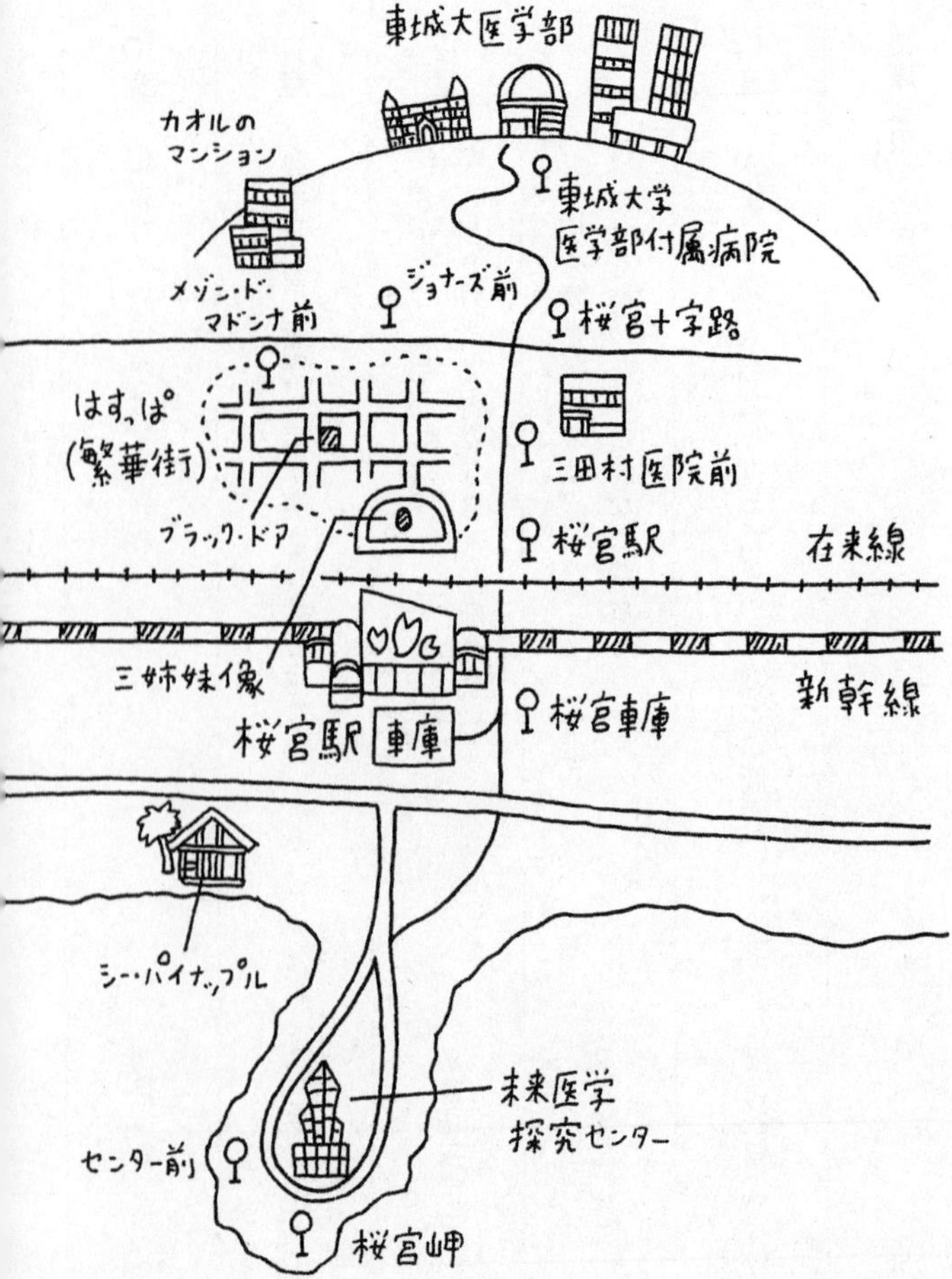

東城大医学部
カオルのマンション
東城大学医学部付属病院
メゾン・ド・マドンナ前
ジョナーズ前
桜宮十字路
はすっぱ（繁華街）
三田村医院前
ブラック・ドア
桜宮駅
在来線
三姉妹像
新幹線
桜宮駅
車庫
桜宮車庫
シー・パイナップル
未来医学探究センター
センター前
桜宮岬

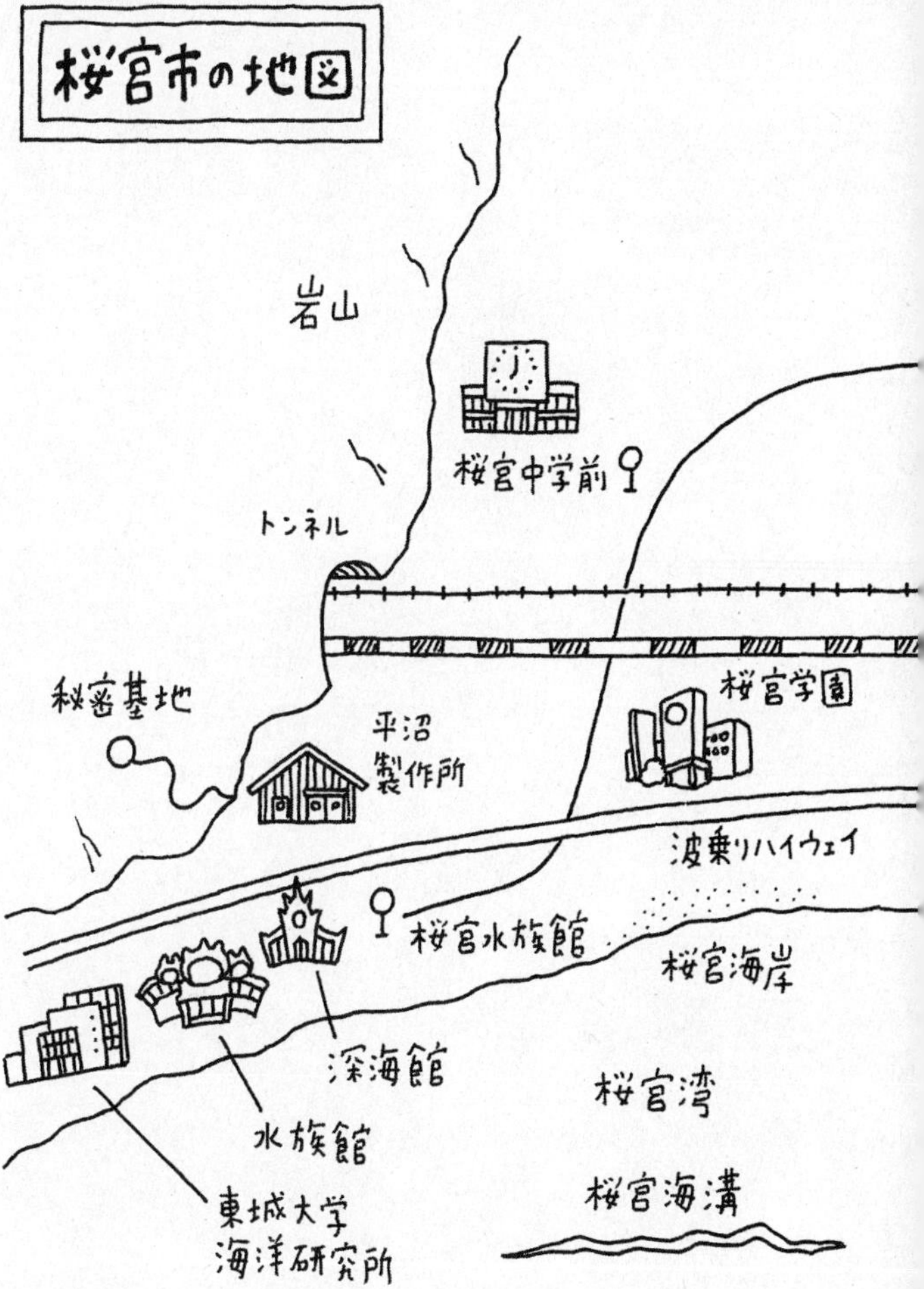

桜宮市の地図
岩山
桜宮中学前
トンネル
秘密基地
平沼
製作所
桜宮学園
波乗りハイウェイ
桜宮水族館
桜宮海岸
深海館
水族館
東城大学
海洋研究所
桜宮湾
桜宮海溝

1章

2023年5月31日（水）

見た目が地味なヤツほど恐ろしい。

目が覚めたら、全てが夢だったらよかったのに、と思う時がある。

それは、全てが現実だったらいいのに、ということの裏表に思えるかもしれない。

でもそれは、コインの裏表のような、等価ではない。

その朝、昨日までのことが全部夢だったらよかったのにと思ったけれど、現実は昨日の悪夢の続きだった。

ぼくは机の上のパソコンを起動し、毎朝届くはずのメールを探す。

でも昨日と同じで、メールは届いていない。

ぼくのパパはマサチューセッツ工科大学の教授で、ゲーム理論の専門家だ。

ボストン暮らしで一度も顔を合わせたことはないけど、ぼくが物心ついた時から一日も欠かさず毎日、朝食の献立をメールしてきた。ぼくはウザいと思っていたけど、メールが届かなくなって初めて、パパの心遣いに支えられていたんだ、と気がついた。

そんな時、目が覚めたら全てが夢で、やっぱりパパの退屈な献立メールが届いていてなんていう、ありきたりの日々の眩《まぶ》しさを思い出し、涙がこぼれそうになる。

でもそんなぼくの気弱さを吹き飛ばすのは、目の前に立ちはだかる「敵」の存在だ。

敵の名は「組織」。

「CIA」とか「ホーネット・ジャム」とか、派手な組織の名を見掛けるけど、数ある組織でも実は単なる「組織」という、見た目は地味なヤツが一番怖い。

「組織」は世界中至る所にある。それは生き物番組「ヤバいぜ、ダーウィン」、通称「ヤバダー」で取り上げられた中で一番地味だった、コケの回の話に似ている。

コケは目立たないけど、コケのない森はない。それと同じで「組織」ってヤツは、ぼくたちが日々暮らしている社会にはびこっている。だからコイツが「敵」になると、四方八方を囲まれ、四面楚歌《しめんそか》どころか八面魏歌《ぎか》、あるいは十六面蜀歌《しょくか》（ぼくが勝手に作ったインフレ成句）状態になりかねない。

だから「組織」ってヤツを「敵」としてロックオンするのは、なみなみならぬ覚悟がいるし、そんな地味な相手に思いを巡らしていると、闘う決意をした端から、闘志はふしゅるる、と穴の開いた風船みたいに萎《しぼ》んでいってしまう。

「敵」というものは仰々しく憎々しく強大であればあるほど、闘うモチベーションは高揚する。そういえば「苔《こけ》怪人モスモス」みたいなへなちょこの相手と闘うハイパーマン・バッカスは冴《さ》えなくて、バッカス史上もっとも盛り上がらない回だった。

でも今回の「敵」は「モスモス」みたいにじわじわと侵食し、ぼくとその仲間の関係を破壊した。

まったく、見た目が地味なヤツほど恐ろしい。

そんなことを考えたぼくは、大きく伸びをして立ち上がる。

ぼくがどんな気持ちでいようと、同じように朝はくる。

どんなことが起こっても同じ朝。

それが絶望の別の顔だということを最近、ぼくは思い知らされていた。

鏡に映るぼさぼさ髪の中学3年のぼくには、東城《とうじょう》大学医学部の研究協力員という顔もある。

そんなことになった経緯《いきさつ》は話せば長くなるけれど、思い切り端折《はしょ》って説明すると、2年前の中1の時、「全国統一潜在能力試験」で日本一の成績を取って、文部科学省から推薦され東城大医学部の特待生のダブル・スチューデントになったせいだ。

ぼくが日本一の得点を取れたのは、テストの作成者はぼくのパパで、ぼくは実験台にされていて、事前に問題を知っていたからだ。

資格がないのに日本一の中学生医学生に祭り上げられてしまった、そんなぼくは、いろいろな人に助けられながら二重生活を続けてきた。

特に1年B組以来の同級生3人の「チーム曾根崎《そねざき》」メンバーは強力なサポーターだ。

会員ナンバー1、進藤美智子《しんどうみちこ》。幼なじみの学級委員、ポニーテールの美少女、帰国子女で英語がぺらぺら、将来の志望は同時通訳という、バリバリの優等生。

会員ナンバー2、平沼雄介《ひらぬまゆうすけ》。発明家でNASAと共同研究している製作所の社長の御曹司、でも御曹司とは思えない、3年B組の無法松《むほうまつ》と呼ばれるいじめっ子でもある。「カオルちゃん」という、ぼくが嫌がる呼び方をするので、負けずにぼくもヤツのことを「ヘラ沼」と呼び返している。

ヘラ沼も美智子と同じ帰国子女なんだけど、英語はからきしダメなので、あえてプロフィールに書き添える必要はない。

会員ナンバー3、三田村優一《みたむらゆういち》。お祖父《じい》さんの代からの桜宮《さくらのみや》駅の近くの開業医の跡取り息子で、医学部を目指すガリ勉メガネ。

この3人の「チーム曾根崎」に加えて、飛び級システムの先輩、元スーパー高校生医学生の佐々木《ささき》アツシさんがいた。3年間、飛び級で大学の研究室に通って、4月から正式に東城大学医学部4年生に編入された。

この4人のおかげでぼくは中学生ながら医学部に通う二重生活を、なんとかクリアできていた。

黒ずくめの服で話し始めに必ず「ほうほう」と言う「フクロウ親父」、藤田要《ふじたかなめ》教授の『総合解剖学教室』で、大ドジを踏んでクビにされかかったところを、『神経制御解剖学教室』の草加《くさか》教授が拾ってくれた。

そんなぼくはトラブルを呼ぶ体質らしく、ある日、昔の秘密基地の近くに突然出現した洞穴の中で、巨大な「たまご」を見つけた。

それが孵化《ふか》したのが巨大新種生物、〈いのち〉だ。〈いのち〉は人間にそっくりだけど全然違う部分もある。まず「たまご」から生まれたことだ。

身体が大きく、成長スピードも速い。孵化前、「たまご」は150センチ近くあり、生後2週間で身長2メートルになった。東城大のオレンジ新棟の小児科総合治療センターに保護されたことが発覚して大騒動になったのが3週間前だ。

その騒動が収まって、ぼくの生活は日常に戻った。今ぼくは、夏祭りが終わった後のさみしさを感じながら、秋の新学期を迎えるような虚脱感に包まれている。

でも現実は明日《あした》は6月1日で、これから梅雨に入り、その後に夏休みも控えている。

腑《ふ》抜《ぬ》けた毎日を送るぼくは、こんな日がこれからずっと続いていくのかな、とぼんやり考えた。これから先の人生で、あんな劇的な日々はもう二度とこないだろう、という切ない予感がした。

でもその時のぼくは、よく言われる成句を忘れていた。

「二度あることは三度ある」、あるいは「嵐の前の静けさ」というヤツだ。

自分では気がついていなかったけど、ひとつはっきりしていることがある。

ぼくの知らないところで、夏の嵐がひそやかに近づいていたのだ。

∴

　朝、「桜宮水族館行き」の青いバスに乗る。いつもは一番後ろの席に髪の長い女子がいて、隣に置いた鞄《かばん》をどけて席を空けてくれたけど、今日はその席にお年寄りの夫婦が座っている。なのでぼくは吊革《つりかわ》につかまったままバスに揺られていた。

　幼なじみの学級委員、進藤美智子が休学して3週間が経った。

　3年B組は機能不全をきたしていた。もともと担任の田中《たなか》先生は頼りなかったけれど、最近は更に小さなミスが目立つようになった。というかこれまでもそうだったんだろうけど、美智子のヘルプでなんとかなっていたんだ、としみじみ思う。

　教室に入ると、三田村とヘラ沼が力なく手を挙げ、「やあ」「おう」と挨拶《あいさつ》した。

　ぼくは右手を挙げただけで何も言わずに着席する。

　あの日以来、ぼくは、ぼくらを取り巻く、いろいろなことを考える。目の前に立ち塞《ふさ》がる「組織」という、得体の知れない「敵」らしきもの。「首相案件」という、全ての思考を停止させいろいろぐずぐずにしてしまう、オールマイティの呪詛《じゅそ》のこと。

　自衛隊のレンジャー部隊の迷彩服。爆破されたオレンジ新棟の壁。

　そんな記憶の断片と、それにまとわりつく雑多な想念が、ぐるぐる渦巻く。

この3週間、出口のない思いを抱えたまま、淀《よど》んだ河のような日々が続いている。

でもその朝は、いつもとは少し様子が違った。

朝のホームルームが終わり、数学の授業が始まった。

すると担任の田中先生が戻って来て廊下の窓からぴょこんと顔を見せた。

「曾根崎君、校長室に来て。東城大学からお客さんが来ているの」

ぼくはゼンマイ仕掛けのオモチャのように立ち上がる。

そして、ヘラ沼と三田村の視線を背中に感じながら教室を出て行った。


田中先生と校長室に着いた。校長室は慣れっこになったけど、扉を開けた時に誰が待っているのか、少し緊張した。でもお客さんの顔を見て力が抜けた。グレーの背広に紺ネクタイという地味な姿で座っていたのは、東城大の田口《たぐち》教授だった。

「実は昨日突然、文科省から保護中の〈いのち〉君の非公式公開を今日行なうという知らせを受けたんだ。取りあえず顔出しするように、と学長から指示されたんだけど、曾根崎君と他のふたりにも来てもらえるとありがたい、と言うので、ご都合を伺おうと思ってね」

「もちろん行きます。いえ、行かせ《せ》てください。行くに決まっています。アイツらも絶対行くと思います」とぼくは急き込んで答えた。

「大切な授業を抜けて、大丈夫かい？」

「いえ、むしろサボれてラッキーです」と言ったぼくは、ここが校長室で、校長先生と担任の田中先生が目の前にいたことを思い出し、あわてて付け加える。

「サボった分、あとで勉強しなければならないので、あまり嬉《うれ》しくはないですけど」

うう、我ながら切れの悪い言い訳だ。田口教授は穏やかな微笑を浮かべた。

「校長先生、本人の承諾をいただいたので、3年生3人をお借りします」

「もちろんです。曾根崎君、田口教授のご迷惑にならないよう気をつけなさい。田中先生、お手数ですが他のふたりも呼んできてください」

田中先生は校長室を出て行き、すぐに三田村とヘラ沼を連れて戻ってきた。

ふたりの顔を見た田口教授は、立ち上がる。

「みんな元気そうだね。校長先生の許可もいただいたから、出掛けようか」

ハイヤーの助手席に田口教授が乗り、男子3人組は後部座席に座った。

鉄道の高架をくぐり海岸線に出た。海岸通りの波乗《なみの》りハイウェイを走ると、岬の突端に銀色の〈光塔《ミナレット》〉が見えた。

更に走り続けると、その塔の傍らに低層の建物が見えてきた。

〈いのち〉を収容するため自衛隊が2日間の突貫工事で建設した、プレハブ施設だ。

プレハブの前には黄色いロープの規制線が張られ、迷彩服姿の自衛隊の隊員が整然と並んでいた。建物前の簡易テント前の行列は20人くらいで、馴染《なじ》みの顔もいた。白シャツに緑の腕章をした時風新報《ときかぜしんぽう》の村山《むらやま》記者だ。ぼくたちも列の後ろに並ぶ。

受付で田口教授が係の人に言った。

「東城大関係者です。高階《たかしな》学長の代理でこの少年たちが出席します」

ええ？　学長代理なんてマジかよ。振り返ると三田村はぼく以上にうろたえていたけれど、ヘラ沼は耳の穴をほじりながら平然としていた。

バラックに通される。するとまた壁があり、小さな扉があった。

ドアを通り過ぎ、がらんとした部屋に出た。

そこは、天井まで貫いた鉄製の柱で区切られた一画があった。

隙間は20センチ。床にマットが敷き詰められ、動物園の檻《おり》みたいに見える。

その「檻」の向こうに、膝《ひざ》を抱え、白いシーツの真ん中に穴を開けた即席ポンチョを着た、大きな子どもがいた。久しぶりに会った、〈いのち〉だ。

〈いのち〉は顔を上げ、大勢の見学者をうつろな目で見ている。

身長は3メートル近い。足元にいる美智子が、太腿《ふともも》をとん、とんと叩《たた》いている。

檻の側の部屋から背の高い男性が出て来た。赤木《あかぎ》先生だ。

「本日は『文部科学省特別科学研究費B・戦略的将来構想プロジェクト』で予算総額

百億円の巨大プロジェクト『文部科学省特別科学研究費Z・こころプロジェクト』にて設置された巨大新種生物の収容施設であり研究支援施設でもある『こころハウス』を公開します。撮影禁止で見学時間は5分、質疑応答はありません」

一方的な通告に記者さんたちがざわめく。ぼくはしゃがんで人垣の足元をかき分け、先頭に顔を出すと、記者さんたちの足元から長身の赤木先生を見上げて質問する。

「赤木先生、〈いのち〉は前より元気がないように見えますけど、大丈夫ですか」

赤木先生はぼくを見ると、ふい、と目を逸《そ》らした。

「質疑応答はありません。本件は『首相案件』のため、見学内容を記事等にするのはお控えください。加えてただ今、この生命体を〈いのち〉と呼ばれた方がおられましたが、正式呼称は『こころ』ですので、お間違えのないように願います」

赤木先生はぼくの存在を完全に無視した。ぼくたちに気がついた美智子の瞳《ひとみ》に、かすかな揺らぎがみられた。ぼくたちを見て〈いのち〉は「だあ」と言って笑った。

手首に巻き付けられた鉄の鎖がじゃらり、と鳴る。

〈いのち〉を鎖で繋《つな》ぐなんてあんまりだ。

美智子がその状態を我慢しているのが意外だ。以前は〈いのち〉が不自由にされたら、相手が誰であろうとも噛《か》みついたのに。その途端、怒りがふつふつと湧いてきた。

ぼくの怒気に気がついたわけでもないだろうけど、赤木先生が言う。

「5分経ちましたので報道陣、大学関係の見学者はご退去願います」

部屋を出る時、じゃらりと鎖が擦《こす》れる音がした。振り返ると〈いのち〉が腕を差し伸べていた。でも鎖のせいで身動きが取れない。

ぼくたちはそのもどかしげな動きを黙って見つめた。

「〈いのち〉君、大丈夫ですか」と三田村が駆け戻り、檻の柵《さく》を摑《つか》んで揺さぶる。

三田村の姿を見た〈いのち〉は立ち上がろうとして、まとわりつく鎖に倒される。

〈いのち〉の大きな目に涙が浮かんだ。息を吸い込み、胸が大きく膨らむ。

ヤバい。

「〈いのち〉ちゃん、落ち着いて」と美智子が小声で言いながら背中を、とんとん、と叩く。チーム曾根崎の男子3人と田口教授は両手で耳を塞ぐ。

次の瞬間、「ミギャア」という咆哮《ほうこう》が轟《とどろ》いた。記者さんたちもしゃがみ込む。

「警護部隊、前へ」と女性の声。奥の部屋で、真っ赤なスーツを着た女性が、トランシーバーを片手に命令を発していた。〈いのち〉は泣き続けている。

自衛隊のレンジャー部隊が入ってきて、銃を構えた。

「発射準備。ファイヤー」と号令が響く。

ぱん、ぱん、と乾いた音。〈いのち〉の泣き声が止んだ。

肩と脇腹に、小型の注射器が刺さって、ぶら下がっている。〈いのち〉の瞼《まぶた》が閉じていき、どしん、と床に横倒しになった。

やがてすうすうと、寝息が響き始める。

迷彩服姿の自衛隊の隊員に急き立てられ、ぼくたちは追い出された。背後で「この程度のことも仕切れないなんて、グズね」という、女性の低い声が聞こえた。

振り向くと赤木先生が、その巨体を縮めて、叱られていた。

プレハブの「こころハウス」から追い出された男子3人と田口教授は無言だった。

記者さんたちも何も言わず、ぞろぞろと建物から外に出て行く。

まっしぐらに断崖《だんがい》絶壁に向かうレミングの群れみたいだ。

この状態はまるで「ヤバいぜ、ダーウィン」の一場面みたいだ。

「君たちも招待されていたんだね」と背後から声を掛けられた。

ふりむくと、緑の腕章をした記者さんが立っていた。時風新報の村山記者だ。

「ぼくたちは高階学長の代理です。今日の取材は本当に記事にしないつもりですか」

「そういうお達しだからね。『首相案件』だし」

「3週間前、自衛隊のレンジャー部隊が東城大から〈いのち〉を拉致《らち》した時も、記事になりませんでした。あれも『首相案件』だからですか」

「その通り。ただしあれは拉致ではなく、保護だというのが文科省の公式見解だ」

「でも、おとなしい〈いのち〉を連れ出すため、東城大のオレンジ新棟の壁を爆破したんですよ。あれは『事件』です。でも『首相案件』なら事件にならないんですね。どうして新聞記者さんやテレビのカメラマンさんは報道しなかったんですか。真実をありのままに報道するのが新聞記者さんの仕事なのに、おかしいです」

村山記者は苦しそうに顔を歪《ゆが》めていたが、やがて「君の言う通りだ」とうなずく。

「なぜ『首相案件』は記事にできないんですか。ぼくの失敗は記事にしたのに、総理大臣だと記事にしないなんてズッコイです」

ぼくがたたみ掛けるように言うと、村山記者は吐き捨てた。

「私だって今のままでいいとは思わない。でもどうにもならないんだ」

村山記者はぼくの側を離れた。ぼくは胸が締め付けられた。村山記者に向けた非難はそのまま、〈いのち〉に対して何もできない自分に跳ね返ってきたからだ。

∵

東城大に戻って、学長室に報告に行く。

旧病院棟3階の廊下の突き当たり、学長室の扉を開けると、黒檀《こくたん》の両袖机《りようそでづくえ》の向こうに座っていた高階学長が、ぼくたちにソファを勧めた。

「この前は時間切れでしたので、今日は最初にお菓子を差し上げます」

高級菓子を見てヘラ沼が「うわあ、うまそう。いただきます」とむしゃむしゃ食べ始める。

「みなさんも遠慮せずに召し上がってください。その間に田口先生には本日の報告をお願いする、という流れでよろしいですね？」と高階学長が声を掛ける。

するとと外に向いていた背の高い椅子がくるりと回り、そこに現れたのは、ど派手でカラフルな衣装姿の厚生労働省官僚の白鳥《しらとり》さん、通称は火喰《ひく》い鳥だった。

「田口センセも、お使いくらいはこなせるようになったんだね。感心、感心」

田口教授が、ぶわっと怒りの感情に包まれたのを感じた。でもすぐに冷静に戻った。

「『文部科学省特別科学研究費Z・こころプロジェクト』の報告内覧会《ちゅうかい》で、〈いのち〉君は、手足を鉄鎖で拘束され、行動を制限されていました。前腕の肘窩《ちゅうか》に絆創膏《ばんそうこう》が貼ってあったところを見ると、どうやら採血等は実施されているようです」

さすがお医者さま、観察眼が鋭い、と感心した。すると白鳥さんが口を開いた。

「田口センセは相変わらずズレてるね。彼らがあの巨大新種生物を大切に扱うのは当然さ。警備体制とかプレゼン者は誰だとか、そういうことを聞きたかったんだよね」

「それは次に説明しようと思っていました。医療従事者にとっての最優先事項は対象者の状態把握ですから」

「そんなこと、田口センセに言われなくてもわかってるさ。僕だって昔は、皮膚科の診療をしたこともあるし、その時に従来の診断手法の枠を取っ払う画期的な方法で、患者さんから拍手喝采《かっさい》を浴びたこともあるんだからね」

田口教授はむっとしたようだけど、気を取り直して報告を続ける。

「建物周辺に自衛隊のレンジャー部隊が配備され、入場の際に荷物チェックをしていました。〈いのち〉君が興奮状態になると、レンジャー部隊が麻酔銃で鎮静させるなど、警備状態は万全です。進藤さんが付き添い、〈いのち〉君は落ち着いていました。見学者に説明したのは赤木講師ですが質疑応答はせず、曾根崎君の不規則発言にも応じません。文科省の小原《おはら》室長もいて、〈いのち〉君の鎮静命令を出していました」

「つまりあの施設は、自衛隊の協力下で文科省の支配下にあり、徹底した情報統制を敷いているわけか。まあ予想通りだけど、かなりややこしい事態だね」

「ということは『未来医学探究センター』の去就問題に端を発した、文科省と厚労省の仁義なき縄張り争いが、因縁に満ちた桜宮岬で発現したともいえるわけですね」

田口教授がイヤミを籠《こ》めて言うと、白鳥さんは田口教授の顔をまじまじと覗《のぞ》き込む。

「田口センセ、今の発言はマジなの？　厚労省の不忠者で高名な僕が、厚労省と文科省をめぐるお家騒動を『大変な事態』だと認識するわけないもんね。僕が大変だといったら、もっとスケールの大きなことに決まってるでしょ。不肖の弟子とはいえ、それくらいは理解してるよね？　ね？　ね？　お願いだからそうだって言って」

田口教授はあわててうなずいたけど、わかっていないことは丸わかりだ。

でも白鳥さんは、田口教授の返事を丸ごと信じたようだ。

「ああ、よかった。今回の文科省プロジェクトの決定は、通常の彼らの決定速度とかけ離れている。藤田教授がスカーレットにリークしたのは、マサチューセッツの曾根崎教授からのアラートとほぼ同時だろう。田口センセや高階センセがぐずぐずしていた分、といってもほんの2日間だからグズなセンセたちにしては上出来だけど、厚労省以上にトロ臭い文科省の対応スピードにはほんとビックリだよ。小原が先頭でブイブイやればできるけど、アイツは文科省で浮いているからいつもは空回りする。それが今回はぴたりとハマってガチで稼働している。これが何を意味するか、わかる？」

「文科省を飛び越えて、官邸主導で内閣府がプロジェクトを動かしている、と？」

高階学長が答えると、白鳥さんは立ち上がって拍手する。

「ブラボー！　さすが学長はヒラ教授の田口センセよかマシだね。でもやっぱりまだかな。あらゆる警告《アラート》は一点を指しているのに、固定観念に囚《とら》われ硬直したお年寄りには、真実に到達する道は遠く険しく果てしないんだろうねえ」

高階学長からも怒気が流れ出す。ぼくは我慢できずに訴える。

「〈いのち〉に関わることなので、何か手伝わせてください」

「気持ちはありがたい。『敵』は巨大で強大だし、僕たちは非力すぎる。だからとりあえず、君たち3人を、思い切りこき使わせてもらうよ」

「やります」「おう」「もちろんです」と3人は、ばらばらの言葉で同じ返事をした。

「では早速指令を出すよ。『未来医学探究センター』に潜入し『こころプロジェクト』の内容を探ってきてほしい。今〈いのち〉君をケアしている進藤さんやアッシが、心底寝返っているとは思えない。そのあたりが突破口になるだろう」

3週間前「未来医学探究センター」に潜入して、佐々木さんとやり合った内容を報告すると、白鳥さんはぱんぱん、と拍手して「ブラボー」と言った。

「田口センセも坊やたちを見習うといいよ。『自分の頭で考えて、その時に必要と思われる行動をする』。これは、ナンバーは忘れたけど重要極意のひとつだよ」

「そう……でしたかね」と田口教授はそっけない。

「佐々木さんは『未来医学探究センター』の職員だったそうです」とぼくが言う。

「それは知ってる。あそこはもともとアッシのコールドスリープのために建設された施設なんだから、実家の手伝いでアルバイトしているような感覚だろ」

「コールドスリープって何ですか？」

「アッシは5歳の時に網膜芽腫《がしゅ》という病気になって右眼を摘出したんだけど、左眼も同じ病気だと診断された。すると両眼摘出で全盲になってしまう。そこで僕が動いて

『コールドスリープ法』という時限立法を作り、桜宮岬のAiセンターという建物が崩壊した跡地に、『未来医学探究センター』を建設して、アッシを5年間凍眠させたんだ。そしたらその間に新薬が開発され、残った左眼を摘出せずに済んだワケ。そんなアッシが、妙な動きをしているのは何か別の呪縛《じゅばく》があるとしか思えない。アッシが右眼を摘出した時、同じ病気の先輩がいて両眼が病気になったが、恐れずに立ち向かい、手術を怖がっていたアッシにお手本を見せた。アッシはソイツを崇拝している。だからアッシの呪縛を解けるのはソイツしかいないだろう。でも考えてみたら、アッシが凍眠から覚醒《かくせい》した後もセンターで働き続けている理由がわからないな。いや、待てよ、そういえば『未来医学探究センター』にステルス・シンイチロウが関わっていたというウワサを聞いたことがあるぞ」

いきなりパパが登場して驚いた。神出鬼没とはパパのための言葉かもしれない。

「佐々木さんは昔からパパとは知り合いだったみたいです。今回、臨時教授会の招集をパパが提案したのは佐々木さんに、でしたから」

「げ、つまり曾根崎教授の関与はあっち陣営に筒抜けか。それってサイアクじゃん」

まるで中坊みたいな口調で言うと、白鳥さんは肩をすくめた。

「まあ、それでも僕が何とかするしかないんだ。それが僕の宿命なんだよ。周りはグズでノロマでマヌケで、お荷物で足を引っ張る無能な連中ばっかかなんだよ」

田口教授と高階学長から、本日最大の怒気が流れてくるのが感じられた。

結局、中学生トリオがもう一度「未来医学探究センター」に行って佐々木さん、できれば美智子や赤木先生ともコンタクトを取ってセンターの内部情報を得るようにという、白鳥さんの指示を受けて解散した。

三田村とヘラ沼はくたびれてしまったらしく、帰宅することにした。

ぼくは大学に来たついでに『神経制御解剖学教室』に顔出しした。

カンファレンス・ルームには誰もいない。以前は活気があったけど、ダイナモみたいな赤木先生が引き抜かれてしまったので、草加教授はすっかりやる気をなくしてしまい、朝の報告カンファレンスもやらなくなっていた。

机の上には小学生向けコミック誌「ドンドコ」がある。

試し読みした草加教授がハマって、毎号買って医局の控え室に置くようになった。

カンファが開店休業状態になった今、ぼくが毎週木曜にここに来てやっているのは、午前中いっぱいかけて「ドンドコ」を隅から隅までじっくり読むことだけだ。

ふと、顔を上げると、スーパー中学生医学生ともてはやされた少年のなれの果てが、教室の鏡に映っていた。

2章

6月1日（木）

使わぬものは、
アウト・オブ・眼中。

翌日、6月になった。

チーム曾根崎の男子3人は放課後、「桜宮岬行き」のバスに乗った。

前回は佐々木さんに裏切られたと思って動揺したけれど、白鳥さんが、佐々木さんが魂を売るはずがないと断言してくれたので、少し安心していた。

「未来医学探究センター」の成り立ちと、佐々木さんの過酷な人生も知った。そんな人があのプロジェクトに賛同するはずがない、とぼくは確信した。それに誰よりも、〈いのち〉を大切に思っている美智子が、あちらの状況を教えてくれるはずだ。

バスが到着したのは日没寸前の時間になった。

ドアのところにインタホンがあるのに気がついた。呼び鈴を鳴らすと扉が開く。これが「使わぬものは、アウト・オブ・眼中」ということなんだな、と実感する。

中に入ると、1階のエントランスの奥にテーブルがあり、4人が食事中だった。

真正面に真っ赤なスーツ姿の小原室長。その左手に座った美智子が目を見開いた。

小原さんの向かいでモアイのような図体《ずうたい》をした赤木先生が、なにかにかぶりついていて、並んで座る佐々木さんと同じく、ぼくたちに背を向けている。

小原さんが、手にしたフランスパンをお皿に置いて、微笑する。

「佐々木君って彼らのことをよくわかっているわねえ。昨日の予言通りね」

「予言じゃありません。そろそろこないと手遅れになると思っただけです」

「それって同じことよ。つまりあの子たちはあなたと同じレベルのインテリジェンスの持ち主だということね。ちょっと意外だけど」

それはちっとも意外じゃない。佐々木さんと同レベルの知性を持っているのはぼくたちではなくて、小原さんの天敵の厚労省の火喰《ひく》い鳥なのだから。

小原さんが手を叩《たた》くと、白エプロンにシェフ帽を被《かぶ》ったコックさんが顔を出した。

「テーブルをひとつ出して、3人前の料理の追加をお願い」

「〈ウイ、マダム〉（かしこまりました、奥さま）」

フランス語でシェフが答えると、ウエイターがテーブルと椅子を追加してくれた。

美智子の隣にヘラ沼と三田村、ぼくは美智子の斜め前、佐々木さんの隣に座った。

「せっかくだから、ディナーを食べながらお話ししましょう。あなたたちはツイてるわ。今宵はアントレがうずらの赤ワイン煮、メインが白身魚のムニエル、デザートはプディングという、月に一度の豪華版の日なんですもの」

「うお、ラッキー。進藤は毎日こんな豪勢な食事をしてるのかよ」と、運ばれてくる料理を見ながらヘラ沼が言うと、美智子はおずおずと首を左右に振る。

「いつもじゃないわ。今日は特別」

そう答えた美智子の声はか細くて、消え入りそうに小さい。

「お前、ちゃんと家に帰っているのか」とぼくが訊《たず》ねる。美智子はうなずく。

「毎日、帰ってる。日曜はお休みだし」

ほっとした表情をしたぼくを見て、小原さんが言う。

「中学生の女の子を預かるんだから、文科省としても万全の態勢で毎朝毎晩ハイヤーで送り迎えをさせているわ。でも坊やたちは、そんなことが聞きたくて来たんじゃないんでしょう？　ディナーはもうすぐ終わるから、残り時間はあと少ししかないわよ」

急《せ》かされて焦る。聞かなければならないことは山のようにある気がして、でもそれは全然整理されていなくて、津波のように襲いかかってくる。ヘラ沼も焦っていたが、それは目の前の料理を食べきれるかということを心配している。そんな中、アントレのうずらの胸肉を上品な仕草で食べていた三田村が落ち着き払って言う。

「トレビアン。ソースはブルゴーニュの赤ワインですね」

「〈エグザクトモン、ムッシュ〉(ご指摘の通りです)」とシェフが恭しくお辞儀する。

おお、すごいぞ、三田村、と思いながら、ぼくは口を開く。

「では質問させてもらいます。赤木先生がIMPに協力してくれていた時……」

「ちょっと待って。わからないことは質問させてもらうわ。IMPって何？」

『いのちを（I）守れ！（M）プロジェクト（P）』の頭文字を取った、あたしたちの運動の名前です。メンバーはここにいる5人に如月《きさらぎ》師長を加えた6名です」

美智子が小声で答えると、小原さんは口元をナプキンでぬぐいながら言う。

「なるほど、あの爆弾娘ね。プロジェクトに引き抜こうとしたんだけど、けんもほろろに断られちゃったわ。でもひとつ訂正させてほしいわ。あの新種生物の名称は今は〈いのち〉ではなく『こころ』になってるんだから、グループ名も『こころを（K）守れ！（M）プロジェクト（P）』＝KMPと変更すべきね」

「史実をねじ曲げるのは、歴史修正主義者といって、歴史学では絶対に許されないことです」とぼくは抗議する。歴史オタとしては当然の態度だろう。

「めんどくさい人たちね。昔のことは、どうでもいい。好きにすれば」

「では今度は私、三田村が質問させていただきます。赤木先生は〈いのち〉の巨大神経細胞を使って研究したいと言ってましたが、その研究に着手したんですか」

三田村の質問に対し、赤木先生は微笑で答えた。

「まだしてないよ。君たちと〈いのち〉を傷つけるような検査は、できるだけしないと約束したからな」

「〈いのち〉ではなくて『こころ』よ」と小原さんが訂正する。

赤木先生はめんどくさそうに、小原さんを見た。

「でも〈いのち〉の肘には採血した痕がありました。侵襲検査をしていないなんてウソでしょう」と、ぼくは田口教授が言っていたことを指摘する。

「ソネイチャンは相変わらず人の話を聞いていないんだな。俺は〈いのち〉の身体を傷つけるような検査は『できるだけ』しないと言った。だが採血は医学の基本となる一般検査だから、それをしても約束に反することにはならない。そもそも学長裁定に従ったままでいたら、〈いのち〉のことはわからずじまいで将来〈いのち〉のためにならないということを、進藤クンも理解している。そうだよな、進藤クン？」

うつろな目をした美智子は、「はい」と言ってうなずいた。

「ほんとに分からず屋さんね。〈いのち〉じゃなくて『こころ』だってば」

小原さんの訂正を無視して、今度は三田村が追及する。

「それならなぜ〈いのち〉を拉致《らち》して3週間も経つのに、『ネイチャー』のラピドレポートを1本も出していないんですか？　赤木先生は常識的な検査をすれば、今すぐにでも『ネイチャー』クラスの論文を何本でも書けると豪語していたのに」

赤木先生の顔が一瞬歪《ゆが》んだ。でもすぐに持ち前の負けず嫌いの表情に戻る。

「そんな枝葉末節の研究に時間を割くヒマはないんだ。『ネイチャー』に載せることなど今、俺が取り組んでいる研究と比べたら、些末《さまつ》なことだ」

「『ネイチャー』への論文掲載が、些末なこと、ですって？」

三田村は心底驚いた声を出すと、小原さんが口を挟んだ。

「『こころプロジェクト』は分業体制で、論文の執筆は藤田教授の担当なのよ。でも藤田先生はこれだけの素材を得ながらグズグズしている。以前の坊やのプロジェクトが頓挫《とんざ》したのも、彼が無能だったせいかもしれない、と考えを改めてるわ」

「〈いのち〉に関する基礎的研究が些末だというのなら、赤木先生は今、どんな研究をしているんですか」とぼくが斬り込むと、赤木先生は微笑した。

「俺が目指すのは『意識』の移植技術だ。それが、『プロジェクト』の中心になるなんて夢のようだ。『こころハウス』と『未来医学探究センター』は世界最先端の研究施設になる。まさかここで『DAMEPO』と共同研究をやれるとは……」

「赤木先生、喋《しゃべ》りすぎよ」と、小原さんがストップをかけた。

赤木先生は咳払《せきばら》いをした。

遠くを見た赤木先生の目には、ぼくたちも〈いのち〉の姿も映っていないようだ。

「デザートも終わったわ。私たちは夕食後も深夜まで仕事をするから、もう帰って」

これだけ聞けば十分かと思ったけど、考えたら一方的に向こうの言い分を聞かされただけだ、と気がついた。これでは白鳥さんに怒られてしまう。

「あの、滅多にない機会なので『未来医学探究センター』を見学したいです。施設を見るだけなので、問題ないですよね。〈いのち〉は別の建物にいるわけですし」

腕組みをした小原さんは、「どうする？」と佐々木さんに訊ねた。

「好きにすればいい。ただし地下室の奥と2階の奥の部屋は絶対に覗《のぞ》くなよ」

「どうせなら案内してあげればいいのに」

「面倒くさいです。中学生にもなって『ハイパーマン・バッカス』みたいな、幼稚で低俗なコミックに夢中なヤツのために割く時間なんてありません」

佐々木さんは立ち上がると、部屋の中央を貫く螺旋《らせん》階段を地下室へ降りていく。

「進藤さんと赤木さんはもうひとがんばりして、『こころ』の反応実験にケリをつけてしまいましょう」

美智子は黙ってうなずいて立ち去った。

テーブルに残されたぼくたち3人のところに、シェフと給仕係の人がやってきて、片付けを始めた。三田村が「セテ・ボン」とシェフにお礼を言う。

「三田村、お前って、フランス語が喋れたのかよ」とヘラ沼が驚いたように言う。

「大したことないですよ。食事のテーブル・トークだけですから。昔、お祖父さまにフランス料理店のディナーに連れていってもらった時に教わったんです」

それって大したものなのだよ、ムッシュ、とぼくは心中で呟《つぶや》いた。

地下室の奥と2階の奥の部屋は絶対に覗くな、というメッセージを考えた。

ハイパーマン・バッカスの隠れファンの佐々木さんが、突然ハイパーマン・バッカスについて言及したことに何かメッセージが隠されている気がした。

名作の誉れ高い第Ⅰ期バッカス第8話、「アベコベ星人ヒックラーゼの逆襲」を思い出す。悪の組織に囚《とら》われた隊員が本当のことを言えなくなる術を掛けられた時、自分がアベコベのことを言っていることをバッカスに理解させて、正しい情報を伝えたというストーリーだ。

佐々木さんがぼくたちの隠れ味方でも、レッドカード・レディがいたら本当のことは言えないから、アベコベのことを言ったのかもしれない。すると「地下室の奥と2階の奥の部屋は絶対に覗くな」という言葉は、絶対にそこを見ろということだ。

佐々木さんが地下室に降りた今、地下室の奥を覗くのは不可能だ。するとあれは、2階の奥の部屋を見てみろ、ということになる。

ぼくはヘラ沼と三田村を1階に残して、ひとりで2階への階段を上っていった。

2階には3室あった。順番に扉を開けていく。

最初の部屋には書類が乱雑に積み上げられていた。カルテの山の側にパソコンがたくさんあり、ちかちか点滅している。たぶん、佐々木さんの仕事場なんだろう。

2番目の部屋は鍵《かぎ》が掛かっていた。なので3番目の、一番奥の部屋の扉のノブを摑《つか》み、おそるおそる回し、そろそろと扉を押し開く。

すると、薄暗い部屋にたまご形の椅子が見えた。カプセルみたいだ。

ブウン、という低い稼働音。コンピューターのランプが明滅する。カプセルのてっぺんから絡み合ったコードが延び、コンピューターと接続している。

カプセル椅子には小柄な男性が座っていた。

白い作務衣《さむえ》は椅子の保護色みたいだ。

「誰だ？」と言って、男性が細い目をうっすら開いた。

その掠《かす》れた声を耳にした瞬間、背筋に寒気が走った。

ぼくの脳裏に、越冬中の紋白蝶《もんしろちょう》が羽を開閉している様子が浮かんだ。

あわててドアを閉める。息苦しくなって、しばらく息を整え、2階から下りた。

足がまだ震えている。どうしちゃったんだ、ぼくは？

3人でセンターを退出する前に、地下室の佐々木さんに挨拶《あいさつ》した。

中央の黒いグランドピアノから、視線を奥に走らせる。絶対に見るなと言われた地下室の奥の一角に、大きな箱が見えた。この前と違っていたのは、そこにもたくさんコードが延び、周囲のコンピューターと接続していたことだ。

2階と同じように、ブウン、という機械の低い稼働音がした。

ソファに寝そべっていた佐々木さんは、上半身を起こすと冷たい声で言い放つ。

「用が済んだらさっさと帰れ。2階の奥の部屋は覗いていないだろうな」

ああ、やっぱり佐々木さんは、2階の奥の部屋をぼくに見せたかったのだ。でもあの白装束の人は誰で、あそこで何をしているんだろう。

報告を翌日の金曜日にすべきか悩んだ。

白鳥さんが何て言うかは、簡単に想像できる。

——なんで重要な事実を摑んだのにさっさと報告にこないかなあ。無価値なんだよ、貴重な情報もボンクラののんびり屋さんが抱え込んで知るべき人に届かなければ、無価値なんだよ、む・か・ち。それが日本が無謀な太平洋《たいへいよう》戦争に突っ込んだ理由で、今霞《かすみ》が関《せき》に蔓延《まんえん》している宿痾《しゅくあ》の発生母地でもある。まさかぴちぴちのスーパー中学生医学生がその宿痾に罹《り》患《かん》しているなんてビックリだよ。

なぜか脳内で白鳥さんが勝手に暴走している。しかもぼくが知らない単語を勝手に喋りまくっている。

この妄想は本当にぼくの脳内シナプスの活動なのだろうか。それともぼくの中に、自分の知らない人格が感染してしまったのか。

赤木先生の「シナプス内全情報存在論」からすれば、ぼくはシラトリ・ベクターに感染しているのかも、なんて非科学的なことを考えてしまった。

生物番組「ヤバダー」フリークとしては絶対に許されない思考は、危険な兆候だ。

だからぼくは脳内の非難に耐え、明日ではなく来週月曜に報告に行くことにした。白鳥さんの「腰を落ち着けて総力を結集しよう」という発言に呼応したわけだ。
それとは別にもうひとつ、外的状況があった。
白鳥さんへの報告をいつにするか悩んでいる最中、ぼくに1通のメールが届いた。東京に住む双子の妹の忍《しのぶ》からだ。メールを読んだぼくは、違和感を覚えた。

✉ディア、お兄。今朝の朝食はスクランブル・エッグとトーストでした。忍

パパから毎朝受け取っていたメールと瓜二《うりふた》つの文面だったからだ。加えて忍はこんなメールをぼくにするような殊勝な性格ではない。ぼくは返信した。

🖂カオル→忍へ。何なんだ、このメール。

すぐにチロリン、という音がした。

✉ディア、お兄。明後日《あさって》の土曜、ママが料理を手作りしてお待ちしています。忍

ますます怪しい。二度と家に来ないで、と言っていたクセに。二卵性双生児の妹の忍と初めて会ったのは1ヵ月半前、まだ〈いのち〉が孵化《ふか》する前だった。

忍のことを考えていたら、メールの文面がみるみるうちに変わって見えてきた。

――なにをグズグズしてるのよ。あたしが来いって言ったらさっさと来ればいいの。

わかったよ、と脳内変換された忍の罵倒《ばとう》に苦笑しながら、メールを打つ。

✉カオル→忍へ。了解しました。明後日のお昼頃、お宅に伺います。

メールを送信した後で考え込む。忍のヤツ、何をたくらんでいるんだろう。

そんなこともあったので、金曜日に白鳥さんに復命するのは止めたのだった。

6月3日、土曜日。東京の手前の品川《しながわ》で新幹線を降り、JRからメトロに乗り継ぐという高度なテクニックに挑戦してみた。

巨大な魔界の東京駅は迷うけど、品川駅なら大丈夫だと思ったのが浅はかだった。品川駅は負けず劣らず巨大だった。でも2度目の東京訪問なのでゆとりがあった。

複雑怪奇なメトロの路線も一度使えば、路線を3回乗り継げばいいと把握できた。

無事、笹月《ささつき》駅に到着した。長いエスカレーターで地上に出ると巨大スーパー・ササツキの看板が見えた。そこから歩いて10分でセント・マリアクリニックに到着した。

初めて訪問したのは1ヵ月半前の4月中頃、東京への修学旅行の自由行動の時で、隣に美智子がいて、あれこれ世話をやいてくれたのに鬱陶《うっとう》しいとしか思わなかった。

でも今、隣に美智子はいない。人は失って初めて、価値がわかるものなのだろう。

ぼくは眩《まぶ》しい日々の中で、時を贅沢《ぜいたく》に浪費していたんだと気がついた。

クリニックの玄関のチャイムを鳴らすと、「はあい」と返事があり、玄関のドアベルがカランコロン、と鳴ってエプロン姿の理恵《りえ》先生が姿を見せた。

「ようこそ、薫《かおる》さん。来てくれて嬉《うれ》しいわ」

ぼくは「ご招待、ありがとうございます」と頭を下げた。

前回は三田村の名前を騙《かた》ったから、曾根崎薫としてここを訪問したのは初めてだ。

「他人行儀な挨拶なんかしてないで、さっさと入りなさいよ」

背後に控えた忍が言う。相変わらず口が悪いな、と苦笑して玄関に足を踏み入れた。

応接室のソファの前のローテーブルに飲み物と、食べ物の皿が並んでいた。

「これはイカスミのピザですか？」

「ううん、スパニッシュ・オムレツのなれの果てよ」

「じゃあこっちの、かた焼きそばみたいなのは？」

「普通の明太《めんたい》パスタのつもりだけど」

見慣れない料理に聞き慣れた名前がついているのを聞くと、異次元世界に紛れ込んだ気がした。理恵先生は真向かいに座ったけど、忍は立ったまま座ろうとしない。

「だからムリしないで、いつものケータリングにすればいい、って言ったのに」と忍に言われた理恵先生は、しょんぼりと肩を落とす。

「実は私、あまり料理をしたことがなくて……。いつもお母さんのおいしい手料理を食べていたから、自分で作る必要がなかったのよ」

はあ、と生返事をして、イカスミ卵焼きを齧《かじ》る。単純に、炭の味がした。

「ママはお兄に手料理を振る舞いたくて、柄にもないことをしたんだから、味はともかくとして、努力だけは認めてあげて」

「もちろんだよ。いえ、あの、美味《おい》しいです」とぼくは涙目になって言う。

「そう、よかった」と言って理恵先生も黒いオムレツを口に運び、微妙な表情になる。

「これはスパニッシュ・オムレツというより……野焼きの卵焼きね」

そんな料理があるとは知らないけど、そういう料理なんだと思えば食べられないことは……、いや、やっぱ無理かな。

「途中で止めてよかった。ママったらフルコースで5品も作るつもりだったんだから」

ぼくは吐息をもらす。忍のファインプレーだ。

「やっぱりあたしもいただくわ。ママの手料理は滅多に食べられないし」

「あら、忍ちゃんたら、ひどい言いようね」

ぼくは「少し手を加えてもいいですか」と言いキッチンから、調味料を持って戻る。

「夜食の時、マヨネーズを掛けて醬油《しょうゆ》をひとたらしすると、結構イケるんです」

細い口からマヨネーズを押し出した後で数滴、醬油をたらす。

忍がおそるおそる黒炭卵焼きをひとかけら口にする。

「うわ、劇的においしくなった。お兄ってひょっとして料理の天才？」

「そんなことないよ。マヨネーズは万能の調味料で、その魅力に嵌《は》まった人たちのことを『マヨラー』って呼ぶんだ」

理恵先生はマヨネーズのボトルを手に取り、しみじみ眺めた。

「カロリーが高いから敬遠してたけど、見直したわ、マヨネーズさん」

「白米に掛けても最高ですよ」とぼくが言う。

今度やってみようかな、と忍が小声で呟《つぶや》いた。

偉大なるマヨネーズの力で、理恵先生の手料理は全て消費できたのだった。

食後に出た紅茶は一級品だった。理恵先生はカップを置き、ぼくを見た。

「ところで〈いのち〉君のプロジェクトはどうなっているの？　連絡もないんだけど」

ぼくはぽつぽつと経緯を説明した。忍も何も言わずに聞いている。

ひと通り説明し終えると、理恵先生は即座に言った。

「これからは白鳥さんという方の指揮に従うわけね。文科省が絡むとおおごとになりそうだから、帝華大《ていか》にいる私のパートナーに様子を聞いておこうかしら」

「本当に信用できる人なんですか」とぼくは訊《たず》ねた。

帝華大は別名官僚養成大学と呼ばれて霞が関とツーツーカーカーの関係だということを、耳学問で聞いていたからだ。理恵先生は微笑する。

「あの人が帝華大の上層部に残れているのは奇跡なの。それは同時に希望でもある。頭はいいけど使い方が雑で、自分の出世には無頓着《むとんちゃく》だから、あの人は信用できるわ」

理恵先生が、男の人のことを話すのを聞いていたら、胸がもやもやした。

でも理恵先生が信頼する人なら問題ないだろう。すると忍が言った。

「そういえば清川《きよかわ》先生は今日の夕方、お手伝いに来るんじゃなかったっけ」

「そうだった。ちょうどいいからご紹介するわ。今後、どんな展開になるか想像つかないから、繋《つな》げられるものは繋いでおいた方がいいと思うの」

抵抗はあるけど、「大行《たいこう》は細瑾《さいきん》を顧みず」というではないか。歴史オタの信条を思い出し、「是非紹介してください」とお願いした。

「時間があるから、あたしの部屋で少しお話ししましょうよ、お兄さま」

「そうなさいな、薫さん。私は夕方まで仕事だから、終わったらまた呼ぶわ」

これは忍の強制呼び出しだ。こっちが本題だな、と思った。


忍の部屋に通されるのかと思ったら、忍は向かいの部屋をノックした。

「どうぞ」という男性の声がした。

ドアを開けるとパソコンが置かれている机が見えた。

大型のタワー型デスクトップが5台並び、その前に巨大モニタが置かれている。

実際に見たことはないけど、まるでSEの業務机みたいだ。背を向けて座っていた男性は、回転椅子を回しこちらを向いた。肘《ひじ》掛《か》け椅子に両手を置いている。

後ろ姿は大人に見えたけど、顔は若い。ひょっとしたら同年代くらいかも。

「座ったまま失礼します。シノブちゃんの義理の兄妹《きょうだい》の青井《あおい》タクです。初めまして」

「あの、その、義理の兄妹っていうのは、一体どういう……」

タクさんは微笑して忍を見る。君が説明しなさい、と視線で言っているようだ。

「タク兄はクリニックをお手伝いしてくれる看護師さんの息子さんで、あたしと誕生日が一緒なの。つまりお兄とも同い歳なわけ。あたしとは兄妹みたいに育てられたんだけど去年、正式にママと養子縁組してほんとの兄妹になったの」

「ということは、ぼくのお兄さんにもなるのかな？」

「いえ、僕が弟ですよ、カオル兄さん」とタクさんが首を振る。

「ここを手伝っている看護師さんの息子さんということは、理恵先生のパートナーの清川先生の息子さんということ？」

「とんでもない。すっとこどっこいの吾郎小父《ごろうおじ》さんに、こんなちゃんとした息子はできないわ。その意味ではどちらかというと、吾郎小父さんはお兄に似てるわ」

そう言った忍は、はっとした表情になって、取り繕うように早口で言う。

「それよりタク兄、このボケナス兄貴に今の危機的状況を説明してあげて」

「わかった。実際に見てもらうのが早いだろうね」

そう言ってタクさんは回転椅子を回しモニタと向き合う。手は椅子の肘掛けに置いたままなのに、モニタ画面の上でカーソルが、虻《あぶ》みたいに目まぐるしく動き始める。

「どうしてキーボードに触っていないのに、入力できるんですか？」

「ＡＬＳ（筋萎縮性側索硬化症《きんいしゆくせいそくさくこうかしよう》）という、全身の筋力が徐々に衰えていく病気の人のために、視線で入力できるシステムが開発されていて、それを使っているんだ」

「え？　タクさんはＡＬＳなんですか？」

タクさんは、ぐるりと椅子を回し、再びぼくと向かい合う。

「シノブちゃん、暑いからこの上着を脱がせてくれないか」

「え？　でもそれは……」

「この人なら大丈夫だよ。君のお兄さんなんだから」

忍はなおためらったが、やがてタクさんの側に寄り肩に手を掛けると、タクさんの両腕を押さえて上着を脱がせる。すると、脱がせた上着に腕がついてきた。

黒いノースリーブ姿のタクさんには、両腕がなかった。

「タク兄は生まれつき両腕がないの。学校でいじめられて一時は引きこもりになったんだけど、吾郎小父さんが帝華大で開発されたALS患者用の入力システムをPCに入れたらタク兄はC言語を会得して、ネット界の天才と呼ばれるようになった。今はプログラミングの仕事をしてる。でもそれは表向き、真の姿は義賊ハッカーよ」

「義賊ハッカーって何?」

「ハッカーはセキュリティ・エリアに不法侵入して情報を不当にゲットする泥棒よ。ネット上の財産を泥棒したりするけど、義賊ハッカーが侵入するのは国家システムとかで、盗むのは国家に不都合な証拠。それを公開して市民社会を守る『義賊』なの」

「そんなことして、逮捕されないのか?」

「リスクはあるわ。違法行為だし身元を特定されたら逮捕される。でもタク兄は天才で、痕跡《こんせき》を残さず侵入して、得た情報を広く世界に発信してるのよ」

「コイツの逃げ足が速いだけさ」とタクさんは視線で白馬の形をしたマークを指す。

「その義賊ハッカーさんが、ぼくに何の用があるんですか」

忍は天井を仰いで、深々とため息をついた。

「お兄って鈍いわね。そもそもあたしがお兄と食事したいだなんて本気だと思った？　さすがにそうは思わなかったでしょ？　あたしのメールを本当によく読んだ？」

「お前のメールって、あのパパと同じような朝食の献立メールで……」

言いかけたぼくは、はっとして口をつぐむ。

「やっとわかったわね。パパとのメールは3週間前から、シャットアウトされてる。お兄も同じでしょ。理由を調べるためタク兄に、文科省サイトに侵入してもらったの」

「〈木馬〉は、ボディが小さいからどこにでも侵入し、ネット上を動き回り検索情報を集めて圧縮して戻ってくる。ネットにつながるパソコンがコイツのテリトリーだ。このソフトはネットの世界の知識の全てをあっという間に網羅できるんだ」

「それって何だか神さまみたいですね」とぼくが素直な感想を口にする。

「それに近いかもね。教会や大聖堂で神さまに祈りを捧《ささ》げるのは、コンピューターの世界ではスパコンに相当するけど、本当の神さまはひとりひとりのこころの中にいる。このソフトはそんな風に1台1台のパーソナルなコンピューターに潜り込むんだ」

「コンピューターウイルスみたいなものですか？」

「ちょっと違う。むしろミトコンドリアに似ているかも。昔は細胞外ウイルスだけど、今では細胞のダイナモ役だ。〈木馬〉もミトコンドリアと似たイメージなんだ」

「つまり寄生ではなくて共生ですか？」

気がつくとぼくはタクさんに敬語を使っていた。

「さすがシノブちゃんのお兄さんはスーパー中学生医学生だけあって、医学的な喩《たと》えが上手だね。あちこちのパソコンを自分の宿にして立ち寄り最後は戻ってくるんだ」

「それで〈木馬〉が、文科省のパソコンにもお邪魔したんですね」

「文科省のホスト・コンピューターは簡単に侵入できたけど、『こころプロジェクト』関連の情報エリアはセキュリティ・レベルがいきなり上がった。世界最強のアメリカ国防総省クラスだ。そのギャップに〈木馬〉が戸惑ってしまった。鍵《かぎ》も掛けていない建物で、一室だけ厳重な銀行の金庫みたいな部屋があるようなものだからね」

「因《ちな》みにパパとのコンタクトが遮断されたのは、パパが国防総省の中枢に侵入しようとしたのがバレたせいらしいの」と忍が言う。

朝食の献立しか息子にメールしない、ものぐさなパパが、生臭い権力中枢に侵入しようとしたなんて、信じられない。

その間もタクさんは、モニタ上にカーソルを目まぐるしく躍らせている。

「関係各所を巡ったけど、この案件に関する統制は見たことがないくらい高度なんだ」

タクさんはメール画面を開く。そこには3週間分の未送メールが並んでいた。

✉ Dear Kaoru,　朝食はハムエッグとオレンジジュースだった。Shin

✉ Dear Kaoru,　朝食はシリアルとミルクだった。Shin

✉ Dear Kaoru,　朝食はピザトーストとカフェオレだった。Shin

怒濤《どとう》のようにパパからの未着のメールが押し寄せてきて、胸が一杯になる。

パパは届いていないと知りつつ、毎日律儀にぼくにメールを送り続けていたのだ。

「曾根崎教授のメールは封鎖され、教授はそのことに気づいているけど気づかないふりをして、これまで通りメールしている。ここでジタバタしたら敵はセキュリティ・レベルをアップさせてしまうだけだから、賢い選択だと思う」

ドラマの中でしか聞かない、巨大組織の名前を耳にしてふと思い出す。

「タクさんは『ダメポ』って言葉、聞いたことがありますか？」

タクさんの眉《まゆ》がぴくりと上がる。赤木先生が口にして、小原さんにたしなめられて黙ったことを説明すると、タクさんは天井を仰いだ。

しばらくして、静かに言った。

「シノブちゃん、悪いけど僕はこの件とは距離を取らせてもらうよ」

「ええ？　いきなりどうしたのよ、タク兄」

「僕の手に余るデンジャラス・ゾーンに入ったようだ。身の安全が確保できなくなる」

「タク兄ってそんな腰抜け野郎だったの？」

「そうだよ。シノブちゃんは僕を買いかぶっている。僕は自分の安全を確保して、そこでできる精一杯のことをやってきただけだ。それはこれからも変わらない。相手が『組織』だとすると、僕の〈木馬〉が捕まってしまうかもしれない。そうなったら、一巻の終わりだ。手だけじゃなく足も出なくなってしまう」

「見損なったわ、タク兄。カオル兄貴やあたしのパパがピンチなのに見捨てるの？」

タクさんは苦しそうに顔を歪《ゆが》めた。ぼくが言う。

「タクさんの判断は正しいと思う。この世界では自分の身は自分で守らなければならない。それは『ヤバダー』でも繰り返し言われている、自然の摂理だ」

「『ヤバダー』ってなに？」

『ヤバいぜ、ダーウィン』という生物番組の愛称だ。自分でできる範囲で自分のやれることをするっていうのは、この世界では絶対的な真理で、間違ってはいない」

憤懣《ふんまん》やるかたない様子の忍を見ながら、ぼくは続けた。

「以前、無茶な論文投稿をさせられたことがある。あの時のぼくに今のタクさんみたいな冷静な判断力と撤退する勇気があれば周りの人たちを悲しませずに済んだんだ」

忍は黙り込んだ。タクさんが言う。

「僕の気持ちを代弁してくれてありがとう。でも僕は大した人間じゃない。『組織』

のことを少しは知っている僕から忠告する。君もこの件から手を引いた方がいい」

「忠告は聞いておきますが、ぼくの前にはぼくが見つけた〈いのち〉と大切な友だち、そして先輩がいます。だからぼくは手を引けません」

「力になれなくてごめん。でもこういう状況で手を引けない人がもう1人いる。曾根崎教授だ。教授は僕が知る限り世界一シャープな人だから、近いうちアクションを起こすと思う。僕もモニタは続けるから、何かあったらシノブちゃんを通じて伝えるよ」

「それだけでも助かります。よろしくお願いします」

忍は憮然《ぶぜん》として、「なんだか2人で勝手に意気投合しちゃってさ。ま、いいけど」と言った。

その後、忍の部屋につれていかれた。ベッドに、ぼふっと横たわり、忍が言う。

「ああ、ムシャクシャする。やっぱ今夜は『どん底《ぞこ》』に行こうかな。お兄も来る？」

ぼくはうなずく。山咲《やまさき》さんには行き先は理恵先生の家と言ってあるので、遅くなっても大丈夫だ。実は忍が言い出さなければ、ぼくの方から頼むつもりでいたのだ。

その後、清川先生に引き合わされた。手短に紹介した忍はすぐに姿を消し、ふたりきりにされた。初対面の相手、しかも帝華大学医学部の産婦人科の教授という偉い人なのに、ずいぶん雑な扱いだな、と気の毒になる。

するとと清川先生は思いがけないことを言う。

「君は桜宮中の生徒なんだって？　この前、修学旅行の自由行動で帝華大医学部の見学に来た生徒がいたけど知り合いかい？　ちぐはぐな2人組で、片方は帝華大の歴史から現状まで隅々まで知っている帝華大フリークなのに、もう片方は僕の説明を聞きながら鼻クソをほじっていたよ」

「それは同じ班の連中です。あの時ぼくは別行動でここの見学に来たんです」

「君は理恵君の息子さんだそうだけど、忍ちゃんとは雰囲気が違うね」

「ええ。忍はぼくとパパが違うなんて言うんですが、そんなことあるんですか」

「理恵君ならやりかねないね。今は丸くなったけど、昔は『クール・ウィッチ』なんて呼ばれていたんだ。あ、今の発言は体形のことじゃないよ」

「わかりました。それにしても『冷徹な魔女』なんて物騒な渾名《あだな》ですね」

「今の理恵君からは想像もつかないだろうね。彼女のバトルは終わったんだ。彼女の目的は、日本社会に、代理母出産を認めさせるということだったんだ」

「ひょっとして、理恵先生はぼくたちを使って社会にアピールしたんですか」

「あれ、怒ってる？　君なら、自分が社会のためになって喜ぶかと思ったんだけど」

「そんな実験動物みたいな扱いされたら誰だって怒ります。だいたい、ぼくのことをよく知らないクセに、どうしてそんな風に思うんですか」

「それは君が、僕の愛する理恵君の息子だからだよ」

歯が浮くようなセリフをチャラッと言えるなんて、やっぱりこの人は信用できない。ぱっと見、苦み走ったハンサムだし、光源氏《ひかるげんじ》みたいな体質の人に思える。でもあの理恵先生が信頼するパートナーだし、口やかましい忍もボロクソに言わないからたぶん、それなりの人物ではあるのだろう。

「どうやら僕は感動の再会を果たした君たち親子に、余計なことを口走って水を差してしまったようだ。口は災いの元、と常々自戒していたんだがなあ。若干、訂正しよう。理恵君は真っ直ぐすぎる、不器用な女性なんだ」

「でもぼくや忍を広告塔代わりにして自分の主張を認めさせたことに変わりはないでしょう」

「激しい口調は理恵君そっくりだね。でも理恵君は君たちの存在は公表していない。代理母の山咲みどりさんに止められたんだ。そんなことをするなら産んだ子は渡さないと言われたらしくてね」

「ぼくを守ってくれたのは山咲さん、つまりぼくのお祖母《ばあ》さんだったんですね」

「その通りだが、人間は誰でも過ちを犯すものなんだ。理恵君は妊娠できない女性の苦しみ、悲しみを救いたいと願うあまり、君たちを危険に晒《さら》すところだった。でもそのことを注意され思いとどまったんだから、理恵君のことは赦《ゆる》してあげなよ」

「それなら、どうやって代理母を世に認めさせたんですか」

「それは僕の力さ。理恵君は君たちの存在を代理母を広める活動に使わなかったが、僕は大いに利用させてもらった。そもそも、代理母出産が社会に導入されなかったのはなぜか。不妊の娘のため何かしたいと思う母親は大勢いる。当事者の意見が尊重されれば代理母はもっと早く日本社会に導入できた。だが新しいシステムを導入しようとすると、必ず口を挟んでくる輩《やから》がいる。この問題では当時の上司のわからんちんのクソジジイ、おっといかん、頑《かたく》なな信念をお持ちの屋敷《やしき》教授が強硬に反対したんだ」

「なぜですか」

「変化を嫌う爺《じい》さん連中は自分が気にいらないと、世の理解を得られないと言い換える。彼らは『問題は起こりませんか』と訊《たず》ねる。当事者が『大丈夫です』と答えれば簡単だが、保身に走るお偉いさんの気持ちに迎合する下っ端が出世してしまうから、世の中はちっとも変わらない」

「新聞記者さんは『首相案件だ』と言っていたけど、あれも一種の自主規制ですね」

「理解が早いな。それなら理恵君を赦してあげられるよね」

「清川先生はまだ、ぼくたちを利用したやり方を説明していません。それを聞くまでは無理です」

「おお、うっかりしてた。僕は君たち双子の存在を、上司の屋敷教授を説得するため利用したんだ。屋敷教授はゴリゴリの代理母反対論者で、感情的だった。だから僕は、君たちの存在を匂わせて屋敷教授を脅迫したんだ」

「脅迫ってどんな風に？」

「いや、脅迫ではないか。真実を丁寧に伝えただけだ。曾根崎講師が代理母出産して、週刊誌に手記を掲載し、屋敷教授が代理母出産に反対していることにも触れるようですがどうしましょう、と聞いたんだ。そうしたら教授は激怒して『清川、何とかせい』と言ったので『理恵君の決意は固く、オープンの場で議論に応じるようです』と伝えたら、湯が沸いた薬缶《やかん》みたいな顔で『それは絶対許さん』と言う。『辞表を受理したのでもう彼女には、教授のお叱りは届きません』と申し上げたら、教授は『手段は選ばんから手記の公表をやめさせろ』と泣きついてきた。だから、『それなら理恵君の反逆を無力化する一手があります』と教えて差し上げたんだ」

「それってどんな一手だったんですか」とぼくはワクワクして訊ねた。

「『理恵君の先手を打ち、日本産科婦人科学会から代理母を容認する声明を出してしまえばいいんです』『バカモン。今さら儂《わし》にそんなことができるか』『では諦《あきら》めてください』『まて、儂は先頭に立てないから、お前がやれ』『御意』ってな按配《あんばい》さ。まあ結局は力及ばず、学会からは代理母は原則禁止すべし、という声明が出されてしまったんだけどね」

ぼくは唸《うな》った。

確かにこの人はぼくたち双子の存在を最大限に利用し、代理母を社会に呑《の》み込ませた。でもそのことでぼくたちは何も不利益を蒙《こうむ》っていない。見事なやり口だ。

「理解しました。そういうことなら理恵先生を赦します」

「よかったよ。ここまで話しても駄々をこねるなら、こちらも強権発動しなければならないかな、と思っていたからね」

「強権発動って、どんなことですか」

「君たち双子を取り上げたのは、実は僕なんだ。産婆さんならぬ『産爺《さんじぃ》』の言うことは聞くもんだ、と言おうと思ったのさ」

その時、理恵先生がこの人をパートナーに選び、忍がこの人を認めている理由がわかった気がした。

清川先生は、夕方の外来で患者さんを何人か診て帰っていった。

理恵先生も忍も、お見送りもしなかった。そんな雑な扱いを目の当たりにして、この人は一家の一員なんだ、としみじみ思った。清川先生が帰った後、応接間にいたら、理恵先生と忍が口喧嘩《くちげんか》をしながら入ってきた。

「ママは絶対反対よ」「あたしの進路をママにとやかく言われたくないわ」「ママはあなたをそんな子に育てた覚えはないわ」「こっちだってそんなママに育てられた覚え

はないわよ」

理恵先生は、応接間のソファにぽつんと座っているぼくを見てうろたえた。

「いっけない、薫さんがいらしてたんだっけ」

え？　ひょっとしてふたりともぼくの存在を忘れてたわけ？

ひどすぎる……。

驚いたけど、取りあえずふたりの口論の原因を聞いてみた。

「原因はこれよ」

理恵先生が差し出した紙は、ぼくにもお馴染《なじ》みの書類、進路希望調査書だ。

「あの、確か忍……さんは、中高一貫の女子校だったのでは？」

「そうよ。なのにエスカレーター式の高校進学をやめて音大の付属高校に行きたいだなんて、突然言い出したのよ」

「そりゃ、あれくらい才能があれば……あ、いて」

足に痛みが走る。すごい目つきでぼくを睨《にら》んだ忍が、足を思い切り踏んづけていた。

「いや、ひょっとして、忍……さんには隠された才能があるかもしれませんし、若者なら夢にチャレンジしたくなることもあるかな、なんて思ったりもしますけど」

「冗談言わないで。今の成績なら推薦で医学部に進学できるのに、音楽家になりたいだなんて信じられない。この子が医者にならなかったらクリニックは潰《つぶ》れてしまうわ」

「それは院長先生の三枝《さえぐさ》先生がお考えになることでは……」

「三枝先生はご結婚されてないから、忍が継がないと、ここは廃院になってしまうわ。そうなったらこの地域の産婦人科医療が支えを失ってしまうのよ」

革命的で開明的な理恵先生も、娘を前にしたらただのお母さんなんだな、と思う。

「結局、本人がやりたいことをやるのが一番だと思います。ぼくなんていまだに進路を決めてないから、しっかり進路を決めているなんて、妹ながら尊敬します」

「薫さんてば何を言っているの。あなたはもう東城大医学部に進学しているじゃない」

「表向きはそうなんですけど、いろいろありまして……」

しどろもどろになったぼくを見た理恵先生は、ぽん、と手を打った。

「いいことを思いついた。薫さんが忍の代わりにこの医院を継いでくれないかしら」

「ええ？　なんでぼくが？」

「薫さんも私の子どもだし、私の母校、東城大学医学部に進学しているスーパー中学生医学生なんですもの。そうだ、清川先生にも一緒に説得してもらいましょう」

「あの、清川先生は、お帰りになりましたけど」

「あら残念。でもこういうのは本人の意志が大切ね。どう、薫さん、クリニックの後継ぎになることを本気で考えてもらえないかしら」

「え、いや、あの……そうだ、忍、お前が行っている塾を紹介してくれるんだろ」

「え？　ああ、そうだったわね。ママ、今日はこの辺にして。お兄と一緒に晩ご飯を食べるから、お金ちょうだい」

理恵先生は「外食は栄養が偏るのに」とぶつぶついいながら千円札を3枚渡した。

「薫さん、今の話は真面目に考えておいてちょうだい。返事はいつでもいいから」

ぼくはほうほうのていで、セント・マリアクリニックを後にしたのだった。


「お前もいろいろ大変なんだな」

ぼくがしみじみと言うと、忍はハンバーガーにかぶりつく。

「ほんと、やんなっちゃうわ。今夜は『どん底』でご飯を食べようと思ったのに」

バーガー店で夕食を食べ終えると、隣の「どん底」へ向かう。

地下の重い扉を押し開けると、カウンターに赤いバンダナをしたビッグママが、でん、と座っていた。

隣で黒いサングラスを掛けたバーテンダーさんが白い布でグラスを磨いている。

奥の席には、ブルーのドレス姿のSAYOさんが座っている。

ぼくがSAYOさんに、修学旅行の時のお礼を言うと、SAYOさんは微笑して、「いいのよ」と言った。こんなお淑《しと》やかな女性が、あんなワイルドな運転をしただなんて、今でも夢を見ていたのではないか、と思ってしまう。

ビッグママがしわがれた声で言う。

「せっかく来てくれたけど、今夜はお茶っぴきだよ。ライブはナシだね」

「今夜はイライラして、いい演奏ができそうにないから、ちょうどよかったわ」

「荒れてるねえ。何かあったのかい？」

忍は理恵先生との諍《いさか》いを話した。ビッグママは、ふん、と鼻先で笑う。

「簡単さ。やりたいようにやればいい。ビッグママに出ていけ、と言われるから、そうしたら出ていけばいいんだよ」

「冗談言わないで。中学生なのに独り立ちなんてできるわけないじゃない」

「だったらママの言うことを聞くしかないね」

「わかってるわよ。ああ、むしゃくしゃする。ビッグママ、1曲弾いてもいい？」

ステージに立つと忍は弓を構え、一気にバイオリンを弾き始める。

激情の旋律が溢《あふ》れ出る。客はぼくしかいない。

小曲を弾き終え忍が席に戻ると、オレンジジュースを一息で飲み干した。

「あんたは怒っている時の方がいい演奏をするね。音大なんて楽勝だよ」

「音大入学が目標じゃないんだろ」と黒サングラスのバーテンダーさんが言う。

「牧村《まきむら》さんは、わかってくれてる。あたしは敷かれたレールの上を走るのがイヤなの」

「でもそれは卑怯《ひきょう》だわ。正々堂々と話し合うべきよ。しのぶちゃんのお母さんは、あなたときちんと向き合っているんだから」とSAYOさんが言う。

「ねえ、ビッグママ、お客さんはいないけど、私も歌ってもいいかしら?」

ビッグママはぼくを指差して、「客ならいるじゃないか」と言ってうなずく。

「失礼しました。瑞人《みずと》さん、『La Mer』(海)を歌いたいんだけど、いい?」

バーテンダーさんがグラスを磨く手を止め、グラスをとり、と置く。

「好きにすればいい。なにを歌うかは、小夜《さよ》さんの自由だよ」

SAYOさんは手元の箱を開け、銀色に輝くティアラを取り出して髪につけた。

「しのぶちゃん、弓つきの伴奏をお願いできる?」

忍はSAYOさんの隣に立ち演奏を始める。

これだけ弾ければ音大に行きたくもなるだろうなあ、と少し気の毒に思った。

でも理恵先生に忍の気持ちは伝わっていない。忍の演奏を聴いたことがないからだ。

——なんだ、話は簡単じゃないか。

SAYOさんの歌を聞いていると、さざ波が打ち寄せる白い砂浜が浮かんできた。

少女がワンピースの裾《すそ》を翻して、走り去る。バーテンダーさんが落としたグラスが、テーブルの上を転がった。手探りするが、手はコップを摑《つか》めない。その様子を見ていたぼくの中で、ふいにいろいろなことが、かちりと音を立ててつながった。

「アツシは後輩」「同じ病気の先輩がいて」「アツシの子分だから助けてやるよ」

ぼくは転がったグラスを取り上げ、手渡しながら言った。

「あなたが、レティノ（網膜芽腫《がしゅ》）を患った、佐々木さんの先輩だったんですね」

グラスを受け取ったバーテンダーさんの口元に、微笑が浮かんだ。

「小夜さんの歌は共感覚を励起する。脳内ではすべての刺激は電気信号に変えられるということは知っているかい？」

「シナプスの電気活動を封じ込め、こころを移植する研究をしている赤木先生に教わりました」

「それなら話が早い。森羅万象は電気信号に変換され認知される。聴覚も視覚も、感情や思考も全て電気信号だけど、混線しないで伝わっている。その境界を乗り越えるシグナルを送り込めば、歌で情景を映し出すことも理論上は可能なんだ」

「理解は難しいですけど、理解するしかないんですね」

「理論は現実を翻訳するために打ち立てるべきで、理論に合わないからといって現実を拒否するのは本末転倒だ」

「牧村さんはSAYOさんと、どういう知り合いなんですか？」

「瑞人さんは、私が勤務していた病棟の患者さんだったんです」

歌い終えて戻ってきたSAYOさんが答えた。

「東城大の小児科にいらしたんですね。如月師長はご存じですか？」

「もちろん。翔子《しょうこ》は同期で一番の仲良しだったわ」

「だから佐々木さんはショコちゃんに頭が上がらないんですね」

「そうよ。翔子に逆らえる人なんて誰もいなかった。翔子は1階の救命救急センター勤務で、私は2階の小児科病棟勤務だった」

「お兄、牧村さんとSAYOさんにも、〈いのち〉ちゃんについて説明しておいた方がよくない?」

さすがはわが妹、ナイス・アシスト。

ぼくがひと通り説明すると傍らで聞いていた忍は、「お兄もいろいろあったのねえ」とため息をつく。

「白鳥さんが出張っているのなら俺の出番はなさそうだな」

牧村さんは別方面に反応した。

「そんなことないです。『4Sエージェンシー』にお世話になる局面はあります」

「でも白鳥さんはおとなげない人だからな。ハイパーマン・バッカスでのシトロン星人偽善問題を議論していた時、幼稚園児のアッシをコテンパンに叩《たた》きのめしたんだ。それがトラウマになったせいで、アッシはハイパーマン・バッカスが好きだと大っぴらに言えなくなってしまったんだ」

ほえぇ、そうだったんだ。

そう言えば会議に白鳥さんが乱入してきた時、佐々木さんは顔をしかめていて、白鳥さんについてのコメントは辛辣《しんらつ》だったっけ。

「瑞人さんが白鳥さんを毛嫌いする気持ちはわかるけど、『良薬口に苦し』と言うし、少しは我慢しないと」とSAYOさんが言う。

「あの人は『良薬』なんかじゃない。『劇薬』で、しかも『毒薬』だ」

牧村さんは白鳥さんを一刀両断に斬って捨てた。

牧村さんと白鳥さんを無理に引き合わせたら、逆効果になってしまいそうだ。

それならぼくが真ん中で仲立ちして、2人に協力をお願いすればそれで済む。

〈いのち〉に関して言えば、ぼくたちの問題なんだから。

「そういえば、佐々木さんって、小さい頃はどんな子どもだったんですか？」

「バッカスが大好きで、シトロン星人がお気に入りの泣き虫坊主だったよ」

その時、お客さんが入ってきた。

時間は9時を回っていた。新幹線の最終に間に合うように、店を出た。

忍も、今夜はもうライブはしないと言って一緒に出た。

地上に出ると、大きな満月がぼくと忍を照らしていた。

3章

6月4日（日）

軽薄鈍感エゴイスト、
世にはびこる。

美智子には小3の時から散々面倒を見てもらっていたのに、家を訪ねたのは今回が2度目だ。最初は美智子が転校してきた小3の年、お誕生日会に招待された時だから5年以上も前になる。

その時はただ、「デカい家だな」と思っただけだったけど、今ならもう少しマシな感想を言える。桜宮駅近くの繁華街、蓮《はす》っ葉《ぱ》通《どお》りから少し離れた閑静な住宅街の一画にある豪邸だ。セキュリティはしっかりしていて、塀もコンクリートの高い壁だから自衛隊が攻めてきても半日は持ちこたえられそうだ。

ついそんなことを考えてしまうのは、〈いのち〉強奪事件の際、自衛隊のレンジャー部隊が東城大のオレンジ新棟を爆破したという記憶がまだ生々しく残っているせいだろう。

インタホンを押そうとしたら、指先が震えていたので、深呼吸をする。

仕切り直してボタンを押そうとした時、ガーと音を立て門が開き「オハイリクダサイ」という人工音声がした。門を入ると広い中庭があり、その先に玄関のドアが見えた。背後でゲートがゴゴゴ、と閉まり、玄関のドアが開いた。

そこに背の高い男性が立っていた。

「曾根崎君だね。初めまして、美智子の父です。米国では君のお父さんに、いろいろとお世話になったよ」

「こちらこそ、その節にはたぶん、父がお世話になりました。美智子さんはご在宅でしょうか」

ぼくは目一杯礼儀正しく訊《たず》ねた。一瞬、美智子のパパの顔が曇った。

「本当は日曜は休みなんだが、緊急事態が発生して2時間前に迎えがきたんだよ。でも、昼過ぎには戻ると思う。お茶菓子を出すから、少し待っていてくれないかな」

取りあえずお言葉に従うことにした。

お茶菓子につられたわけでは、決してない。

応接間に通されると美智子のパパが、おぼつかない手つきでお茶を運んできた。

「家内が出張中でどこに何があるか、わからなくてね。こんなものしか出せないが」

お盆の上にポテトチップスの山。嫌いじゃないけどこんな山盛りにされたら、どこから手を付けていいのか、悩ましい。お腹はすいていたので、ポテチは昼飯代わりにはなりそうだ。でも塩辛いからお茶を一緒に出してもらわないと、喉《のど》が渇いてしまう。

「ごゆっくり」と言われても、他人の家の応接間でゆっくりできるはずもない。

見回せばテレビはあれどリモコンが見当たらない。

要するにぼくは、ドッボっていた。山盛りのポテチはすごく美味《おい》しくて、食べ始めたら止まらなくなり、あっという間になくなった。予想通り、しばらくして猛烈に喉が渇き始めた。後先考えず本能の赴くまま突っ走ってしまうなあ、と自省しばし。ガーと門が開く音がした。車が進入する音、ばたん、とドアの閉まる音、車が出て行き門がゴゴゴ、と閉まる音。

玄関のドアが開いて、「ただいま」という声が聞こえた。

「あれ？　お客さま？」という声に、とたたたと足音がした。

「カオルが来てる？　なぜ家に上げたのよ。契約書に〈いのち〉関係者との接触は禁じるって書いてあるのに。国際弁護士が文科省との契約を破っていいと思ってるの」

「そんなこと言ったって強引に上がり込まれて、腹が減ったから何か食べさせろって言うから大切なポテチを出したんだ。ああいう図々《ずうずう》しい子にはお前が直接言ってくれないと……」

オウ、ひどいよ。ぼくはそんなこと、ひとかけらも言ってないじゃないか……。

応接間の扉が開くと、美智子が腕組みして立っていた。ぼくは反射的に最後のポテチのかけらを口に放り込み、呑《の》み込んだ。

美智子は、ぽすん、と向かいのソファに座る。

「マイケル、冷房つけて」と言うと、「カシコマリマシタ」という電子音声がして、エアコンが作動し始めた。

「なんだ、これ。未来都市かよ」

「カオルって古いわね。今や音声入力システムは家庭に常備される時代よ」

「いや、違うよ。美智子の家が最先端なだけだ」

ぼくの家では「山咲さん」が魔法の呪文《じゅもん》だ。「山咲さん、テレビ点《つ》けて」とか。

「テレビのリモコンがないけど、それもその、なんとかシステムなのかよ」

美智子が「マイケル、テレビ点けて」と言う。「カシコマリマシタ」という声がして壁一面が黒くなり、ぶうん、という音と共に総天然色の画面が現れた。

なんと「ヤバダー」の神回、「ホトトギスの托卵《たくらん》」の回ではないか。日曜のこの時間に「ヤバダー」の名作選の再放送をやっているなんて、凄《すご》い収穫だった。

だけど、美智子はあっさり「マイケル、テレビ消して」と言う。ぶうん、という音がして応接間の壁は白に戻った。

「で、いきなり家にやってくるなんてどうしたのよ、カオル」

美智子の声は冷ややかだ。

「お前のことが心配になったからだ。どうしたんだよ、休学なんかして」

「それは説明したでしょ。『こころプロジェクト』に参加して学校に行けなくなったのよ」

「『こころ』じゃなくて〈いのち〉だろ」

「どっちでもいいわ。〈いのち〉ちゃんの面倒を見るのが今のあたしの任務だから」

「だからって、あいつらの言いなりになるのかよ」

「じゃあどうしろって言うの。あたしは〈いのち〉ちゃんの付き添いで、あの子は今、小原さんが面倒をみてる。そしたらそのプロジェクトに参加するしかないじゃない」

「そりゃそうだけど……。アイツらの〈いのち〉の扱いは丁寧なのか？」

アイツら、とは小原さんとその一味だけど、赤木先生や佐々木さんまで含まれてしまうことに気がついて、愕然《がくぜん》とする。

美智子は一瞬口ごもるが、すぐに言う。

「あたしが訴えたら、いろいろ変わったこともある。決して満足はしてないけど我慢はできる範囲よ。あたしが今、やっていることはカオルと一緒に〈いのち〉ちゃんの面倒を見ていた頃と変わらないわ」

そんなことは、言われなくてもわかっているさ。でも……。

「本当にこのままでいいのかよ」

「そんなことわからない。反論すれば止まるけど、いつまで続くかしら。プロジェクトに参加する時、誓約書を書かされた。〈いのち〉ちゃんと関わった人との接触は禁止されているから、東城大の人たちやチーム曾根崎のみんなとは会えない。本当はカオルと話をしてもいけないのよ。この前話せたのは小原さんが一緒だったから。でもカオルってばハチャメチャね。切れ者の国際弁護士のパパの防衛網を強引に突破するなんて、米国の多国籍企業の顧問弁護士でも、やれる人は滅多にいないわよ」

その言葉でわかった。美智子のパパは、ぼくを美智子と会わせたかったんだ。

「ひとつだけ、確認しておきたい。今後プロジェクトの方針が変わり、〈いのち〉の身に危険が及ぶようなことが起きても、お前は契約を守り続けるつもりなのか」

美智子はいきなり、ばん、とテーブルを拳《こぶし》で叩《たた》いた。

「バカなこと言わないで。〈いのち〉ちゃんを傷つけるようなことになったら、あたしがぶっ潰《つぶ》すわ」

ぜいぜいと息を荒らげた美智子に、「カシコマリマシタ」と金属的な音声が答えた。

「それを聞いて安心した。こちらは白鳥さんを中心に総力戦を準備中だ。もしもヤバい、と思う事態になったら連絡しろ。その時はぼくがすぐに駆けつけるから」

ぼくの顔を見つめていた美智子の大きな瞳《ひとみ》に、涙が溢《あふ》れた。「ありがと」と、指先で涙をぬぐう。張り詰めていた風船が萎《しぼ》んだみたいに、美智子はぐったりした。

「なんだか疲れちゃった。夕方また迎えがくるの。申し訳ないけど、少し休ませて」

美智子は部屋を出ていった。ぼくはその後ろ姿を見送った。

しばらくすると、美智子のパパがやってきて、ぼくにUSBメモリを手渡した。

「美智子は毎日家で詳しい業務日誌をつけている。職場の業務日誌をコピーして家で育児日記を追記しているんだ。この中には、その業務日誌プラス育児日記のコピーが入っている。持って行きなさい」

「え？　それは美智子とプロジェクトの契約違反なのでは？」

「契約といっても生き馬の目を抜く国際社会の商取引契約で、獣道を見つけ非合法行為を正当化してきた私からみれば、児戯に等しいものだよ。そもそも美智子は未成年で契約は親権者の私が代行するから、あの手この手で保留事項をねじ込んだ。それは口頭で小原氏との間に契約書はない。つまり私に守秘義務は適用されないから、情報を渡しても問題ない。おまけにこの契約は破綻《はたん》している。時間外労働規則や8時間労働といった国際労働基準の条約違反の上、日本の労働基準法にも違反する業務形態だからね。メディアにリークすれば、プロジェクトは一発で瓦解《がかい》するだろう。つまり私はプロジェクトを破壊する爆弾の起爆装置を握っているわけだ」

そう言って美智子のパパは不敵な微笑を浮かべた。

「いざとなったらそれで連中に一泡吹かせてやろうと思っている。けれどもこの情報は無闇に出さないでほしい」

「安心してください。ぼくは〈いのち〉を守るためには何でもしますが、それ以外は我慢します。美智子も同じことを言っていたので、その考えに沿った行動は認めてくれると思います」

「ありがとう。君みたいな友人がいてくれて、美智子は救われるよ」

それは逆だ。

ぼくは美智子に救われてきた。だから今度はぼくが彼女を助ける番だ。

結局、「未来医学探究センター」の訪問報告を先延ばししたのは正解だった。

この3日間でぼくはいろいろな重要情報を入手した。

もう絶対に「グズでノロマで鈍いパンピー」だなんて言わせないぞ、と意気込んで、田口教授に秘密会議メンバーの臨時招集を依頼した。


6月5日、月曜日。チーム曾根崎の男子3人は、給食を食べ終えると午後の授業を早退した。

学長室に着くと高階学長、田口教授、白鳥さんの3人が待ち構えていた。

白鳥さんが、にっと笑う。

「緊急招集を掛けるなんていい度胸だね。内容がくだらなかったら承知しないからね」

隙あらば相手にプレッシャーを掛ける白鳥さんは、根っからのいじめっ子だ。

ぼくたちが集めた情報を報告した。「未来医学探究センター」再訪の件は三田村が報告した。ぼくが聞き漏らした医学情報をきっちり押さえているのはさすがだ。

先週、あやうく医院の跡取り息子になりかけたぼくは、そんな重責を淡々と担っている三田村を尊敬の眼差しで見てしまう。

「赤木先生の研究は『NCC（神経意識連関）における代替刺激置換現象について』で、その過程で得られるのが『感覚意識体験』、学術用語で『クオリア』です。意識をニューロンの接続性と関連させる研究で、〈いのち〉の巨大神経細胞を使い神経伝導実験をしようとしているのではないか、と予想していました。けれども赤木先生は、もっと根源的かつ包括的な実験を考えているようです」

赤木先生から聞いた説明を思い出す。

「クオリア」とは脳内にある「たまっころ」みたいなもので、赤木先生はクオリアの「代替刺激置換現象」の電気的刺激を別のものに置き換えて、認知している世界を再構築しようとしているのだそうだ。三田村は続けた。

「『ネイチャー』クラスの論文が些末《さまつ》だとおっしゃるならば、〈いのち〉の神経活動の分析しか考えられません。現代医学では心臓は移植できても、脳は移植できません。ヒトの意識は脳に宿っているから、赤木先生の研究は最終的に『意識』の移植、つまり『こころ』の移植だと考えられます」

白鳥さんは手を打って「ブラボー」と言う。

「高階センセに田口センセ。この賢明な少年はおふたりの思惑の遥《はる》か上空を飛んでるよ。今からでも遅くないから、飛び級させるのは三田村君に変更した方がよかない？」

いきなり、ないがしろにされてしまったぼくは、咳払《せきばら》いをして口を開く。

「続いて報告します。曾根崎教授から協力要請された、セント・マリアクリニックの山咲先生にお会いしたところ、帝華大医学部産婦人科教室の清川教授を紹介していただきました」

「ええ？　あの清川教授はセント・マリアクリニックとも関係していたんですか。それなら、私も自由行動の時に訪問したかったです」と三田村が言う。

ぼくは「また今度な」と言い、報告を続けた。

「清川教授に代理母出産の社会認知について教えていただいた後、知り合いの店で東城大の関係者と会いました。牧村さんという方で白鳥さんのこともご存じでした」

「え？　曾根崎君は瑞人と会ったんだ」と白鳥さんもさすがに驚いたようだ。

「ＳＡＹＯさんという歌手の歌も聞き、『共感覚』という現象を教えてくれました」

「瑞人のヤツ、まだ浜田《はまだ》さんとツルんでいたのか。それにしても曾根崎君は知識や情報が整理できていないのに、ツキで重要ポイントをクリアしているね。ものごとを成功に導くのは、大抵はそういう能天気なヤツのことが多いんだよね」

頭をぐりぐり押さえつけながら同時に高い高いをするみたいな感じの褒め言葉だ。

高階学長や田口教授が、白鳥さんを毛嫌いする理由がなんとなくわかった。

ぼくはUSBメモリを取り出し、白鳥さんに渡した。

「昨日の午後、進藤さんのお宅に行きました。USBメモリの中身は、彼女の業務日誌です。『こころプロジェクト』では、〈いのち〉に関する彼女の意見はかなり反映されているようです」

白鳥さんは鞄《かばん》からノートパソコンを取り出し、即座にUSBメモリをマウントした。

「前言撤回。曾根崎君は『ツキだけ坊や』じゃなくて、行動力も抜群だ。進藤さんも優秀だねえ。ほほう、そこでそうくるか」

白鳥さんはぶつぶつ呟《つぶや》きながら美智子の業務日誌を読み耽《ふけ》る。

「ところで、赤木先生がちらりと口にしていた、『ダメポ』って何なんですか？」

ぼくが質問すると、白鳥さんはパソコンのモニタから視線を上げた。

「赤木先生がそんなことを口走ってたの？　マジか。それってサイアクのシナリオだ。それは君たちみたいなパンピーは知らない方が幸せなんだけど、まさにそういう組織の名前だよ。しかしここで『DAMEPO』が出てくるとはなあ。ああ、どうしたらいいんだ……」

しばらく頭を抱えていた白鳥さんは、やがてぱっと顔を上げた。

「今回の問題は、根が深いとは思っていたんだ。文科省らしからぬ対応スピードからして引っかかった。官邸が乗り出しても、口先だけの国崎《くにさき》首相の周囲に迅速に対応できる気の利いたブレインはいない。百億円もの研究資金提供の即決なんて無理だ。何しろ国崎首相の渾名《あだな》は口パク・マリオネットだもん。では国内でえばりまくる国崎首相がヘコヘコする相手は、世界にひとりしかいない。もったいつけてもしょうがないから答えを言おう。お軽い神輿《みこし》の国崎首相を自由自在に操れる人物は世界にただ1人、アメリカ合衆国のガーデン大統領だけさ。

米国のシンクタンクはいち早く〈いのち〉から利益誘導システムを構築した。アメリカ大統領の指示なら百億円の拠出なんてお茶の子さいさい、しかも『スカーレット』が手先とは、まさに地獄の組み合わせだよ。そんな合衆国の精鋭部隊に対抗できるのはボストンのステルス・シンイチロウだけ。曾根崎教授はそこまで見通して緊急要請したのに、東城大のボンクラ首脳陣がのんびりしていたから、たちまち手も足も出なくなっちまったっていうわけさ」

「そう言うあんただって、私がサポート要請をしたのにのんびりしていたでしょう」

田口教授がそう反論すると、白鳥さんは人差し指を立てて、左右に振りながら「ちっちっち」と言う。

「田口センセが僕を『あんた』なんて言ったらダメ。かりそめにも師匠なんだから。そもそも田口センセの、もやっとした依頼のせいなんだから。自分がどんな風に依頼したか覚えてる？」

そう言うと白鳥さんはポケットからスマホを取り出した。

「僕がスマホを持つなんて堕落したもんだ。まあ、便利だけど。えと、これこれ」

白鳥さんはメールの文面を読み上げた。

「『前略、白鳥室長殿。東城大で緊急事態発生、臨時教授会を開催します。藤田教授が暗躍している可能性あり。念のためリスクマネジメント態勢を取っていただけますか。田口拝』。ほらね、会議が曾根崎教授からの緊急要請であることには触れてなくて、フィクサーは藤田教授だと誤認してるでしょ？　それなら小原を引っ張り出すのがせいぜいだと判断したワケ。つまり田口センセは緊急性を認識していなかったので、僕も緊急度を下げて対応してたんだ。どう、なにか反論、ある？」

田口教授は、ぐむ、と言って黙り込む。

「さて、ついでに説明しとくと、『DAMEPO』とは『ディフェンス・アメリカ・メトロポリタン・エンサイクロペディック・ポテンシャル・オーガニゼーション』の略で『アメリカ国防高等科学研究計画局』という米国国防総省が統括する研究機関だ。前身のAMEPO（高等科学研究計画局）は冷戦真っ只中《ただなか》の1958年、NASA（米国航空宇宙局）と共に創設されたんだよ」

NASAと言えば、平介小父《へいすけおじ》さんが働いていた研究施設だ。

なんだか縁が深そうだ。

「AMEPOはベトナム戦争で使われていた枯葉剤など化学兵器の開発をしていた。

1972年、頭に国防という言葉をつけて現在の『DAMEPO』になったんだけど、やっていることは全く同じ。軍事技術開発さ。『DAMEPO』が絡んでいたら年間予算百億円を準備するなんて朝飯前だ。つまり〈いのち〉君を使って生物兵器を開発しようとしている可能性がきわめて高いね」

黙ってお菓子を食べていたヘラ沼が、全部平らげて顔をあげた。

「おっちゃん、さっきからゴタゴタ言ってるけど、結局俺らはどうすればいいのさ」

「僕にアイディアがあるけど、まず僕をおっちゃん呼ばわりした坊やの意見を聞いてみようか」

「俺なら相手の懐に爆弾を放り込むよ。爺《じぃ》ちゃんと父ちゃんをNASAに派遣してカオルの父ちゃんに作戦を立ててもらう。カオルの父ちゃんだって、手駒がいなければ何もできないからね」

「その手は思いつかなかったな。その発想は『ツラを張られたら張り返せ』という、アメリカ精神の支柱であるキリスト教の思想とも合致する。ところで坊やの爺ちゃんと父ちゃんって、一騎当千の戦士なのかい？」

「戦士かどうかはともかく、発明家としては有名だよ。『深海五千』という潜水艇を作って新種のホヤを発見して、『ヤバいぜ、ダーウィン』にも出演したんだから」

ふうん、と聞き流したので、白鳥さんは「ヤバダー」のファンではなさそうだ。

「そういえばステルス・シンイチロウから何か新しい指示はあったかい？」

「それが、あの騒動の翌日から、毎日きていたパパのメールが、急に届かなくなったんです」

みんなの視線が一斉に集中する中、ぼくは答えた。

その場の空気が凍り付いた。

「すると坊やの戦略は土台から崩れちゃったかな。こうなったらやっぱり総力戦だ。『敵』はそこら中にはびこる『組織』という名の厄介もので、自分勝手なアメリカ大統領とその取り巻き、その太鼓持ちとして世界中から笑い物になっている口先首相が加われば日本国史上、前代未聞のサイアクな事態になってしまいそうだ。それはまさに、『軽薄鈍感エゴイスト、世にはびこる』状態だからねえ」

それを聞いてハイパーマン・バッカスの神回、第II期最終回の「史上最低の闘い」を思い出す。最凶最悪の敵、妖獣《ようじゅう》バガンはあまりにも強すぎて、周囲をすぐ壊滅させてしまうので、自分の周囲1キロを完全に破壊して消滅する運命にある伝説の怪物だ。

でもソイツが苔《こけ》怪人モスモスと共棲《きょうせい》関係になったため、長生きができるようになり、地球を破滅する災厄になるという物語だ。

あの時、バッカスはどうやって妖獣バガンを退治したんだっけ……。

どうもぼくは、フリークのクセに肝心な情報を忘れてしまう傾向がある。

いや、それはフリークだからこそ、なのかもしれないけど。

そんなぼくの内心の葛藤《かっとう》に全く気づく気配のかけらもない白鳥さんは、続けた。

「そんなトンデモコンビが、そこら中にはびこる『組織』と結託なんてしたら、地方大学の学長やその腰巾着《こしぎんちゃく》、公立中学の仲良しトリオのレベルの連中が、いくら力を合わせたところで、太刀打ちなんてできないだろうね」

聞けば聞くほど、状況は絶望的だ。でも発言の深刻さとはうらはらに、白鳥さんの能天気な、悪口もどきの言葉を聞いていると、怒りの炎が燃え上がり、それをぶつける標的が見当たらなくて、怒りを通り越し、逆に勇気づけられるような気分になるから不思議なものだ。

それは、劇辛のカレーを食べたら、目がぱっちり覚めて、戦闘モードになるという、あのスパイス・ハイな状態とよく似ている。

こういうのを人徳というのかもしれないと思ってから、人徳という単語がこれほど似合わない人もいないと思い、くすくす笑った。

白鳥さんは、危機的状況にあっても人々に笑顔とゆとりをもたらす、ビリケンかフクスケみたいな存在なのかもしれない。でもそんな風に思ったなんて口が裂けても言えっこない。

結局、その日の臨時秘密会議では、今後の方針は何も決まらなかった。

4章

6月6日（火）

修羅場は敵と味方の見分け場所。

臨時秘密会議を終えて家に帰ったぼくは、改めて美智子の業務日誌を読んでみた。
美智子のパパが「業務日誌プラス育児日記」というだけあって、美智子の〈いのち〉に対する愛情が溢《あふ》れていた。「育児日記」は、〈いのち〉が生まれた翌日に始まった。

四月二十一日　金曜日　晴れ
ゆうべ、たまごが孵《ふ》化《か》した。修学旅行の帰りの新幹線で、佐々木さんがラインで、たまごがかえりそうだと報《しら》せてくれたので、すぐに秘密基地に向かった。その後、一度家に帰って両親の許可を貰《もら》った。秘密基地で様子を見ていたら夜中に生まれそうになったので洞穴に行ったらすぐに孵化が始まった。生まれてすぐ「ピギャア」と大声で泣いた。私が「いのち」という名前をつけた。いのちちゃんの身長は私より少し大きい。生まれた瞬間からママより大きいなんて生意気だけど、可愛い。
平沼君のお祖父《じい》さんの発明品「コロコロ眼鏡君」で撮影した画像は全部ダメになっていた。佐々木さんはドジしたと言ったけど、本当はいのちちゃんが自分の生まれたところの記録を残したくなくて画像を消しちゃったんだろうと思う。

赤ちゃんの世話のため、東城大の小児科の如月師長さんが夜中なのに来てくれた。秘密基地で、いのちちゃんの面倒を見るという計画は無理だと、ひどく叱られていた。佐々木さんは翔子さんに文句を言われるのに慣れっこみたいだった。不思議。

朝になっていのちちゃんが大泣きしたので、白湯《さゆ》と粉ミルクをあげたら泣き止んだ。「もうおすわりをしてる」と翔子さんはとてもびっくりしていた。

そういえば、私はいのちちゃんが生まれた正確な時間を覚えていない。四月二十日の真夜中、四月二十一日になっていたかもしれない。後でゴタゴタするのはイヤなので、いのちちゃんの誕生日は四月二十日午後十一時半と決めてしまおう。

いのちちゃんは、オレンジ新棟で面倒をみてもらうことになった。「ピギャア」と泣いたけど、私が子守唄《こもりうた》を歌って背中をとんとんしたら泣き止んだ。翔子さんが小型トラックを借りてきて、いのちちゃんを荷台に乗せて運んだ。

体重は三十二キロあった。身長は一メートル五十センチくらい。

オレンジ三階の部屋は広いから、いのちちゃんがのびのび過ごすにはぴったりだ。いのちちゃんは裸なのでシーツを掛けたけど、すぐ手でのけてしまう。

午後六時、面会時間が終わって、帰宅する。

どこの世界に子どもを置き去りにする母親がいるだろうと思ったけど、私の主張は通らなかった。今日が修学旅行の代休でよかった。

明日は土曜日だし朝からオレンジに行けて嬉《うれ》しい。

今日からこの日記を書くことにしたのも、いのちちゃんの記録を残すのはお母さんの仕事だと思ったからだ。でも疲れたので、九時だけど寝ることにする。

四月二十二日　土曜日　曇り
いつものお休みより早起きしたのでママはびっくりしていた。

「美智子が朝ご飯を食べるのは久しぶりね。修学旅行で食欲に目覚めたのかな」なんて、ピントがズレてる。国際弁護士としてパパと切磋琢磨《せっさたくま》している人なのに。でも考えたらパパも相当変わっているので案外、似た者夫婦なのかもしれない。

朝九時、如月師長さんが「面倒を見てくれる家族と一緒で、いのちちゃんは幸せね」と言ってくれた。嬉しくて大急ぎで三階に行った。でも普段は使わない物置なので、こそっと忍び込んだ。いのちちゃんは親指をくわえてすやすや眠っていた。当番の赤木さんが看護日誌を見せてくれた。何時に白湯をあげて何時に眠ったか、全部記録されていた。私も日記を正確に書こうかと思ったけど、私はママとして別の書き方をしようと思った。しばらくして、いのちちゃんが目を覚ますと、おすわりした。

「生まれて二日目でおすわりなんてスーパー赤ちゃんだわ」と赤木さんが言った。いのちちゃんが褒められて嬉しい。お洋服を作らなくちゃいけないけど、いのちちゃんは成長が早いからすぐに着られなくなってしまいそう。「如月師長と相談してみる」と赤木さんが言う。朝のミルクをあげた。私よりも大きな赤ちゃんをだっこしてミルクをあげるのは、なんだか変な気分だ。

九時過ぎ、三田村君は身長を測って塾に行った。午後、カオルと平沼君がきた。二人は何かしようという気持ちがない。でも怒らないこと。私が生まれた時パパも何もしなかったと、今でもママは時々怒っている。パパってみんな、そんななんだろう。

四月二十三日　日曜日　雨
雨でふだんならゆううつになるけど、いのちちゃんのところに行くから気持ちはいい天気。ママがお弁当を作ってくれた。私がいのちちゃんのためにお弁当を作りたいけど、粉ミルクしか飲まないので何もできない。朝行ったらイチゴを食べていた。

「思いついてイチゴをあげてみたら、ぱくぱく食べたのでびっくりしたわ。でも、もっと驚いたのは、もうハイハイしてることね。普通は生後半年くらいなのよ」

当番の若月《わかつき》師長さんがそう言った。

三田村君は朝九時に来て、いのちちゃんのいろいろな部分を測っていった。

三田村君は研究者みたいだけど、いのちちゃんを実験動物とは思っていない。いのちちゃんが研究されるのはイヤだけど、三田村君のやり方なら文句はない。

お昼前にカオルがきた。平沼君はお休み。「アイツは孵化するまで2倍見回りしたから、後は任せるって言ってた」なんて言い訳を認めちゃうなんてリーダー失格だ。でもカオルはいのちちゃんの面倒を見るために、日曜なのに来てくれたから、文句は平沼君に直接言うべきだろう。平沼君とはなんとなく話しづらい。フロリダでもあまり話さなかった。カオルがママのお弁当を食べてしまった。いのちちゃんのためのお弁当なら怒るけど、私のお昼だから許してあげよう。美味《お》しいといってたから、ママも喜ぶだろう。若月師長さんは、いのちちゃんに肛門《こうもん》がないことを気にしている。「普通は先天異常扱いするんだけど、この子はふつうじゃないし、あまり苦しそうではないからいいのかしら。おむつの心配をせずに済むのは助かるけど」と言った。いのちちゃんが機嫌よくしているなら気にしなくていいのかな、という若月師長さんの考え方には大賛成だ。

四月二十四日　月曜日　曇り

ブルーマンデー。学校へ行くのがこんなに気が重いのは初めてだ。いつものバスに乗るとカオルが乗ってきた。私の不機嫌さをカオルは何も感じていない。授業は上の空だったけど当てられずに済んだし、修学旅行の自由行動班のレポートも全部集まったのでほっとする。カオルが国立科学博物館のレポートを期日通りに書き上げてきたのは奇跡。『ヤバダー』でアフリカ猿の話を見てたらレポートのことを思い出したんだ」と言っていた。道理で説明が類人猿に集中しているわけだ。三田村君はさすが専門的なレポートになっていた。帝華大の清川教授の対応に感動したようだ。産婦人科の教授なので、G班は産婦人科と関係が深い。平沼君をレポート係から外してよかった。ふだんの私ならレポートの提出期限が遅れたくらいでは怒らないけど、平沼君が「ボンクラボヤが面白かった」なんて一行レポートを出したらキレていたかも。

情緒不安定。マタニティ・ブルーかな。授業が終わるといのちちゃんに会うため教室を飛び出したのに目の前でバスが行ってしまう。おかげで後から来たカオルと一緒になるし、カオルは「人生あわてても意味はない」なんてジジムサイこと言うし。ほんとイラつく。でもいのちちゃんの顔を見たらもやもやが吹き飛んだ。三田村君が朝一番でいのちちゃんを見に来てくれていたことも嬉しい。

昨日は研究者みたいと書いたけど、三人の男子の中で三田村君が一番いいお父さんかもしれない。意外だ。三田村君の観察日記が看護師さんの看護記録と並べて置いてあったので読む。私に内緒でいろいろ食べ物をあげていた。水分と果物しか口にしない。肉や魚は口にいれても、んべ、と吐き出し穀物も食べない。ウンチしないために固形物を食べないのか、と三田村君は考察していたけど、アベコベの気がする。いのちちゃんはハイハイで、私を見るとまっしぐらにやってくる。

頭を撫《な》でると、ばぶう、と言ってにっこり笑う。いのちちゃんの笑顔を見たのは私だけだ。本当は看護師さんに報告すべきなんだけど、言わないでおいた。私だけの秘密。当然カオルにも言わない。いのちちゃんの笑顔が見られたから今日はいい日。

四月二十五日　火曜日　雨

雨だとゆううつだけど、いのちちゃんと会えばそんな気分も吹き飛ぶ。今日、三階に顔出ししたらいのちちゃんが歩いていた。本当に驚かされる。生まれた翌日におすわりしたのを見たら平沼君は、「キリンや子鹿は、生まれてすぐ歩き始めるんだぞ」なんて言ってた。いのちちゃんをサバンナの野獣と一緒にしないでほしい。

でも生後すぐにうろうろ歩き回る姿を見ると、平沼君の言うことも納得できる。

チーム曾根崎は頼りないけど、佐々木さんは頼りになる。高校を卒業して四月から東城大学医学部の医学生になったそうだ。もともと飛び級していたのでいきなり四年生になって日中はキャンパスにいるから何かあればすぐ飛んで来てくれると翔子さんが言っていた。「あんなアツシでも、いてくれると助かる時にちゃんといてくれるのは大したもんだわ」と翔子さんは言うけど、ひどい評価だ。

佐々木さんも言い返せばいいのにと思うけど、絶対に言い返さない。不思議だ。

そこからは少し読み飛ばした。水曜日の日記もそんな調子だったけど、〈いのち〉の記述は淡々としていた。〈いのち〉の破格の成長ぶりに慣れたのかもしれない。

日記の分量が増えたのは、連休前の木曜日だ。あの日のことはよく覚えている。

四月二十七日　木曜日　晴れ
朝からイヤな予感がした。学校が終わって飛んで行こうとしたらみんなも一緒に行くという。平沼君がぐずぐずしていたせいでいつものバスに乗り損ねた。平日はいのちちゃんと会える時間が短いのに。おまけに桜宮十字路の事故で渋滞していた。桜宮で渋滞なんて初詣《はつもうで》の桜宮神社前くらいなのに。オレンジ新棟に行ったら赤木先生という先生が文句を言い始めた。とても感じが悪い人だ。

カオルを「ソネイチャン」、佐々木さんを「ストッパー佐々木」だなんて呼んでた。

赤木先生は看護師の赤木さんのお兄さんだった。二人が兄妹《きょうだい》だなんて美女と野獣だ。

でもいくらお兄さんが相手でも秘密をぽろぽろ喋《しゃべ》るなんてひどい。赤木看護師さんは「いい人」だと思っていたけど、「いい人」は「誰にでもいい人」で、いざとなると簡単に秘密を漏らしてしまうんだ、とがっかりした。

赤木先生がいのちちゃんを見て「『ネイチャー』ものの大発見だ」と言ったのが許せなくて「この子は絶対に実験材料にはさせません」と言い返した。

でも赤木先生に、オレンジ新棟にいられるのは患者さんか、医学研究のための実験動物かのどちらかだ、と言われたら言い返せなかった。

そうしたら翔子さんが田口教授を呼んで来た。この先生が、正式に病院管理会議に報告すると言ったので、赤木先生はしぶしぶ立ち去った。

やった、と思ったら翔子さんは田口先生にはきちんと頼んでいなかったらしくて、学長室に相談に行った。大学で一番偉い学長さんだけど、カオルは前にも会ったことがあるらしく、気軽に話していた。でも学長先生と話してたら、赤木先生が上役の教授先生をつれて乗り込んできた。絶体絶命だと思ったけど学長先生は「いのち君」を見て判断します、というのでオレンジ新棟に戻った。その途端、いのちちゃんは手足をバタバタさせ、「ピギャア」と泣いたけど、私が子守唄《こもりうた》を歌って背中とんとんをしたら収まった。学長先生が「研究するならエシックスの先生に相談しないとダメですね」と言うと赤木先生がすごくイヤそうな顔をした。学長先生が私に、身体を傷つけない研究は認めてくれませんかと言うので、傷つけないなら我慢する、と答えた。そしたら赤木先生もそれで手を打つと言ったので、学長先生が仲直りの握手をしなさいと、私と赤木先生を握手させた。握手なんてしたくなかったけど、仕方ないので握手した。その後で、これは二ヵ月間の暫定処置で、その間に赤木先生に論文を書くようにと言う。三田村君の観察日記があればすぐに「ネイチャー」に論文が通るでしょうと言われて、三田村君は大喜びしていた。カオルに、「リベンジですね」と言ったのに、肝心のカオルはピンときていないみたいだった。

ゴールデンウィークには美智子の育児日記の量が増えたので読み飛ばした。5月2日、身長が2メートルを超えた時は、端午の節句にお祝いしなくちゃなんて、のんびりしたことが書いてあった。

日記はいよいよヒートアップして5月3日、頂点に達する。

五月三日　水曜日　快晴

家に理恵先生と妖精娘《ニンフむすめ》がくるというので、カオルは朝、顔出しして抜けた。その後三田村君が、観察日記を書いて帰った。平沼君はいつの間にかいなくなった。お昼頃、佐々木さんがきて声を掛けてくれた。佐々木さんだけが心のオアシスだ。午後、田口教授と高階学長がきた。二人はいつも一緒で仲良しだ。これから臨時会議を開きます、曾根崎君が到着したら始めますという。いのちちゃんの身体を拭《ふ》いていたら、カオルが理恵先生と妖精娘を連れてきたのでびっくりした。秘密を漏らした赤木さんと同じだと思って腹が立ったけど、緊急会議を要請したカオルのパパが、理恵先生にも出席してほしいと頼んだのだそうだから仕方がない。

でもそれなら妖精娘は部外者でお邪魔虫、図々《ずうずう》しい、とマジギレしそうになった。会議で一週間後に公式発表することが決まった。そのため研究を進めたいと言う赤木先生に約束違反だと抗議した。でも研究の動向はグローバル・スタンダードだからローカルでドメスティックな感情は優先されない、と脅された。私が英語を喋れることは知らないのだろう。単語は理解できたけど中身が理解できなくて反論できずにいたら、妖精娘が言い返してくれて、いのちちゃんの危機は避けられた。妖精娘は服はシーツに穴をあけてポンチョみたいにすればいい、と提案した。目から鱗《うろこ》だ。いのちちゃんの窮地を二度も救ってくれたのだから、嫌いだけど感謝しよう。

そこを読んで、美智子と忍が仲良くなれるといいなあと思った。

5月11日木曜、東城大医学部首脳陣による〈いのち〉の公式発表会。自衛隊レンジャー部隊による〈いのち〉強奪作戦が強行されたこの日は空白だ。美智子が何を考えたか、そのことはもう知ることはできないのだろう。日記を再開したのは翌日の5月12日金曜、「未来医学探究センター」にぼくと三田村とヘラ沼の3人で不法侵入した日だ。あの日美智子は夕方6時過ぎにまだ〈いのち〉がいる「こころハウス」にいた、と佐々木さんはぼくたちに言っていた。

五月十二日　金曜日　晴れ

文科省の小原さんと業務委託契約を結んだ。これからはいのちちゃんの面倒を見て、記録することが仕事だ。情報は外に漏らしてはいけない、と小原さんに釘《くぎ》を刺された。

朝八時にハイヤーが迎えに来た。今日から中学生国家公務員という身分になるらしい。カオルと張り合うつもりはないけど、中学生医学生より一歩先を行っている。

八時半、業務開始。いのちちゃんの様子をビデオ撮影する。十時採血。昨日初めて採血した時は「ピギャア」と泣いたけれど、今日は泣かなかった。

研究されるのはイヤだけど、これくらいは我慢しないといけないかもしれない。

十一時にお昼ご飯でキウイを五個も食べた。二つに切ってスプーンで中身をあげる。最初のひと口は顔をしかめたけど、ペロリと平らげてしまう。気に入ったみたい。

午後一時から四時まで自由時間。私がいないと泣くので、いのちちゃんと過ごす。嬉《うれ》しい。学校も休んで一日中一緒に過ごすことは、私が望んでいたことだ。

これなら「こころプロジェクト」に協力するのも悪くないかも、と思った。

午後五時、赤木先生が心電図、超音波撮影をやったけど、結果は教えてくれない。

「これだけ図体がデカいと検査機械がないから、CTやMRIができない。ボンクラ学長の裁定で何もしなかった時期が悔やまれる。あの頃ならまだ背が低かったから、CTやMRIで検査をし放題だったのに」と文句たらたらだ。

赤木先生がデータをまとめている間、いのちちゃんと遊んだ。それも立派な仕事なのだそうだ。

なんて素敵なお仕事だろう。そのうち、いのちちゃんは身体を丸めて寝た。寝付けばひと安心。監視ビデオを見せてもらったけど、夜中はぐっすり眠っていた。

午後八時。小原さん、佐々木さん、赤木先生と「未来医学探究センター」で晩ご飯。フランスの一つ星レストランのシェフを雇ったそうだ。小原さんは「予算はたっぷりあるんだから、これくらいの贅沢《ぜいたく》は許されるわよね」と言った。

佐々木さんはこの塔で別の研究をしていて、いのちちゃんの建物には顔を出さない。だから一日一回、食事をしながら情報交換をすることにしたの、と小原さんが言う。

小原さんは同じ服は着ない。サムシング・レッドでなにかしら赤いものを身につけている。赤いスカーフの日もある。似合っているからいいのかな。

佐々木さんの研究課題は「網膜芽腫《がしゅ》の化学治療薬の開発」と「心神喪失のシナプス的回復」だと赤木先生が教えてくれた。赤木先生はその両方の専門家だそうだ。

午後十時、ハイヤーで送ってもらう。お風呂《ふろ》に入り日記を書いて就寝十二時。

「業務日誌プラス育児日記」は6月3日で終わっていた。ぼくが美智子の家で、美智子のパパから日記をもらったのは6月4日だから、その前日が日記の最後なのは当たり前だ。でも本当は、日曜日の日記を読んで、ぼくの訪問にどんな気持ちがしたのか、知りたかったところだけど。

六月三日　土曜日　曇り

梅雨入りした。ゆううつ。朝八時半、仕事場到着。いのちちゃんと遊ぶ。片言で喋《しゃべ》り始めたので会話が楽しい。最初に口にした言葉は「ママ」だった。誇らしい気分。ママも同じだったのかな。私は最初にママって言ったかな、といろいろ気になる。

いのちちゃんの身長は二メートル九十五センチ、体重は二百キロになった。さすがにだっこはもう無理。でもいのちちゃんは変わらず、甘えてもたれかかってくるから、油断してると生命《いのち》が危ない。いのちちゃんにいのちを脅かされるなんて、カオルでも言わないようなダジャレを考えついて、くすくす笑う。

ハウスにはいのちちゃん以外、話し相手はいない。お世話係の看護師さんは朝夜二交替で、最近やっと顔と名前を覚えた。日勤二日、夜勤二日、休み二日で規則正しく交替して、昼間は二人、夜は一人で、いのちちゃんの面倒を見てくれる。安心だ。

いのちちゃんは一度寝たら朝まで起きないので夜勤は一人でも問題ないそうだ。勤務中の看護師さんは能面みたいな顔で、口を利かない。以前小原さんが翔子さんをスカウトしようとしたら断られたと言った話を思い出した。残念。

いのちちゃんは、私と一緒に過ごす時間より、赤木先生のブースにいる時間の方が長くなっている。こっそり覗《のぞ》いたら、大きな椅子に座らされ美容院でパーマを掛ける時みたいな器械を頭に被《かぶ》っていた。実験だ、と思ったけど、泣きわめかないから痛くないんだろうと我慢した。ディナーの時、何をしているんですか、と聞いたら、小原さんがラズベリーソースをナプキンで拭きながら、「この子にならいってもいいわ」と言ったので赤木先生が説明してくれた。

「『こころ』の脳波を計測している。視覚野、聴覚野、思考野、言語運動野のどこが励起されているか一発でわかる最新式の優れものだ」。ちんぷんかんぷんでぼうっとしてたら佐々木さんが「進藤さんはカオルよりも頭がよく理解も早いですが、いきなり専門領域の話を説明なしでされてもわかりっこないですよ」と助け船を出してくれた。「またやっちまった。中学生公務員第一号の進藤君は有能だから、つい中学生だということを忘れてた」と赤木先生は言って、「要はこころの中で考えていることを忠実に再現する器械だ」と言った。

「いのちちゃんは赤ちゃんだから、そんな検査はムダじゃないんですか」と訊《たず》ねたら、小原さんが「『いのち』じゃなくて『こころ』よ」と訂正したので、質問し直した。

そうしたら、赤木先生は「あれだけスペシャルな生き物がどんなことを考えているのか、知ることは大切なんだ。でも『こころ』には意思というか感情というか、『こころ』のようなものがなさそうなので困っているんだよ」と言う。

そんなはずはありません、いのちちゃんは私の言葉に反応するし、話しかけると笑います、と言うと小原さんが「『いのち』じゃなくて『こころ』だってば」と言う。

「こころ」に「こころ」がないなんて、おかしくありませんか、と私は言った。

そうしたら小原さんは「めんどくさい子ね。乳幼児発達心理学では『ママ』という喃語《なんご》は『マンマ』、つまりご飯を意味するとも言われているし、生後二ヵ月くらいに寝ている時、にっと笑うのを『生理的微笑』と呼ぶから、ママと呼んだり微笑んだりしても『こころ』があるとは限らないわ」と言う。

でもいのちちゃんには絶対こころはあります、とイライラして言うと、赤木先生が「それなら脳波検査の時に進藤クンに同席してもらおう。反応が変われば、『いのち』に『こころ』がある証明になる。明日は日曜だけど協力してくれ」と言った。

小原さんは「それは労働基準法が……」と言いかけたけど、「とっくにそんなものすっ飛ばしているから、今さらかしらね」と呟《つぶや》いて「確かにグッド・アイディアだわ。一ヵ月後に『だめぽ』の上層部が視察にくると突然通告されたから、それまでになんとか成果を出さないと大変なことになるわよ」と呟いた。

そして急に猫なで声で「進藤さん、赤木先生に協力してあげてくれる？」と言った。

正直、週一のお休みが潰《つぶ》れるのはヤダなと思った。

だけど、いのちちゃんのためなら仕方がないので、「いいですよ」と答えた。いのちちゃんに「こころ」があることを証明することは大切だ。もしこころがないなんて思われたら、実験動物扱いされてしまう。なので明日も出勤することになった。ママが地方に出張中で、何も家事ができないパパの面倒を見る約束をママとしてたけど、こういう事情だから許してもらうしかない。

帰宅は十時、お風呂に入って就寝は十一時。

∵

ぼくは日記のテキストから目を逸《そ》らし、ほう、と吐息をつく。

ぼくの知らないところで美智子はひとりぼっちで、〈いのち〉のために闘っていたんだ、と思うと、なんだか切なくなった。でも美智子の日記を読んで、こんな不自然な状態が長続きするはずはないだろう、と直感した。

不幸にも、そんなぼくの予感は見事に的中してしまったのだった。

5章

7月10日（月）

偶然と必然と運命と宿命は紙一重。

気がついたら7月になっていた。

じめじめした梅雨が続き、期末テストも始まるので憂鬱《ゆううつ》だ。

ところが桜宮中3年B組に、期末試験の直前にびっくりするニュースがあった。

「2ヵ月近く休学していた進藤さんが、明日から復学します。本当によかったですね」

そう伝えた田中先生は「よかったよかった」と何度も繰り返した。一番喜んでいるのは先生だ。美智子が補佐役を務めていたおかげで3年B組は事なきを得ていたけど、美智子の休学で綻《ほころ》びが出て、ひやひやしていたからみんなも喜んでいた。だけど、美智子の中学生公務員の業務の中身を知っているぼくは、素直に喜べなかった。

「みなさん、今までみたいに進藤さんにおんぶにだっこではいけませんよ。進藤さんは午前中だけ学校に来て、午後は今まで通り文部科学省のお手伝いを続けるんだそうですからね」と田中先生は続けた。

田中先生はぼくを見て言った。先生には自覚がないんだな、と苦笑いする。

美智子の復帰が半分だけとわかり、心配も半減した。でもいい兆候ではない。

小原さんが美智子の言い分を聞くのは〈いのち〉をコントロールできるのが美智子

だけだからだ。その美智子が半分解放されるのは、彼女抜きで〈いのち〉を制御できるようになったということではないのか。するとこの先、〈いのち〉を本気で守る人が身近にいなくなってしまう。白鳥さんに報告して臨時秘密会議を招集すべきかとも思ったけど、さすがに明日以降でいいだろうと思い直す。

美智子と直接話した後の方がいいに決まっているからだ。

翌朝。バスに乗ると、最後部の座席に座った美智子が、鞄《かばん》をどけて隣の席を空けてくれた。「久しぶり」と言って隣に座ると、美智子は「そうね」と答えた。

「復学して大丈夫なのか？」

「どうして？　あたしなんかクラスに戻らない方がいいってこと？」

「何をトゲトゲしてるんだよ。そんなこと、誰も思うはずないだろ」

美智子はうつむいてハンカチを握りしめた。手の甲に、ぽたり、と涙が落ちる。

「な、なんだよ、どうしたんだよ」とぼくは左右を見回して小声で言う。

美智子は洟《はな》をすすりながら言う。

「お願い、カオル。〈いのち〉ちゃんを助けてあげて」

ぼくは呆然《ぼうぜん》と、急に小さくなってしまったような美智子を眺めた。

人気者の学級委員の帰還にクラスは歓迎一色に染まった。美智子は笑顔でそつなく歓待を受けていたけれど、情緒不安定なので気が気ではない。

「はいはい、学級委員の進藤先生は国家公務員のお仕事で大変だから、中学生のぼくたちがいきなり質問攻めにするのはよそう。休み時間にゆっくり話せばいいだろ」

不本意ながらアイドルのファンの整理役を買って出ると、いつもは「ヒューヒュー、熱いぜ、お2人さん」なんてからかうヘラ沼も、何か感じたらしく何も言わなかった。

チャイムが鳴って田中先生の姿が見えたのでみんな着席した。

美智子が隣を通り過ぎた時、小声で「ありがと」と言った。

でもぼくの気配りは結局ムダになってしまった。

ホームルームで田中先生が美智子の復学祝いを盛大にぶち上げてしまったからだ。

昼、給食を食べ終えると、美智子はそそくさと帰り支度を始めた。

コイツはそつなくクラスに溶け込んでいて、帰り支度にも不自然さはなかった。

「もう帰るのか？」と訊《たず》ねると美智子はうなずく。

「ハイヤーが1時に迎えにくるから『こころハウス』で夕方まで仕事して、いつものディナーをした後、家までハイヤーで送ってもらうの」

「それじゃあゆっくり話すヒマがないな」

「赤木先生が偉い人に研究成果を発表する準備で忙しくて、〈いのち〉ちゃんの実験が優先されてる。あたしは期末試験期間は完全にお休み。その時ならいつでも大丈夫」

「それなら明日《あした》の午後、秘密基地に集合しよう。土曜だから大丈夫だろ？」

美智子はうなずいて教室を出て行った。


7月8日、土曜日。ぼくたちは平沼製作所の裏手の岩山にある秘密基地に集合した。

ぼくが到着した時、ヘラ沼と三田村はもう来ていた。ソファに座ると、がたがたと扉が開いて、青いワンピース姿の美智子が入ってきた。

お洒落《しやれ》をした美智子に見とれる三田村の隣で、ヘラ沼はからかうように言う。

「どうしたんだよ、進藤、そんなにおめかしして」

「カモフラージュよ。みんなと会うなら、お洒落は必要ないはずだから」

「監視されてるのか」とぼくが心配になって訊ねる。

「ううん、たぶんされてない。中学生を監視しても何にもならないもの」

「それならカモフラージュの意味がないじゃんか」とヘラ沼が突っ込む。

「うるさいわね。たまにはあたしがお洒落をしたっていいでしょ」

「ええ、全く問題ありません」と三田村が援護射撃をすると、ヘラ沼は黙り込む。

「それより、チーム曾根崎に進藤美智子さんが復帰したことを祝って乾杯しよう」

ぼくが言うと、ヘラ沼が冷蔵庫からスポーツドリンクのボトルを取り出し投げ渡す。

「えー、ではお洒落な進藤さんの、馬子《まご》にも衣装に敬意を表して、乾杯」

ヘラ沼は、どうしても余計なひと言を付け加えないと気が済まないらしい。

「なんだかいろんなことがいっぺんに動き出したの。きっかけはあたしのドジのせいかもしれないんだけど……」と美智子が話し始めた。

「ドジって、何をしたんだよ」とぼく。

「毎日夕方、『未来医学探究センター』で一緒にディナーする時、3日前にあたしが先に戻ったの。地下室には誰もいなくて、その一画がぼうっと光ってた。〈いのち〉ちゃんのたまごを見つけた時の光と似てたから近寄ったら、水槽があって、白い布がかかっていた。神かけて誓うけどあの時、あたしは触らなかったのに白い布がはらりと落ちて、中が見えたの。その水槽の中に何がいたと思う？」

「ピラルク、かな？」とすかさず「ヤバダー」クラスターのヘラ沼が言う。

「水槽に熱帯魚がいたくらいで、あたしが大騒ぎするワケないでしょ」

マジで怒った顔をした美智子は一瞬躊躇《ちゅうちょ》した後で、思い切って言う。

「そこには、長い髪の、とても綺麗《きれい》な女の人が眠っていたの」

「水槽の中に？　エンバーミングされた死体だとか？」とぼくが訊ねる。

「死体じゃなかった。あたしが女の人に見とれていたら、『何してるんだ』と怒鳴られた。佐々木さんが怖い顔をして立ってた。『ディナーの支度ができたから上に行け』

と言われた。女性が誰か聞きたかったけど、『他人の家を覗《のぞ》き見した上に、何か聞こうだなんて思ってないよね』なんて言われて、何も言えなくなっちゃったの」

　佐々木さんが、ぼくに絶対に覗くな、と言った理由がわかった。美智子は続けた。

「その日のディナーで小原さんに、アイスマンの解析具合はどう、と聞かれて、データのインプットは終わりました、と佐々木さんが答えたら小原さんは興奮してたわ」

　脳裏に、以前2階の奥の部屋で見た、白い作務衣《さむえ》姿の男性の姿が浮かぶ。

「小原さんは、『だめぽ』に報告できる、と喜んで『ボディは完璧《かんぺき》、ヘッドは赤ちゃん、マインドは空っぽだから私たちが補完しないと』と言ってた。そこでハイヤーが来たのでその先はわからない。そしたら翌朝、これからはあたしの仕事は半日でいいと言われたの。あたしが覗き見して佐々木さんを怒らせちゃったせいよ」

　しゅんとしてしまった美智子を慰めるつもりもあって、ぼくが言う。

「それは違うな。美智子の勤務が半日に減ったのは、プロジェクトが新局面に入ったからだ。その意味では危険なサインだと思う。まず半日、美智子なしで問題なければ1日3時間、2時間、1時間と減らしていって、最後はクビにするつもりなんだ」

「だとしたら、あたしはどうすればいいの？」

「子どもが母親から乳離れするのは、自然の摂理だからどうしようもないな」だなんて、「ヤバダー」フリークで野生動物の掟《おきて》に詳しいヘラ沼は容赦ない。

「ぼくも同じ意見だ。でもそうなると〈いのち〉にはぼくたちの手が届かなくなってしまう。あんな連中に〈いのち〉は任せない。だからどうするかというと……」

「というと？」と三田村が鸚鵡《おうむ》返《がえ》しに、ぼくの言葉の末尾を復唱して唾《つば》を飲む。

「どうすればいいかわからないから相談するために、緊急秘密会議で白鳥さんを召喚しよう。美智子もテスト期間で1週間のお休みをもらっているから会議に出られる」

「そうだな、あのおっちゃんはでかい口を利いてたクセに何もアイディアを出さなかったから、ここらで実力を見せてもらおうか」とヘラ沼。ぼくは三田村に言った。

「三田村は参加しなくていいぞ。チーム曾根崎のメンバーは受験の影響を受けないヤツばかりだ。中学生医学生のぼくは医学部進学が決まっているし、ヘラ沼は平沼製作所の跡継ぎだし、美智子はいつのまにか中学生国家公務員になった。でも三田村は医学部を目指しているから、受験の天王山《てんのうざん》の中3の夏休みは勉強した方がいい」

忍の家で医者の跡取りプレッシャーの片鱗《へんりん》を味わって、気持ちが挫《くじ》けそうになったぼくは、生まれてからずっとあんな圧力に晒《さら》されていたら大変だろうと思って、そう言ったわけだ。ところが、三田村は怒って言う。

「なぜ今さら私だけ、仲間はずれにするんですか」

「桜宮学園高等部の推薦を受けたいなら、期末試験でいい点を取らないとダメだろ」

「そうですけど、〈いのち〉君にとって重大な瀬戸際の今、〈いのち〉君を放り出して、ガリ勉して医学部に入れたとしても喜べません」

するとと美智子は三田村に抱きついた。三田村は直立不動の姿勢でかちこちになる。

「三田村君、ありがとう。〈いのち〉ちゃんの代わりにお礼を言うわ。三田村君の未来と天秤《てんびん》に掛けているから、こんな言葉だけじゃ全然足りないと思うけど」

美智子、心配するな。三田村にとっては最高のご褒美になっているぞ。

その後、田口教授にメールを送ると、すぐに返事がきた。

こうして明後日《あさって》の月曜の午後、第3回の緊急秘密会議の開催が決定したのだった。

7月10日、月曜日。1学期の期末試験の初日は午前中に3科目だった。

期末テストを終えたチーム曾根崎のメンバーは、放課後に集合すると、東城大学行きのバスに乗り込んだ。

「美智子はどうだった?」「数学がダメ」「三田村は?」「英語が残念な結果です」

「ヘラ沼は……聞くまでもないか」「おい! そういうカオルちゃんはどうなんだ?」

「……(無言)」

やがてバスはお山のてっぺんの終点、大学病院に到着した。

ぼくたちはすぐさま、旧病院棟3階の学長室に向かった。

秘書さんに「少々お待ちください」と言われて、応接室に通された。

美智子を除く3人は、思い切り寛《くつろ》いでいる。ヘラ沼に至ってはお茶菓子の場所を探り当て、勝手にむしゃむしゃ食べている。

美智子はそんなぼくたちの様子を呆《あき》れ顔で眺めていた。

「あんたたちって、相当ここに通い詰めていたみたいね」

「いや、ほんの2、3回だよ」とぼくが答えた時に扉が開いて、高階学長と田口教授、続いてカラフルな三原色背広姿の白鳥さんが、議論しながら入ってきた。

「東城大の上層部は危機感という言葉を電車の網棚に置き忘れてきたんじゃないの。特に沼田《ぬまた》さんは10年前と変わってない。〈いのち〉が文科省に横取りされたのも、沼田さんがわからんちんのエシックス対応のせいなのに、全然無自覚なんだから」

「あれでも昔よりマシになって、少しは人の話に耳を傾けるようになったんですから、もっと大らかなまなざしで見守ってあげてくれませんか」

「そう言い続けて10年以上だよ？　その間に東城大が大いに遅滞したことを考えれば、大目にみるなんてぜーったいにできないね」と言った白鳥さんはようやく、学長室のソファに中学生4人組が座っていることに気がついて、説難《ぜいなん》の矛を収めた。

「ま、東城大の上層部はスリーテンポ遅れだから、ワルツだとまるまるズレて自覚できないんだ。その点、この子たちの方が立派だよ。同じ遅れでもワンテンポだから」

ぼくは憮然《ぶぜん》とした。報告前からワンテンポ遅れだと断言されては、立つ瀬がない。

高階学長が取りなすように言う。

「まあまあ、わざわざ来てくださったんですからお茶菓子でも……ってもう勝手に召し上がっていらっしゃるようですね。覇気ある若者、善きかな、です」

高階学長は大人の風格で、自分の机に着く。4人掛けのソファにチーム曾根崎のメンバーが、両脇の1人掛けのソファに田口教授と白鳥さんが座る。

「緊急の討議事項について説明してください」と田口教授に言われて立ち上がる。

「文科省のプロジェクトに動きがありました。進藤さんが詳しく説明します」

美智子の話を聞き終えると、腕組みをしていた白鳥さんが訊《たず》ねた。

「確かに緊急秘密会議を要請する価値はあるね。でも、このことを曾根崎君が知ったのは金曜日だよね。するとさっき、ワンテンポ遅れと褒めたけど、ツーテンポに値引く必要がある。ま、それでも東城大の上層部会議よりかはマシなんだけど」

褒め言葉のダウンサイジング攻撃は、意外にダメージになった。

「仕方なかったんです。あたしたちは期末試験の最中なので」

美智子がぼくのために言い訳をしてくれた。白鳥さんは苦笑して言う。

「ま、『ア・リトルビット・レイト』で、『トゥー・レイト』でなかったのが救いかな。で、これからどうすればいいと思う？」

「あの、それを聞くためにこの会議を設定してもらったんですけど……」

丸投げのフライ返しを食らってぼくが悄然《しょうぜん》とすると、隣のヘラ沼が口を開いた。

「それってこの前と同じ展開じゃん。今日はおっちゃんの意見を聞きたいんだよね」

「もっともだな。じゃあ今回は最初に僕のアイディアを披露しよう。反撃のヒントは1ヵ月前に受け取った進藤さんの業務日誌にあったんだ」

「ちょっと待って。どうしてあなたが、あたしの日誌を読んでいるんですか？」

「曾根崎君が、僕に託したからだよ」

「冗談じゃないわ。これってどういうことなの、カオル」

「あ、いや、ええと、それはつまりその……」

「わかった。パパがカオルに渡したのね。まさかカオルはアレを読んでないわよね？」

「ぼくは美智子のパパに頼まれて、白鳥さんに渡しただけだ」

ドキドキものの大嘘だけど、白鳥さんが助け船を出してくれた。

「断言するけど曾根崎君は進藤さんの業務日誌は読んでいないよ。もし読んでいたら、こんなツーテンポ遅れの対応は絶対できないもの。そうだよね、曾根崎君？」

海原に投げ掛けられた救命ブイにしがみつくように、ぼくはこくこくとうなずく。

でも、するとぼくが無能だと認めることになるわけだよなあ、と思い悄然となる。

「てなわけで説明を続けるよ。進藤さんの業務日誌から、連中の計画が行き詰まっていることが読み取れる。問題は僕たちがあのプロジェクトを把握していないことだ。

そのギャップを埋めるために思いついたのが『トロイの木馬』作戦さ」

「それってどういう中身なのさ」とヘラ沼が質問する。

「聞いて驚くなよ、中身は『文科省プロジェクト強奪大作戦』だ」

「他人の業績を盗むんですか？」と思わずぼくは声を上げた。

「違う。君たちのIMP研究を取り戻すだけさ。あ、それなら『奪還作戦』にしないといけないのか。根本は平和共存を目指すフリをして共同研究を持ちかけることで、東城大が実質的なイニシアチブを取っちまおうというワケさ」

「簡単におっしゃいますが、そんなこと可能なんですか」と田口教授が訊ねる。

「可能だと思うから提案したんだよ。以前も言ったけど今回は総力戦でないと太刀打ちできないから、使えるものは猫も杓子《しゃくし》も、行灯《あんどん》でさえ使う。というわけで業務日誌を解析した翌日、つまり1ヵ月前に高階センセにある指令を出してもらっている」

「それはまた超素早いっすね。で、何を指令したんすか」とヘラ沼が身を乗り出す。

「業務日誌から、藤田教授がプロジェクト・リーダーの地位を追われ、赤木先生中心に体制が組み替えられたことが読み解けた。泣き虫アッシの研究も進行中だけど、後《あと》釜《がま》のリーダーの赤木センセは停滞中。このギャップが狙い目だ。小原は優秀だけど人の気持ちがわからなくて、いつも周囲から仲間外れを食らって自滅する。今回も同じことになっていやがる。てか、同じ目に遭わせてやるぜ、スカーレット」

文末が文頭と乖離《かいり》して文意が滅茶苦茶《めちゃくちゃ》になっている。本気で怒っているみたいだ。

人の気持ちがわからないって、白鳥さんも同じじゃないか、と思ったけれど、そんなことを言ったら、どんなことになるのか想像がつくので言わないでおいた。

「乗っ取り計画だから『トロイの木馬』なんだろうけど、実際はどうするのさ」

ヘラ沼の質問に白鳥さんは、えっへん、と胸を張る。お前は幼稚園児か。

「使えるものは猫も杓子も木馬も使うと言っただろ。あ、それなら『トロイカの木馬』の方が正確なのかな。赤木センセは神経伝達解析と画像解析をやりたがっているけど〈いのち〉君は巨体すぎて普通の機械ではCTもMRIもできない。これは高階センセがグズで検査を先延ばしにしたことが怪我の功名になったんだけど、そこで発想を転換する。つまり身長3メートルの巨大生物のCTやMRIを撮影できる機械を提供すれば、連中は飛びついてくるはずだ」

「そんな機械は、すぐに作れませんよ」と田口教授が言う。

白鳥さんは人差し指を立て、「ちっちっち」と言いながら、左右に振る。

「そこで思考停止するか、その先を考えるかが凡人と天才の分かれ目なんだよ。凡人の田口センセは無理と決めつけた。天才の僕はアイディア実現のため思考を巡らせた。するとあら不思議、たちまち道が目の前に現れる。ちなみに田口センセも知っている道だよ。ここまでヒントをもらっても見当がつかないなんて、ほんと田口センセってぼんやりさんだね」

　そこまで言われても何も言い返せない田口教授は唇を噛《か》んで、黙って耐えている。

「巨大画像診断機器の開発と言えば思いつくのはただひとり。マサチューセッツ医科大学の東堂《とうどう》センセだよ。しかも東堂センセは高階センセのお友だちで、東城大に借りがあるから高階センセから依頼すれば一発だよ」と白鳥さんは得意げに続ける。

「東堂先生の方は逆に、東城大に貸しがあると思っているようですが」

　高階学長が言うと、白鳥さんは首を左右に振る。

「それって要は精神的共同体ってことで、同じことだから無問題《モウマンタイ》だよ」

　いや、それは違うだろう。

　お金を貸している人と借りている人が同等なわけがない。

　でも運命共同体というのはなんとなくわかる。高階学長はため息をつく。

「確かに幸運の女神さんは、白鳥さんの迅速な判断に微笑みました。東堂先生は既に巨大CTとMRIの開発を進めていて、完成寸前だったんです」

「そんな都合のいい偶然、あるはずないでしょう」

　ぼくが言うと、白鳥さんは首を振る。

「トンビがタカを生むという格言があるけど、曾根崎家ではタカがナスビを生んだみたいだね。知らなかったのかい？　偶然と必然と運命と宿命は紙一重なんだよ」

「一富士二鷹《たか》三なすび」つながりかな、なんて考えてしまうなんて、ぼくもすっかり白鳥ウイルスに毒されてしまったのかも。

でもあまりにも無茶な転調に思わず、ぷっと噴き出してしまう。

「東堂センセなら迅速に開発できると見越して、高階センセにお願いしたんだ。でもさすがの東堂センセも機械開発には相当の時間がかかる。しかも船便だと太平洋横断に1ヵ月掛かるから、最速で8月中頃になるかと思ったら、連絡した翌日に船便で出荷してきた。東堂センセがいくらシャープでも、依頼を受けた翌日に新製品の開発を終えて船便で送り出すなんて絶対に不可能さ」

「じゃあ、どうしてそんなことができたのさ」とヘラ沼が当然のツッコミをする。

「ヒントはすべて提示してあるし、みんなは謎を解く材料を持っている。それでもわからないとなると僕にひれ伏して教えを請うことになるけど、そこまでして答えを聞きたいかな？」

ぐむ、と言ってヘラ沼は黙り込む。考えてもわからないようだ。

ぼくに至ってはそもそも最初から謎解きは諦《あきら》めていた。

「ま、凡人にはこの謎は絶対に解けないだろうね。それじゃあ正解を発表しようか」

その時、美智子がぽつんと呟《つぶや》いた。

「わかった。カオルのパパが依頼してたんだわ」

「ブラボー。さすが史上初の中学生国家公務員だけのことはあるね」

白鳥さんが拍手したので、チーム曾根崎のメンバーも一斉にスタンディング・オベーションをした。

「ステルス・シンイチロウは、緊急会議招集を依頼してきた連休のど真ん中の時点で2ヵ月後の今の状況を予測し、東堂センセに製品の開発を依頼した。だから先月高階センセが依頼した翌日、東堂センセが日本に向け船便で製品を発送した。そのおかげで、今日から4日後、桜宮港に入港するという離れ業ができたんだ。その東堂センセを来日させて文科省のプロジェクトを乗っ取ろうというのが『トロイの木馬』作戦の全貌《ぜんぼう》なのさ。あるいは『白鳥＝東堂＝曾根崎』ラインによる『トロイカの木馬』でもある。更に東堂センセはステルス・シンイチロウの伝言を持参するはずだから、曾根崎君をマサチューセッツに派遣する必要もなくなり、経費節減もできたってワケ」

あまりにも怒濤《どとう》の展開に、ぼくは言葉を失ってしまう。

けれどもさすがいじめっ子のヘラ沼は、すかさず言い返した。

「それって凄《すご》いのはおっちゃんじゃなくて、カオルのパパじゃん」

「ま、そうとも言えるけど、僕がお膳立《ぜんだ》てしなければここまで迅速に動かなかったはずだから、やっぱ僕が発案した作戦と言っても、あながち間違いでもないんだよ」

めちゃくちゃな屁理屈《へりくつ》だ、とヘラ沼はぼそぼそ言うけど、それ以上言い返せない。

「実現寸前だった『文科省プロジェクト奪還作戦』だけど、ここにきて大誤算が生じてる。泣き虫アツシの非協力的な態度だ。曾根崎教授はアツシを心底信頼していた。以前カオル君がピンチになった時、アツシの助けで乗り切ったことからもわかるだろ。曾根崎教授は『未来医学探究センター』の初期運営に関わっていたというウワサもある。でも今のアツシの行動は、曾根崎教授の指示ではなく、あっちのプロジェクトに忠誠を誓っているように見える。『トロイの木馬』、あるいは『トロイカの木馬』作戦はアツシの態度次第で、オセロみたいに土壇場で引っ繰り返り、大逆転されてしまう可能性もある。というわけで高階センセには明後日《あさって》の早朝、来日予定の東堂センセを羽田《はねだ》に迎えに行ってもらう。その後、明後日の午後、ここにいる全員で、あの邪悪なプレハブのダンジョンに乗り込むことにするから、みなさん、ご協力をよろしくね」

その日程を聞いてチーム曾根崎のメンバーは、密《ひそ》かに胸をなで下ろした。明後日の午後には期末テストが終わっているからだ。

6章

7月12日（水）

気配りポイポイ
捨てまくり。

期末テストを終えて、晴れ晴れしい気分の7月12日水曜の午後。

チーム曾根崎は東城大の学長室に集結した。田口教授が昼食にスカイレストラン「満天《まんてん》」からケータリングでカツ丼を取ってくれた。いつもはたぬきうどんなので、カツ丼は初めてだったけど、なかなかジューシーだった。

「東堂先生ってどんな人なんですか」と質問すると、田口教授は「カウボーイみたいな先生さ」と言う。「テンガロンハットをかぶり投げ縄で猛牛をぶっ倒すとか？」と冗談交じりに聞き返してみた。

すると、田口教授は「まあ、そんな感じかな」と奥歯に物が挟まったように答えた。

その時、がらりと扉が開いて大柄な男性が入ってきた。革のチョッキにテンガロンハット。薄茶のサングラスに口髭《くちひげ》姿はまさしくカウボーイ。

その人は部屋をぐるりと見回すと両手を広げ、田口教授にのっしのっしと歩み寄る。

「マイボス、お久しぶりデス。再会できてミーはハッピーね」と英語交じりの変な日本語で言う。抱きしめられ、肩をばんばん叩《たた》かれた田口教授は顔をしかめる。

「Ａｉセンターはなくなったので、私はもう東堂先生の上司ではありません」

「HAHAHA、たとえオーガニゼーションがデストロイされても、ミーのマインドはネバ・チェンジ、ミーのポジションはAiセンターのウルトラスーパーバイザーで、ミーのハートはマイボスのサブオーディネット（部下）のままストップ・モーション、なのデス」

「そんな肩書きもありましたねえ。今回、東堂先生にお願いするのは奇しくもその跡地に建てられた『未来医学探究センター』で進行中のプロジェクトの事態収拾です」

高階学長が遠い目をして言う。この人がマサチューセッツ医科大学の教授なのか？　とてもパパのお仲間には見えないんだけど。だいたいローマ字読みでHAHAHAと笑うなんて、アメコミの主人公かよ。

そんなことを考えていたぼくの顔を、東堂教授はじろじろ見た。

「オウ、そこなる少年《ボーイ》は、マサチューセッツ大のミーの心友、シンイチロウが息子《サン》、カオールではアーリませんか。貴殿のパパのオーダーのおかげで2ヵ月、ミーは超ビジーでした。後でパパさんに、トウドウはよくやったと報告してくだサイね」

東堂教授はぼくを抱きしめ、大きな掌《てのひら》で背中をばんばん叩く。

ぼくは、「イエス・サー」と、むせながら答えるしかない。

「さて、感動の再会の挨拶《あいさつ》も済んだことですし、直ちに会合に向かいましょう」

高階学長の発言に東堂教授は「ゴンは相変わらずせっかちだな」と呟《つぶや》く。

いきなり日本人のイントネーションになったので、びっくりする。

ひょっとしてゴンって、高階学長の渾名《あだな》なんだろうか。

ぼくの中でダンディな高階学長のイメージが、がらがらと音を立てて崩れていった。

文科省の小原さんが仕切っている「こころハウス」に行って、正面から研究協力を持ちかける、というのが白鳥さんが立てた作戦だった。

それは東堂教授が船便で送ってくるという、新型MRIを使った画像研究らしい。

タクシー2台に分乗して桜宮岬へ向かう。1号車は東堂教授と高階学長とぼくの3人、2号車は田口教授と美智子、三田村、ヘラ沼の4人だ。

高階学長は嫌がったけど、「帝華大の同級生で、積もる話もおありでしょうから」と珍しく田口教授が強引に押し切った。

でも、なんでそこにぼくが入るのか、ワケワカメなんだけど……。

ぼくの隣で、東堂教授は空気読まない感丸出しで陽気に喋《しゃべ》り続ける。

「東城大とミーの相性はベリ・バッド、虎の子、9テスラMRI『リヴァイアサン』をぶっ壊され、縦型MRI『コロンブス・エッグ』はクエンチ。だから今回開発した大容量CT・MRI複合機『フローティング・ガブリエル』は壊すなよ、ゴン」

「ゴンっていうのは、高階先生の渾名なんですか」とぼくが合間に質問する。

「サノバビッチ・オブ・シンイチロウは素晴らしい洞察力。おっしゃる通りデス」

洞察もなにも、あんたが言ったんですけど。めんどくさくなって、話を変えた。

「『フローティング・ガブリエル』の『ガブリエル』ってなんですか？」

「画像診断の真実を世界に送り出すため、天上界から遣わされた流浪の大天使デス」

この怒濤《どとう》の喋り方はどこかで聞いたことがあるぞ、と思ったら、なぜか厚生労働省の火喰《ひく》い鳥、白鳥さんの得意げな表情が脳裏に浮かんだ。

「白鳥さんはお見えにならないんですか」と訊《たず》ねると高階学長は苦笑する。

「あのお方がこんな派手派手しい、ハレの日のイベントを外すわけがないでしょう。事前の打ち合わせは必要ないから、現地に直行するそうです」

桜宮岬でタクシーを降りた東堂教授は、「未来医学探究センター」を見上げた。

ふもとに視線を転じると、建物の側にカラフルな背広姿の男性が立っていた。

厚生労働省官僚の白鳥さんは、しゅたっと手を挙げ、東堂教授に歩み寄る。

「東堂センセ、首を長くして待ってたよ。ここからは総力戦だから、よ・ろ・し・く」

白鳥さん、高階学長、田口教授、東堂教授の4人の大人とぼく、美智子、ヘラ沼、三田村の4人の子どもが海岸線に並んだ様子は、ハイパーマン・バッカスの防衛軍、宇宙戦隊ガボットみたいだった。

「ここが正念場です。それでは参りましょう」と高階学長が言った。

「こころハウス」訪問はこれが2度目だ。

1ヵ月半前の公開時と比べると、建物は堅牢《けんろう》になっていた。また、自衛隊の人たちが大勢、あちこちで忙しく作業している。何かあるのだろうか。

ぼくたちが門前に着くと扉がガラガラと開き、真っ赤なスーツ姿の小原さんが腕組みをして立っていた。その右にモアイ像の赤木先生、左に佐々木さんが並ぶ。後ろの端っこのフクロウ怪人、藤田教授は影が薄い。藤田教授に代わりトップに君臨した赤木先生が先導し佐々木さんと小原さんが続き、しんがりの藤田教授がしょぼくれた声で「どうぞこちらへ」と言った。

部屋に入ると〈いのち〉が大きな椅子に座らされ、手すりに腕を、椅子の脚に足を、ベルトで縛られている姿が見えた。頭に金属製の丸いヘッドギアが被《かぶ》せられ、たくさんケーブルが出ていて、傍らの大型コンピューターとつながっている。

その様子を見た美智子が「〈いのち〉ちゃん、大丈夫？」と言いながら駆け寄ろうとした。すると次の瞬間、びしり、と雷に打たれたように倒れた。

その様子を冷ややかに眺めて、赤木先生が言う。

「許可なく近寄るからだ。昨日、『こころ』の周囲に電磁バリアを張ったんだ」

「こんなことをするために、あたしを遠ざけたのね」と美智子が叫ぶ。

〈いのち〉はうっすら目を開け、「マンマ」と言うと再び目を閉じる。周りのコンピューターのライトがちかちか点滅した。その光景は、「未来医学探究センター」の2階の一室にいた、白い作務衣《さむえ》姿の男性を思い出させた。うっすら開いた目。細い唇。「誰だ？」という、抑揚のない冷ややかな声。

背筋が寒くなる。あの人はまだあの部屋にいるのだろうか。

「ところで今日は改まって、どういう話かしら。今日は大規模な実験があるから、忙しいんですけど」と挑発的な口調で小原さんが訊ねる。

白鳥さんがすかさず言う。

「東城大医学部が画像診断研究部門で協力したいと申し出た。受けるかい、小原？」

「今さらボンクラ東城大の研究協力なんぞ、必要ないわ。ウチらの研究は独力でここまで来てもうたで、もう手出しはできへん。それに今夜、決定的な実験が行なわれることになっておるのや。なあ、赤木先生、そうやな」

その言葉に、赤木先生が大きくうなずく。東堂教授が口を開く。

「今までの経緯から拝察するに、みなさんはNCCにおける代替刺激置換現象の確認のため『DAMEPO』で開発された最先端の脳波計測・互換装置を導入し、神経意識連関について調べつつ意識置換の研究をしてマスね。でもそれって、合法デスか？」

東堂教授のさりげない質問に、小原さんがぎょっとした顔になる。

「なにイチャモンつけとるんや。文科省のエースである私が非合法な研究計画なんて、立てるはずないでしょ」

「果たしてそうデスかねえ。『ＤＡＭＥＰＯ』基本マニュアルでは代替刺激置換現象を意識レベルに導入する実験をする際は基礎データ集積の報告と確認が必要になるはずデスが、そこはクリアできているんデスか？」

「どこの馬の骨ともわからないヤツの質問に答える義務はあらへん」

　小原さんが急に小声になって、言う。

「ミーをご存じないとは文科省のインフォメーション・レベルは、スプレンディドなほどのロー・クオリティ、デスね。それなら教えて進ぜませう。ミーこそは、ここにおわします、ゴン・タカシナの盟友にしてマイボス、ドン・タグチの忠実なる部下、フミアキ・トウドウなるぞ」

「トードーさんとやらは口上はご立派やけど結局、白鳥のパシリの東城大ツートップの、そのまた子分なのね」

　小原さんが笑うと、東堂教授は憤然として言う。

「オウ、ミーの名はトードーではない、トウドウ、デス」

「どっちでも同じことよ。いずれにしても、あんたなんかに情報公開する義務はないんやから」

「実はそれがそうでもないらしいんデスよね、真っ赤っ赤なファイヤー・ガール。現代の研究において情報開示はグローバル・スタンダード、神聖なヒトの意識領域は可能な限りデータ取得しないとタッチできないのは、国際研究協約で定められたルール、たとえ『DAMEPO』でもスルーできまセン。血液から採取したDNA解析の前に、非侵襲的検査の画像診断解析は実施されていないのではアーリまセンカ？」

東堂教授は小原さんの弱点を痛撃したようだが、持ち前の気の強さで言い返す。

「共同研究している組織から、画像診断のスペシャリストと一緒に新開発された画像診断の秘密兵器が輸送されてくることになっとるから、心配ご無用よ」

「それは『DAMEPO』の強制命令デス。ファイヤー・ガールは『DAMEPO』の命令に逆らって勝手に実験を推進してマス。契約違反で由々しき事態デス」

「あんた、一体何者や」

小原さんが低い声になって言う。

「東城大Aiセンターのウルトラスーパーバイザーにしてドン・タグチの忠実なるサブオーディネット、米国はマサチューセッツ医科大学の『インスティテュート・オブ・ミニマル・セル』、すなわち『DAMEPO』のIMCユニット代理人のスペシャル・エージェント、フミアキ・トウドウとはミーのことデス。ちなみに『IMC』とは、全ヒトゲノム30億塩基対を完全解読するプロジェクト、デス」

「全ヒトゲノム解読なら、巨大新種生物の遺伝子解析は無関係じゃない」

「ところがギッチョン、全く違いマス。ヒトゲノムでタンパク質合成に関与するシーケンスは1パーセント、残り99パーセントは意味なしジャンク・コードで、全ての生物に共通するものが多いので、ヒトゲノム解読プロジェクトは、インフルエンザウィルスやマイコプラズマ、マウスや大腸菌のゲノムとの比較で進められてきまシタ。未知の新種生物との比較はブレークスルーになるのデス」

「そうかもしれへんけど、『こころプロジェクト』には、指一本触れさせないわ」

「ホントに出来の悪いオーガニゼーションは、救いようがないデス。IMCの創設者ケロッグ博士は『地位が保証されると、二流の人物が自分よりも凡庸な人材を集め、一流の人間を駆逐する』と言いまシタ。まさにファイヤー・ガールの組織のことデス」

東堂教授は小原さんに1枚の紙を渡した。

「明後日《あさって》の9時、ミーが開発した大容量CT・MRI複合機『フローティング・ガブリエル』を搭載した軍事運搬船『ポセイドン』が桜宮港に着岸しマス。『ポセイドン』は『ガブリエル』の専用運搬戦艦で、『ポセイドン』内に『ガブリエル』を造りつけてありマス。『DAMEPO』はこの機器を戦地に派遣する意図がありマス。入港の翌日、液体ヘリウムを注入して磁場トリミングに入り、3日後の7月18日に検査が実施可能になりマス」

東堂教授の攻撃の矛先は、プロジェクト・リーダーの赤木先生にも向けられた。

「ところでひとつ気がかりがあるのデスが、まさかユーは、ヒトのサイズの3倍なら、新種生物のセル・サイズも3倍だなんていう、おバカなことは考えてませんよね」

「当たり前です」と赤木先生が掠《かす》れ声で抗弁すると、東堂教授は続ける。

「セル稠密度《ちゅうみつど》のディメンジョンが違う生物にヒトの意識を移植するリスクチェックをスルーしたのは大問題デス。生殖器が欠損した生殖不能の新属性の生命体で、DNAによる遺伝情報伝達という従来の生物学のセントラル・ドグマから外れる可能性がある、異形の生命体を扱う自覚がありまセン。IMCのDNA解析により、この巨大新種生物は地球由来の固有種の可能性が高い、と判明した模様デス」

誰も知らない最新情報を口にして、小原さんを沈黙させた東堂教授は、更に続ける。

「現状把握の結果、研究体制を改変し東城大IMPユニットとの共同研究体制を採用しマス。事態収拾のため、新たに厚労省の参加を要請しオーガニゼーションの責任者に厚労省のファイヤー・バード・シラトリ、トージョー・ユニバーシティからドン・タグチを指名、『こころプロジェクト』責任者はドクター・アカギからドクター・フジタに変更。以上は『DAMEPO』上席エージェントの命令デス。ファイヤー・ガール&バードをつがいにするとは、なんてナイスな発想なのでせう」

ファイヤー・ガール小原さんは「おのれ藤田、裏切ったな」と小声で言う。

「ほうほう、最初に裏切ったのは小原局長ではありませんか。私に研究の全権を任せると甘言で誘いながら、赤木君にあっさり乗り換えたんですから」

「そりゃ、アンタがグズで無能なせいや。人のせいにするなや」

「立派な研究を仕上げるには、途方もない時間と辛抱が必要なんですよ、小原局長」

いけしゃあしゃあと言う藤田教授は、どの口でそんな綺麗《きれい》事を言えるのだろう。

藤田教授はしぶとい。ぼくは藤田教授を見くびりすぎていたのかも。

「さて、ファイヤー・ガール、ミーの指示をご理解いただけたら、電磁バリアを解除して意識移植実験を停止し、この巨大新種生物の拘束を解きなサイ」

小原さんがしぶしぶ傍らの機械へと向かう。部屋に安堵《あんど》の空気が流れた、その時。

「東堂教授は『DAMEPO』のエージェントじゃない。身分証を見せてみろ」

声を上げたのは、佐々木さんだった。東堂教授は肩をすくめた。

小原さんが我に返り、「警備隊、不法侵入者を排除せよ」と指令を出す。

「佐々木さん、どうして……」と問いかけたぼくから、佐々木さんは目を逸《そ》らした。

すぐに自衛隊のレンジャー部隊が部屋に入ってきて、ぼくたちは叩《たた》き出された。

敗残兵の一行は桜宮港の埠頭《ふとう》に腰掛け足をぶらぶらさせながら、銀色の〈光塔《ミナレット》〉と、隣に突貫工事で建てられた「こころハウス」を眺める。

強制退去の際、テンガロンハットの紐《ひも》を引きちぎられた東堂教授はご機嫌斜めだ。

「もう少しで完全制圧できたのに。ミーの擬装を指摘したあの少年は何者デスか」

「佐々木アツシ、レティノブラストーマの治療新薬の開発を待つためコールドスリープを適用され、SSS（スリーピング・スタディ・システム）で潜在的天才教育を受けたんだ。今では文科省の秘蔵っ子になってるんだ」と、白鳥さんが答える。

「だから佐々木さんはあんなに優秀なんですね」と、三田村は羨《うらや》ましそうだ。

「その能力で、東堂先生の偽装を見抜いちゃうなんて反則だよ」とぼくが言う。

白鳥さんは人差し指を立てて左右に振りながら、「ちっちっち」と言う。

「いくら天才でも、いきなり登場した人物がフェイクのエージェントとは見抜けないよ。どこかで事前に情報を入手したんだろう。『DAMEPO』のエージェントに擬装するなんて素晴らしいアイディアを、東堂センセは自分で思いついたの？」

東堂教授は両手を広げて、肩をすくめる。

「まさか。ミーを派遣したシンイチロウのオーダーですョ」

「やっぱりね。あの人はいつも僕の上を行くんだよ。『DAMEPO』が関わる可能性は見抜けたけど、それを逆手に取って東堂センセを『DAMEPO』メンバーに偽装させるなんて思いつかなかった。すごい敗北感だよ。泣き虫アッシが東堂センセをニセ者と見抜けた理由は、曾根崎教授から情報がダダ漏れだったんだろう」

ええ？　それって大ピンチじゃん、とぼくはうろたえる。ぼくは佐々木さんを手放しで信頼してきた。〈いのち〉が無条件に美智子を信頼しきっているように。

そんな白鳥さんの仮説に真っ向から異議を唱えたのは、美智子だった。

「あたしには、佐々木さんが裏切り者とは思えません。東堂先生が擬装エージェントだと知っていたら、最初から施設に入れさせなかったでしょうから」

「なるほど、それは確かに一理ある。でも、そうだとするとなぜアツシは突然、あんな掌返《てのひらがえ》しをしたのかな」

「佐々木さんには、他にやりたい研究があるのかもしれません。『こころハウス』にはほとんど顔を出さず、『未来医学探究センター』で〈いのち〉には直接関わらない、別の研究をしていたみたいですから」

「そういえばあの〈光塔《ミナレット》〉が建設された当時、あそこに世界最先端のスパコンが導入されたというウワサを耳にしたことがある。自律的に思考してデータ入力者の思考を部分的に捕捉《ほそく》するシステムがあったとかなかったとか……」

「あたし、見たんです。地下室の奥にある水槽の中で眠っている女の人を」

その話を聞いた時、ぼくも記憶を呼び覚ました。

「ぼくは絶対に覗《のぞ》くなと言われた2階の小部屋で別の人を見ました。さっき〈いのち〉がつけていたのと同じようなヘッドギアをつけていました」

「あの塔に、アッシの他に2人もいたのか」

するとと岸壁で足をぶらぶらさせていたヘラ沼が言う。

「どっちにしても『トロイの木馬』だか『トロイカの木馬』だかの、おっちゃんの作戦は失敗したね。総指揮者として、自分のドジのカタをきっちりつけてくれよな」

「なんで僕の責任になるのかなあ。僕は全く関係ないよ。だってそもそもこの作戦は原案：ステルス・シンイチロウで、主演：東堂センセなんだから」

「でも俺が『それってカオルのパパが凄《すご》いだけじゃん』って言ったら、『僕がお膳立《ぜんだ》てしなければ迅速に動かなかったんだから、やっぱ僕が発案した作戦なんだ』って威張ってたじゃんか」

「イヤなことを正確に覚えてる坊主だなあ」と白鳥さんは言った。

ふたりの会話を聞きながらぼくは、実は失敗の原因は作戦の名前にあったのではないか、と思った。

『トロイの木馬』なんて名前なのに、実際に敵陣営に送り込もうとしたのは、目立ちまくりの八方破れのファイティング・ブル（猛牛）だったんだから。

白鳥さんは、ヘラ沼の容赦ない非難を受け止めつつ岸壁から立ち上がる。

「まあ概《おおむ》ね坊やの言う通りだから、僕が何とかするよ。てか僕が何とかしないと、どうしようもないんだ」

「やれやれ、これでは明後日《あさって》入港するミーの傑作マシンは稼働せず、『ポセイドン』は、ムダに太平洋を一往復しただけになってしまいそうデス。ミーとしては、マイボスのドン・タグチやゴン・タカシナ、それにシンイチロウへの義理で超ビジーの身でわざわざ極東に出張ってきたのに、そちらの不手際のおかげさまで、とんでもない無駄足を踏まされたわけデス。天才のミーにとっては、時間の空費ほど罪深く、腹立たしいことはアーリません。こうなったらミーはここにいるみなさんへの気配りなんてポイポイ捨てまくり、ミーにプラスになることだけやらせていただきマス」

ええ？　こんなタイミングで裏切り宣言ができちゃうヒトなんだ。

そういえば昔パパが、アングロサクソンは肉食でそんなんばっかだと言ってたけど、東堂教授は海獣トドの名を持ち、見た目はファイティング・ブルだから、そんな風に突っ走ったとしても何の不思議もない。

そもそもパパに頼まれた、なんて言うけど、ほんとかどうかはわからないし、見た目も胡散臭《うさんくさ》くHAHAHAとアメコミ笑いするくらいだから、裏切りキャラ感全開だ。米国防総省の関連組織に特別依頼を受けて機器開発を任されているなら、そっちとツルツルだと考える方が自然だ。パパと親友だと言うけれど、オフィシャルに製品開発や軍艦改造費まで出してもらった依頼と、めんどくさがり屋でものぐさ太郎《たろう》のパパのプライベートな頼みを比べれば、どっちを重視すべきかは言うまでもない。

ぼくは完全に東堂教授に対し、色眼鏡を掛けてしまった。すると高階学長が言う。

「念のため、大容量CT・MRI複合機のセッティングは予定通り実行してください」

「予算は『DAMEPO』から分捕ってあるから構わんが、当てはあるのか、ゴン？」

「あるような、ないようなな。いずれにしても白鳥作戦は失敗し、代案もなさそうですから、ダメモトでもやってみるしかないでしょう」

高階学長がそう言うと、白鳥さんが大きく伸びをした。

「ダメモトって言葉、僕は大好きだし、これまで高階センセや田口センセの尻《しり》ぬぐいをさせられてきた僕が、たまには2人に面倒を見てもらってもバチは当たらないよね。まあ、あまり期待はしてないから、せいぜいのびのびやってね」

高階学長の頬に一瞬赤みが差したのは、夕陽の光が当たったせいだけでは、たぶんない。大人たちはわいわい言い争いながら、埠頭を立ち去った。

そのあとにはぼくたち少年団が残った。

立ち上がったヘラ沼が大きく伸びをした。そして、プレハブの「こころハウス」を見ながら言う。

「あの家と塔の間にぶっとい電線が通ってるけど、あんなの、前からあったっけ？」

「1週間くらい前にハウスとセンターのコンピューターをつなぐ線を引いたのよ。高速ネット環境を整えるんだって」と美智子が答える。

「ふうん。建物の中にもワイファイは通じているはずなのに、変だな」

その時、夕方5時の有線放送が流れた。

なんか変だな、と思ったら、いつもは「5時になりました。みなさん気をつけてお家に帰りましょう」だけど、今日は「桜宮市のみなさん、本日夜11時から明日（あした）の午前1時まで、海岸一帯は停電しますのでご注意ください」という放送だった。

真夜中のことだから、あんまり関係ないな、と思ったぼくは、うっかり、その放送を聞き流してしまった。

∴

白鳥さんは、高階学長のリカバリー・ショットをバカにしていたけれど、実際にはナイス・リカバリーだった。

翌日、小原さんが朝一番に学長室を訪問したのはその結実なのだろう。

東堂教授の派遣依頼書を再検討したら、確かに東堂教授のエージェント資格は詐称だったけれども、検査実施は『DAMEPO』の正式依頼だったのだ。

なので小原さんは、頭を下げて東堂教授に依頼せざるを得なくなってしまったわけだ。

お気の毒さまだ。

「HAHAHA、ミーがミジンコみたいな小っちゃなウソでファイヤー・ガールをだまくらかそうとしたことは申し訳なかったデスが、別にミーはあの巨大新種生物の検査をやりたいわけではないので、明日にでも『ポセイドン』を撤収し、帰国しようと思っていたのデスよ」

そんな言いたい放題の東堂教授に「そこを何とかお願いします」と頭を下げるしかない小原さんの顔色は、スカーレットのように真っ赤だ。

「それならミーからもお願いしたいことがありマス。ミーの一世一代の発明である、大容量CT・MRI複合機『フローティング・ガブリエル』を、桜宮で大々的にお披露目したいのデス」

「『こころプロジェクト』は首相案件で、情報公開が制限され、記者会見は無理です」

「ミーの画像診断機器のお披露目したい気分は、依頼主とは一切無関係デス。ミーは超ビジーですから検査実施後、ボストンにとんぼ返りデス。なので巨大新種生物の検査前のお披露目が無理なら検査しまセン。ファイヤー・ガールには①巨大新種生物の検査前にお披露目を許可する。②巨大新種生物のCT&MRI解析を断念する、の二つのセレクションしかないのデス」

真っ赤なハンカチを握りしめ、小原さんは顔を上げた。

「わかりました。東堂教授のご要望に沿って、対応させていただきます」

「さすが、判断が速いデス。『ポセイドン』接岸地は桜宮岬突端の桟橋で、接岸後1日安置し安定後に液体窒素を注入、東城大の放射線科医、ドクター島津《しまづ》の協力で磁場トリミングしマス。ファイヤー・ガールは、巨大新種生物を船内に誘導できるよう、お願いしマス」

「できれば『こころハウス』に機械を搬入してもらえませんか」

「オウ、ザッツ・インポシブル。『未来医学探究センター』の地に『桜宮Ａｉセンター』を建設した時、9テスラモンスターＭＲＩマシン『リヴァイアサン』を設置しましたが、そのためマイボス、ドン・タグチに、自衛隊の戦車隊を陣頭指揮していただきまシタ。そんなおおごとの手配を今からできるはず、アリマオンセン」

「自衛隊の戦車隊なら明日にでも都合をつけられます。首相案件ですので」

「それはサプライズですが残念ながら無理デス。9テスラの高磁場に対応できる設置室の壁は厚さ20センチのコンクリート。輸送戦艦『ポセイドン』はその仕様での特注デス。既存の建物にそうした部屋を今から造るのは不可能デス」

東堂教授は来航予定の「ポセイドン」の船内図を取り出し、机の上に広げ中心部の部屋を指差す。確かに壁はぶ厚い。ぐぬぬ、と小原さんは唇を噛《か》みしめる。

「では『こころ』を『ポセイドン』内に移送できるよう、明後日9時までに立案します。というわけで進藤さんは、検査が行なわれる18日まで、『こころ』に付き添って気持ちを安定させてあげて頂戴《ちょうだい》」

小原さんは振り返り、断りっこないでしょ、と高をくくった口調で美智子に告げた。

「わかりました。その間はあたしの思い通りにやりますけど、いいですね」

「もちろんよ。でも明朝からお願い。今夜はやりかけの実験にケリをつけておきたいの。それと当日、諸先生方には検査中は、画像診断操作室に閉じこもってもらいます」

「それだと〈いのち〉君の検査の遂行が困難になるのでは？」と田口教授。

「問題ありません。搬送後は私と進藤さんで『こころ』を誘導しますので」

「進藤さんはともかく、小原にそんなデリケートなことができるのかよ」

すかさず突っ込んだのはファイヤー・ガールの天敵ファイヤー・バードだ。

「失礼なこと言わんといて。『こころ』は進藤さんと私の母性愛にメロメロなんやから。とにかくこのミッションは私の仕切りや。あんたは黙っとれ」

白鳥さんは肩をすくめた。

言い争い、もとい、話し合いを済ませ小原さんが姿を消すと、白鳥さんが言った。

「ああみえて小原はなかなか手強《てごわ》くて、特にディフェンスは鉄壁で、どんな引っ掛けやダマテンにも絶対振り込まなかったようなヤツなんだ」

「何の話ですか？」と美智子が聞くと、「麻雀《マージャン》の話に決まってるだろ」と白鳥さんが答える。

決まってるもなにも、さっぱりワケワカメなんですけど……。

「いずれにしても、当日は大人は監視下におかれてしまうから、自由に動けなそうだ。こうなったらチビッ子諸君に頑張ってもらうしかなさそうだな」

白鳥さんが言うと、大人たちは集まってひそひそ話を始めた。

それを見てチーム曾根崎のメンバー4人も肩を寄せ合い、こそこそ相談を始めた。

「ねえ、なんか東堂先生って、胡散臭《うさんくさ》くない？」

「お前もそう思うか？」とぼくが言うと、美智子はうなずく。

「ええ。〈いのち〉ちゃんの検査より、自分の新製品のアピールに一生懸命みたいに見えるし。国際弁護士のパパが、要注意人物だって言ってた人と同じタイプよ」

美智子の言葉には説得力がある。でもヘラ沼は全然違うことを考えていた。

「あのおっさんが敵か味方かなんてどうでもいい。重要なのは、これが〈いのち〉奪還の千載一遇の、しかも多分、最後のチャンスだ、ということなんだからな」

「奪還なんてできっこないよ。相手は自衛隊のレンジャー部隊だぜ」とぼく。

「でも、ここで無理なら、もう二度と金輪際、〈いのち〉は取り戻せないぞ」

ヘラ沼の言う通りだ。三田村が黒縁眼鏡をずり上げながら言う。

「平沼君の指摘は妥当です。でも奪還後まで考えないと破綻《はたん》します」

「そこは爺《じい》ちゃんと父ちゃんに頼めば何とかなる。ここだけの話、爺ちゃんと父ちゃんは昔、桜宮水族館の深海館に設置された黄金地球儀を強奪したことがあるんだぜ」

「ええ？　それって犯罪じゃん」とぼくが言うとヘラ沼はへらりと笑う。

「父ちゃんが言うには、『正当な代価として桜宮市から取り立てた行為』だったらしい。過去の話だからどうでもいいけど、とにかくあの重い黄金地球儀でも盗み出せたんだ。〈いのち〉はもう自分の足で歩いてるらしいから、もっと楽勝だろ」

「その考えは甘いわ、ヘラ沼クン。〈いのち〉ちゃんは歩けるようになったけど、勝手気ままにうろつくわ。それを叱ると『ピギャア』って大泣きするし」

「〈いのち〉の泣き声は確か、『ミギャア』で合意したはずだぞ」

するとと、美智子はあっさり、ぼくの指摘をうっちゃってしまう。

「そんなこと、どうでもいいでしょ。世の中、ママのいうことが絶対なんだから。あたしが言いたいのは、歩けるということはマイナスかもしれないということよ」

「心配な気持ちはよくわかった。進藤は18日まで、〈いのち〉の付き添いに集中しろ。奪還作戦はこっちで考える」とヘラ沼が言うと、美智子はうなずいた。

「わかった。それならあたしは付き添いの準備があるから帰るね。後は頼んだわよ」

そこに東堂教授がやってきた。

「これは明日《あした》到着する『ポセイドン』の船内図のコピーだが、何かの役に立つかもしれないから、君たちに進呈しておこう」

「おっさんは白鳥のおっちゃんより気が利くね。今、もらいに行こうと思ってたんだ」とヘラ沼が言う。

ヘラ沼にとって白鳥さんは「おっちゃん」で東堂教授は「おっさん」なのか。

どっちが年上なんだろう。

そんなことを考えていたら、東堂教授は大きな右手をぬっと差し出した。

「グッド・ラック。ミーはMRI設定と撮影で超ビジーで、ゴンもドンもファイヤー・バードも雁字搦《がんじがら》めだから、巨大新種生物の未来はボーイズの頑張りにかかっていると言えるでせう」

ぼくは東堂教授を疑惑の視線で見ていることを隠して、うなずいた。

そしてその後、ぼくたちは〈いのち〉の未来と安全を守るため、胡散臭い東堂教授とがっしりと握手を交わした。

見せかけの同盟だって、時には役に立つこともある。

歴史オタのぼくは、歴史上のエピソードを思い出しながら、嘘吐きとか裏切り者と罵倒《ばとう》された人たちに一瞬、思いを馳《は》せた。

7章

7月13日（木）

人生、
やったもん勝ち。

立ち去った美智子を見送ったぼく、三田村、ヘラ沼の「チーム曾根崎」の男子トリオは船内図を抱えて、平沼家近くの秘密基地に向かった。部屋ではヘラ沼の爺ちゃんがソファに寝転がって、煎餅《せんべい》を齧《かじ》っていた。なぜかゴーグルをつけて飛行帽を被《かぶ》っている。このままゼロ戦に乗って出撃しそうな雰囲気だ。ヘラ沼が言った。

「グッドタイミング。実は爺ちゃんに相談があるんだ。友だちがピンチなんだよ」

「ほ、雄介の相談は久しぶりだな。詳しく話を聞こうか」

ヘラ沼が経緯を説明すると、爺ちゃんは途中からテーブルの上に白い模造紙を敷き、説明を聞きながらイラストを交えてメモしていく。ひと通り話を終えたら机の上のメモは、曼荼羅《まんだら》みたいになっていた。ヘラ沼の爺ちゃんはゴーグルを外した。

「ここしばらく、何やらこそこそやっとるなと思っていたが、そういうことだったのか。コイツは大仕事だ。久しぶりに血が騒ぐぞ」

「よろしくお願いします」とぼくが頭を下げると、大きな眼でぎょろりとぼくを見た。

「カオル殿のパパにはフロリダで世話になって、シンイチロウ、ゴースケと呼び合う仲だから、カオル殿も儂《わし》をゴースケと呼ぶがいい」

それからちらりと三田村を見て続ける。

「儂の協力を頼みたいなら、そっちの賢げな坊やもゴースケと呼べ。わかったか」

ぼくと三田村は声を揃えて、「わかりました、ゴースケ爺ちゃん」と答えた。

「よろしい。時間がないから早速作戦を検討しよう。しかし相当の無理難題ぢゃな」

そう言いながらも豪介《ごうすけ》爺ちゃんの顔はツヤツヤ輝き、表情は生き生きし始めた。

「儂の頭の中には今、奪還作戦の青写真が、いくつも浮かんでは消えておるが、いずれにしてもこのメンバーでは人手が足らん。助っ人のこころ当たりはあるか？」

「いつもは東城大の先生方が力を貸してくれるんですけど、今回は監視されていて無理だと言われてしまいました」とぼくが答える。

「儂も長らく活動しておらんので仲間とは疎遠になっておる。『4Sエージェンシー』という便利屋がお勧めぢゃが、10年前にトラブル処理を依頼した後は音信不通ぢゃ」

4Sエージェンシー？　どこかで聞いたことがあるような……。

「それってどんな組織ですか？」

「グラサン若造と女歌手の2人がやっている極小トラブルシューターぢゃ」

脳裏に「どん底」の薄暗いカウンターの光景が浮かんだ。

「あのう、その人たちのことなら、たぶんぼく、知ってます」

知り合った時のことを説明すると、豪介爺ちゃんは立ち上がる。

「おお、ソイツらぢゃ。そんな奇縁良縁があるなら、善は急げげの鬼太郎《きたろう》ぢゃ」

豪介爺《じい》ちゃんはポケットから携帯を取り出すと、太い指でピポパ、と発信する。

「平介、スクランブルぢゃ。今すぐ第3別荘に車で来い」

しばらく黙って携帯に耳を傾けていた豪介爺ちゃんは、すうっと息を吸い込むと、割れ鐘のような大声で怒鳴りつける。

「ぶぁかもん。NASAの連中が何を言おうが、こっちが最優先ぢゃ。雄介の友だちの、そのまた友だちが大ピンチなんぢゃぞ」

通話を切ると、ふうふう、と息を切らしてぼくたちを見る。

「平介にも車を出させる。今から『どん底』とやらへ行くぞ」

「平介にも」って、ヘラ沼のパパの他に一体誰が車を出すんだろう。

しばらくして基地の前に車が到着した。平介小父《おじ》さんのセダンの後部座席にぼくと
三田村とヘラ沼、助手席に豪介爺ちゃんが乗る。

豪介爺ちゃんは、モンキーバイクと呼ばれる小型バイクを引っ張り出してきた。

「天気がいいから、儂はコイツで行くことにする」

豪介爺ちゃんの巨体が跨《また》がると、めちゃくちゃちっちゃく見える。爺ちゃんはぼくたち3人を眺めていたが、真ん中の座席に座った三田村をひょい、と指さす。

「そこのモヤシ眼鏡、坊主は特等席に乗せてやろう」

「へ？　私、ですか」

「そうぢゃ。バイクのタンデムシートなんて、乗ったことないだろう」

「えええ？　わわ私はここで結構です」と三田村は必死に抵抗したけれど、あっさり車から引きずり出されてしまう。わあわあ騒ぐ三田村にヘルメットを被せて、どこからか引っ張り出してきた、小型のツナギを無理やり着せた。

「雄介の小学1年の頃のツナギがぴったりとは。お前はもう少し食った方がいい」

爺ちゃんは三田村を後部座席に乗せ額の上に載せたゴーグルをつけヘルメットを被ると、バイクに跨がり、ぶるん、とエンジンをふかす。

「豪介爺ちゃんの運転は大丈夫なんですか？」とぼくは平介小父さんに尋ねた。

「あのスペシャルツナギはトラックとぶつかっても衝撃を受けない設計だよ」

その間にモンキーバイクはぼぼぼぼ、と騒音を上げ、目の前を走り去る。

平介小父さんがエンジンを掛けたら、モンキーバイクが、Uターンして戻ってきた。

「後ろのモヤシ眼鏡は店の場所を知らんそうぢゃ。平介、先を走れ」

行き先も確認せずに飛び出すなんて無茶な爺ちゃんだなあ、とぼくは呆《あき》れた。

窓から吹き込んでくる風が心地よい。3年前にコロナが流行《はや》り始めてから、密を避けるために、車の窓は開けるのが当然のことになっている。

窓から乗り出して後ろを見ると、豪介爺ちゃんが運転するバイクの後ろで三田村が、ワーとかギャーとか、死ぬぅ、とか悲鳴を喚《わめ》き散らしていた。でも10分も経つと声がしなくなった。小一時間も走ると東京との県境の標示板が見えた。

その時、ぼくは、とんでもないことに気がついた。

「どん底」の開店時間って、確か夕方だったような……。

おそるおそる言うと、平介小父さんはウインカーを出しサービスエリアに入った。隣に豪介爺ちゃんのバイクが止まる。後部座席の三田村は泡を吹いている。

「どうしたんぢゃ。こんなところで道草を食ったりして。便所休憩か？」

「お店の開店時間は夕方だそうなので、サービスエリアで食事しようかと思って」

平介小父さんがそう言うと、豪介爺ちゃんの怒号が駐車場いっぱいに響き渡った。

「ぶぁかもん。トップのお前がそんなでどうする。たとえ門前で待たされようと一刻も早く現着し、その場で考えるのが平沼製作所の基本精神ぢゃ」

「そんな無茶な」と平介小父さんが言う。ぼくはふと思いついた。

「ひょっとしたら『どん底』ではランチをやってるかもしれません」

「シンイチロウ殿のひとり息子は天晴《あっぱ》れぢゃ。ならばとっとと『どん底』へゴーぢゃ」

「『どん底』へゴー」って、なんだかイヤな響きだなと思いつつ、ぼくは訂正する。

「あの、ぼくはひとりっ子ではなくて、二卵性双生児の妹がいるんですけど」

「なんと。シンイチロウ殿はそんなことは、儂にはひと言も言わなんだ。カオル殿の生き別れの双子の片割れはどこにおるんぢゃ？」

「ぼくも最近知ったんですが、妹は『どん底』の近くのクリニックに住んでいて……」

「つまり奥方が引き取ったわけだな。それなら近々、カオル殿の妹君にもお目通りすることになるぢゃろう」と言う。そんなことは絶対に避けたい、と思ったけど、あいにく運命の歯車は、豪介爺ちゃんの言葉を予言に変えてしまった。


「どん底」はランチをやっていなかった。極彩色《ごくさいしき》の派手なバンダナをしたビッグママがランチで小銭稼ぎをするタイプではないことくらい、想像できたはずだ。

「ふむ、ここは確かに深夜営業専門店ぢゃな。だが隣のバーガーのチェーン店で昼というのも侘《わび》しいのう。せっかくだからカオル殿のご母堂のクリニックを訪問するか」

「何を言っているんですか。あちらは診療中です。こんな大勢でいきなりお邪魔したらご迷惑ですから絶対にダメです」と平介小父さんがたしなめる。

するとタンデムシートでぽかっと口を開け、エクトプラズムを漏らしていた三田村が、現世に戻ってきた。

「木曜はセント・マリアクリニックは休診ですから、大丈夫だと思います」

「なんでお前がそんなことを知ってるんだよ、三田村」

「いつか見学したいと思って、調べておいたんです。それとさっき、亡くなったお祖父さまが現れて『優一、やりたいことをやりなさい。人生は短いぞ』と言ったんです。ですから遠慮や我慢はやめました」と三田村が言う。

豪介爺ちゃんは大きなグローブみたいな手で三田村の肩をばんばん叩《たた》いた。

「モヤシ坊主はひと皮剝《む》けたな。お祖父さんの言う通り、人生はやったもん勝ち、猫も杓子《しゃくし》もおたまじゃくし、ぢゃよ」

後半の諺《ことわざ》は初耳だけど、三田村がうなずいたので、まあいいか、とスルーした。

「どん底」からセント・マリアクリニックまで車で15分。事前連絡もなしの訪問は迷惑かなと思ったのに、「ちょうどよかった。お兄に連絡しようと思ってたの」と、いきなり相性サイアクの二卵性双生児の妹、忍に歓迎されたのには驚いた。

「悪いけど、お前につきあっているヒマはない。〈いのち〉救出作戦で忙しいんだ」

「そんなに忙しいなら、なぜわざわざこんなところに来たのよ」

「『4Sエージェンシー』に助っ人をお願いしたいからだよ」

「SAYOさんと牧村さんに仕事を頼みたいなら、『どん底』に行けばいいのに」

「あの店、ランチはやってなくてさ。だから時間つぶしにここに寄ったんだよ」

「ほんと、お兄っておマヌケねえ」

「お前だって今、『どん底』に直接行けばいいってアドバイスしたクセに」

　ぼくたちのプチ兄妹《きょうだい》ゲンカの様子を眺めていた豪介爺ちゃんが、割って入ってきた。

「そのお嬢さんがカオル殿の妹君なのかね」

　すると忍はとたんによそ行きのすまし顔になる。

「ふつつかな兄がお世話になっております。カオル兄の二卵性双生児の妹、忍です。ちなみに二卵性双生児なので、社会通念上の兄妹の順列には納得していません」

「なるほど。つまりシノブ殿は姉さんかもしれんわけか。儂《わし》はあんたのふつつかな仮お兄さんの友だちの面倒を見ることになるかもしれない、しがないジジイぢゃ」

　なんだか面倒くさそうなジジイ、と小声で忍が呟《つぶや》いた。

　幸い、豪介爺ちゃんには、忍の不届きな発言は聞こえなかったようだ。

「シノブ殿のご母堂はご在宅かな」

「母はあいにく、ゆうべから地方の学会に出張していて不在です」

「それは残念ぢゃ。シンイチロウ殿の細君だった方にお目通りしたかったのぢゃが。実は儂は、フロリダでシンイチロウ殿に世話になった。だから今回はご子息のため一肌脱ぐのぢゃ。ところで先ほどシノブ殿は兄上に相談があるとか、言っておったな」

「ええ、まあ」

「それなら微力ながら儂たちも相談に乗ろう。店が開くまでの暇つぶしにちょうどよい。とりあえず詳細を伺おう。何ごとも早くわかれば早く対応できるでの」

むっとしながらも忍は、ぼくひとりに相談するより5人いっぺんに相談した方が解決策が見つかる可能性が高くなると、瞬時に怜悧《れいり》に判断したようだ。

「それならお願いします。相談ごとはタク兄のことなんですけど」

「あんたにはもうひとり兄上がおるのか。それならその兄上のお部屋で話を伺おう」

忍は、とん、とんと軽やかな足取りで2階に行くと、扉をノックする。

「タク兄、カオルお兄と友だちが相談に乗ってくれるって。入っていい？　入るわよ」

返事を待たずに忍は扉を開ける。すると机に突っ伏していたタクさんが顔を上げる。顔色は青く、げっそりやつれていた。相当重症だ。

「もうおしまいだ。〈木馬〉がコピーされてしまった」とタクさんは呻《うめ》くように呟く。

「コピーされたら、何か不都合なんですか？」

「アイツはどんな隙間にも潜り込み、情報をゲットして戻ってくる極小プログラムだ。軍隊や警察の組織からも情報を手に入れられる。だから悪用されたらとんでもないことになる。でも先週、コピーされた痕跡《こんせき》が見つかった。凄腕《すごうで》のハッカーにハックされたみたいなんだ」

話を聞いていた平介小父《おじ》さんが割り込んできた。

「それなら悪用されたか、まだわからないから、今のうちに捕捉《ほそく》システムを構築すれば問題ないよ。私も昔、似たプログラムを作ったことがある。原理は似ているだろうから、昔取った杵柄《きねづか》で私が不法コピーされた君のプログラムを追跡してみようか」

「是非お願いします」と、タクさんは深々と頭を下げた。

「でもちょっと解せないね。外部に認識されにくいプログラムは、窃盗や無断複製の標的になりにくい。犯人はどうやって君のプログラムの存在を知ったんだろう」

「それはわかりません。でもハックされたということは、あっちは僕のやっていることを理解しているということなので、致命傷です」

「とりあえず捜そう」と平介小父さんが言うと、タクさんの表情が明るくなった。

「ほらな、儂の言った通り、猫も杓子も積もれば山となる、ぢゃろ」

豪介爺《じい》ちゃんが得意げに言う。あの、それってさっきの諺とはかなり違うし、そもそも爺ちゃんは何もしてないのでは。でも、豪介爺ちゃんは、さっさと階段を下りていく。その後ろ姿を見ながら、忍がぼくに訊《たず》ねる。

「今日はブリっ子女は一緒じゃないの？」

「美智子のことかい？　アイツはお母さん役でしばらく〈いのち〉に付き添うことになって、その準備で先に帰った。ひょっとして、美智子に会いたかったのか？」

「まさか。あんな優等生気取りの女と話したいことなんて、ないわ」

そう言いながらも一瞬、忍が残念そうな表情をしたのを、ぼくは見逃さなかった。

タクさんがぼくたちについて、部屋を出てきた。

「〈木馬〉の捜索はあの人にお任せすることにした。その代わり僕はパソコン関係でそちらのお手伝いをしたい。迷惑でなければ一緒に連れて行ってくれ」

「外に出ても大丈夫なんですか？　特別なソフトがないとパソコンをいじれないんでしょ？」

「ALS患者用の視線認識カーソルのソフトのCDを、インストールすれば、どんなパソコンでも使えるんだ」

1階の応接間で新たに忍とタクさんが加わり総勢7名のメンバーが、東堂教授にもらった「ポセイドン」の船内図をテーブル上に広げて議論を重ねた。

画像診断室は船内の中心部にあり、動線は推測できるけど、船内に入ったら逃げ道がなくなるので、〈いのち〉の奪還は困難だという結論が出た。

「どうやらここから先は『4Sエージェンシー』に相談すべき領域のようぢゃ」

時計は6時過ぎ。今から出発すればちょうどいい頃に「どん底」に着く。

総勢7名だと豪介爺ちゃんのモンキーバイクを合わせれば、ぴったりだ。

∴

「どん底」に着くと、忍はタクさんに付き添って階段を下りる。

忍の黒い鞄《かばん》には小児用バイオリンの他、タクさんのインストール用CDが入っている。ドアを開けると闇が外に流れ出す。でも豪介爺ちゃんのオーラが闇を追い払ってしまったみたいに、店内は急に明るくなる。

頭にバンダナを巻いたビッグママが、驚いた顔をした。

「おやおや、また大勢のお客さんが来たもんだね。忍のツレかい」

「違うわ、この人たちは牧村さんとSAYOさんに相談事があるの」

「2人なら、さっき連絡があったから、もうじき来るだろうよ」

やり取りを聞いていた豪介爺ちゃんが言う。

「女将《おかみ》、ここには旨《うま》そうな匂いが漂っているが、料理はできるのかね」

「もちろんだよ。できる料理ならなんでも出してあげるわ」

当たり前だよな、と思ったけど、豪介爺ちゃんは気にせずに言う。

「儂らは昼飯抜きで腹がペコペコぢゃ。人数分のスパゲティと何か、つまみを2、3品、みつくろってもらおう」

ビッグママが奥のキッチンに姿を消すと、入れ違いに扉がからん、と開いた。

青いドレス姿のSAYOさんと牧村さんが店に入ってきた。

「久しぶりぢゃの、SAYOさん、瑞人君」とゴーグル姿の豪介爺ちゃんが言う。

「その声は豪介さんですね」と牧村さんの眉《まゆ》がぴくり、と上がる。

「その節は世話になった。おい平介、お前は初めてぢゃろう。挨拶《あいさつ》せんか」

「いや、俺も『バッサリ斬るド』に出演した時に挨拶してる。でもあの件できちんとご挨拶するのは初めてかな。その節はありがとうございました」

「さすがにあの時の同窓会というわけでもなさそうですね。何かご依頼でも？」

「SAYOさんは相変わらず鋭いのう。実は『4Sエージェンシー』への依頼ぢゃ」

そこへスパゲティの大皿を抱えたビッグママが顔を見せた。

「話は聞いたわ。今夜は貸し切りにするわ。SAYO、看板を片付けておくれ」

「どん底」の店内は秘密会議を開くのにぴったりの広さと暗さだ。忍はタクさんの食事を手伝う。美味《おい》しい、と感想を言うとビッグママは、えへん、と胸を反らす。

「若い頃は世界中で家庭料理をご馳走《ちそう》になったから、そこらのコックとは違うわ」

隣で豪介爺ちゃんが、黒サングラスの牧村さんに状況を説明していた。

一通り話を聞き終えると、牧村さんはぼくに顔を向けた。

「シノブちゃんのお兄さんは大変な因縁の環《わ》の中にいたんだね。ここに導かれたのもひとつの告知《ノーティス》だったのかもしれないな」

「ということは、儂たちの依頼を引き受けてくれるんぢゃな」

勢い込んで言う豪介爺ちゃんに、牧村さんは首を横に振る。

『4Sエージェンシー』は成功率99パーセントのトラブルシューターという、先代の看板を守りたいので、成功の可能性がなければ受けません。この依頼を受ける条件はひとつだけ。アッシをこちらサイドに引き戻せなければ依頼はお断りします」

牧村さんは顔を上げ、黒サングラスの奥から遠くを見つめるような顔になる。

「誰より深く東城大に入り込んでいるアッシが、東城大を裏切ろうとしている。こじれた物語を読み解かないと、この依頼は果たせない。言い換えればこの作戦を東城大の天意に添うものにしなければならない、ということだ。ただアッシをこちらの陣営に取り戻せても、作戦の成功率は2割くらいだけど」

「ぼくたちは何をすればいいんですか」と、少し不安になって、ぼくは訊ねる。

「今、君たちにできることは何もない。アッシの気持ちを読み解くのは俺と小夜さんの役割だ。俺たちは桜宮岬の因縁に決着をつけに行く。小夜さん、車を回して」

「わかりました、ボス」と言って、SAYOさんはすらりと立ち上がる。

SAYOさんが店の前にブルーのシボレーを回すと、助手席に牧村さんが乗った。

「カオル殿と儂《わし》は、この車に同乗する。モンキーバイクは預かってくれ、女将。この件が終わったらこの店の料理も食い尽くしにくるから」

豪介爺ちゃんが言うと、ビッグママは「了解」と言ってにっと笑う。

平介小父さんの車には三田村、忍とタクさん、助手席にヘラ沼が乗る。

ＳＡＹＯさんはドレスの袖《そで》をまくり、ブルーのサングラスを掛ける。

エンジンを数回、空ぶかししてアクセルを踏み込む。ぎゃぎゃっとタイヤがきしみ、商店街の路地を走り抜ける。豪介爺ちゃんは後ろにひっくり返り、うお、と声を上げる。でもこころの準備ができていたぼくは声を上げなかった。

ぼくの隣では、あまりの加速度に、魂を店の前に置き忘れた豪介爺ちゃんが、酸素不足の水槽の金魚のように口をぱくぱくさせていた。

「細い三日月、もうすぐ新月、大潮がくるわね」とＳＡＹＯさんが呟《つぶや》いた。


30分後。

疾走を続ける小夜さんのシボレーの窓から、海岸線が見えた。

夜の海原は暗く、岬の突端に、突き立てられたナイフがきらりと光っている。

「瑞人さん、〈光塔《ミナレット》〉が見えたわ」

牧村さんは黒いサングラスの顔を向けた。

行きは高速道路経由で1時間半も掛かったのに、ＳＡＹＯさんは下道で30分で着いた。平介小父《おじ》さんの車は当然、影も形もない。

暗い海岸の砂浜に車を止めると、ＳＡＹＯさんは後部座席を振り返る。

「これからどうしますか？」と問われて、豪介爺ちゃんは、はっと蘇生《そせい》する。

「平介の車はついてこられんぢゃろ。儂らだけで塔に乗り込もう」
「それがコレクト・チョイスでしょうね」と牧村さんが同意する。
SAYOさんは車を塔の裏手につけてエンジンを切り、ヘッドライトを消した。
ぼくたちは車から降りた。
足元には、砂浜を覆い尽くすように、一面にハマナスが咲いている。
この前は、この桃色の可憐《かれん》な花に気づかなかった。
たぶん、あの時のぼくは、肩に力が入りすぎて、テンパっていたのだろう。
これから突撃しようとしている〈光塔《ミナレット》〉が目の前に立ちはだかっている。
それはまるで、ハマナスの蔓《つる》が編み上げた幻の塔のように見えた。
そう思った時初めて、ぼくは潮騒に包まれているのに気がついた。

8章

7月13日（木）

因縁、
月光に溶ける。

午後8時。草陰に身を潜めていたら、扉が開いて、小原さんと赤木先生が出て来た。だけど、美智子の姿は見えない。彼らの会話が聞こえてくる。

「赤木先生の研究だけが遅れているんだから、何とかしなさいね」

「鋭意努力しているのですが、サンプルの入手が困難でして……」

「例の検査まであと5日しかないのよ。ギリギリまで待つつもりだけど、日曜の夕方が限界ね。ダメだったら、以後はプロジェクト・リーダーを佐々木君に交替するわ」

「そんな……。確かにヤツは優秀ですけど、まだ大学生になったばかりですよ」

「私は実力主義だから、藤田教授から赤木先生にリーダーを替えたの。それと同じこと。期限は3日後の7月16日、日曜の午後6時。それ以上はビタ一文待てないわ」

「秘密研究は非効率です。誰にも相談できないし、成果ばかり求められても……」

「あら、成果以外に、何を研究者の能力のメルクマールにすればいいのかしら」

小原さんの正論に赤木先生は黙り込む。草加教授の下で毎朝、忌憚《きたん》のない議論を闘わせながら研究してきた赤木先生にとって、今の環境は生き地獄なのかもしれない。

小原さんは、さすがに少し言い過ぎたと思ったのか、こそっと付け加えた。

「まあ確かに、秘密研究が非生産的なのは認めるけど……」

「あの真っ赤っ赤がスカーレット小原で、隣で縮こまっているデカブツがモアイ赤木ぢゃな」と豪介爺《じい》ちゃんが小声で言う。2人が立ち去ると、草陰に潜んでいた豪介爺ちゃんは立ち上がり、ツナギの裾《すそ》についた砂を払った。

「これで中に残っているのは佐々木アツシ氏と、進藤美智子嬢だけぢゃな」

「美智子は先にハイヤーで自宅に帰されるから、いないと思います」

「それなら一層好都合ぢゃ。SAYOさん、牧村君、いざ出陣ぢゃ」

豪介爺ちゃんが建物の扉を拳《こぶし》で叩《たた》き、「たのもう」と大声で呼ばわる。

すると塔の入口のドアが開いた。豪介爺ちゃんは大股《おおまた》で建物に入り、ぼくが続く。

次にSAYOさんと牧村さんがするりと忍び込んだ直後、背後でドアが閉まった。

薄暗いエントランスに長身の影が佇《たたず》んでいる。

「今さら何の用だよ、カオル。あと、その態度のデカい爺さんは何者だ？」

「儂《わし》はカオル殿の父上の友人の平沼豪介ぢゃ。縁あって助太刀いたす」

「平沼君のお爺さんですか。〈いのち〉を奪還しようというのなら無理だから諦《あきら》めた方がいいです。こちらは自衛隊レンジャー部隊が守る国家代理エージェントですので。

カオルはさっさと家に帰って勉強しろ。中学生医学生が中学を落第したら笑い物だぞ」

う、なんて的確な罵倒《ばとう》だろう。今までのぼくなら、そのひと言で挫《くじ》けていた。

でも今のぼくはその程度では潰《つぶ》れない。その時、凛《りん》とした声が響いた。

「ずいぶん突っ張ってるじゃないか、アッシ」

佐々木さんは、ぼくの背後の暗がりに目を凝らした。牧村さんが闇の中から、ふい、と光の中に姿を現した。隣に青いドレス姿のSAYOさんが寄り添う。

「瑞人、兄ちゃん……なぜこんなところに？」と佐々木さんの言葉が詰まる。

「お前はカオル君の大切な友だちを売り渡したそうだな。俺が知っているアッシはそんなことをするヤツじゃない。お前に何があったのか、知りたいんだ」

佐々木さんは拳を握りしめる。その時、扉が開いた。

平介小父《おじ》さんの一行が到着したのかと思ったら、そうではなかった。

「ちょっと待って。アッシにもいろいろあったのよ、瑞人」

振り返ると逆光の中、仁王立ちした影と、それに寄り添う小さな影が見えた。

「ショコちゃんと美智子、どうしてここに……」と訊《たず》ねると美智子が言う。

「LINEで忍さんが、牧村さんとSAYOさんとカオルが向かっていると連絡してくれたから、翔子さんに知らせたの。間に合ってよかった」

「久しぶりに会えてうれしいわ、小夜。あんたは昔とちっとも変わってないわね」

「そうかしら。翔子は、あの頃より若返ったみたい」

「毎日ガキんちょに囲まれているからね。挨拶《あいさつ》は後回し。瑞人がアッシを責める気持ちはわかるけど、アッシにもいろいろあったのよ。わかってあげて」

「ショコちゃんは黙ってて」と佐々木さんが言い放つ。

「ううん、黙らない。アッシがなぜこんなことをしたのか、そのことでどんなに苦しんでいるのか、話さなきゃわかってもらえないわ」

「わかってもらえなくたっていい。俺が自分で決めたことなんだから」

「でもそれは、自分のためじゃなくて、他人のためでしょ」

ショコちゃんはつかつかと歩み寄ると、佐々木さんの腕を取った。

「あんたの苦しみをわかってもらうため、今ここで、すべてを打ち明けるべきなのよ」

佐々木さんの冷たく光る右眼から一筋、銀色の涙がこぼれ落ちた。


佐々木さんが螺旋《らせん》階段を降りていく。

ショコちゃん、ぼくと美智子、SAYOさんと牧村さんが続き、しんがりは豪介爺ちゃんだ。地下のフロアで佐々木さんは、奥のスペースに歩み寄る。

「絶対に覗《のぞ》くな」といわれた禁断のスペース。大きな水槽に白い布が被せられている。

その前に立った佐々木さんは、ショコちゃんに促され、白い布を取った。

水槽の中に女性が横たわっていた。裸にみえたけど、よく見たら、身体にぴったり張り付いた白いボディスーツ姿だった。

「この人は日比野涼子《ひびのりょうこ》さん。アッシが凍眠をしていた5年間、面倒をみてくれていた女性よ。アッシが凍眠から目覚めた時、入れ替わりで〈スリーパー〉になったの」

ショコちゃんは、細い指先で水槽を撫《な》でながら、言う。

「アッシが凍眠から覚めたら〈スリーパー〉はいなくなり、時限立法は廃案になる。そしたらアッシの人権を守る法律がなくなり、アッシは医学研究のモルモットにされてしまう。それを防ぐために、この人は第2の〈スリーパー〉になったの」

佐々木さんが仰ぎ見た、吹き抜けの天井の天窓から三日月の光が水槽に降り注ぐ。

「涼子さんが覚醒《かくせい》するはずだったあの日、涼子さんは目覚めなかった。だからスクランブルで、急遽《きゅうきょ》コールドスリープを3年延長した。今年がその3年目なの」

「俺が、涼子さんが目覚めなければいい、なんて思ったせいだ」

水槽を拳で叩いた佐々木さんの肩に、ショコちゃんがそっと手を置く。

「涼子さんが目覚めなかったのは、アッシのせいじゃないよ」

それからショコちゃんはぼくを見て、言った。

「アッシがカオル君を裏切ったのは、涼子さんのためだったの」

佐々木さんがぽつりぽつりと話し始める。目覚めの時、涼子さんの意識が戻らなかったこと。それは、佐々木さんが一瞬願ったことだったこと。

でも本当にそうなってしまったら、死ぬほど後悔したこと。

『『DAMEPO』の連中は〈いのち〉を兵士にして無敵の軍隊を作ろうと考えた。身長3メートル、体重200キロの巨体、赤ん坊レベルの知能と感情、少ない食事量、排泄《はいせつ》しないことなど、生物兵器としては理想的だ。『プロジェクト』は〈いのち〉に知能を移植することに変容した。俺はその内実をある人物から聞いていた」

「ぼくのパパ、ですね」とぼくが言うと、佐々木さんはうなずいた。

「曾根崎教授は〈いのち〉誕生直後から事態を予見していた。それで東堂教授による大容量CT・MRI複合機『フローティング・ガブリエル』と輸送艦『ポセイドン』による生体チェックという、最強の一手を考え、東堂教授に『DAMEPO』に企画を出させ、〈いのち〉の生物兵器化計画を阻止しようとしたんだ。俺が協力すれば完《かん》璧《ぺき》だったのに、俺は裏切った。『こころの移植』実験が予定されていたからだ」

佐々木さんの顔を見た。この人はそんな早い頃から裏切りを考えていたのか。

「涼子さんの記憶の断片は、ここのスパコン〈マザー〉に保存されている。天才プログラマーがインストールした〈腹話術師《ベントリラクイスト》〉というソフトが、涼子さんのあらゆる想念を保存していたんだ。それを知った俺は、〈マザー〉内に人工的なこころを構築する計画を立て、小原さんが『DAMEPO』本部の承認を得た。だが指令は、生存者のこころをコンピューターに再構築し、移植するという内容に変わり『DAMEPO』はこころのドナーとして『アイスマン』を指定してきたんだ」

「2階にいた、白い作務衣《さむえ》を着た人ですね」とぼくが言うと佐々木さんはうなずいた。

「丸椅子に一日中座り、ヘッドギアで脳波を捕捉《ほそく》され続けるなんて、普通の人なら発狂してしまうが、あの人は全然平気だった。毎日5分間だけ話すことが許されたけど『二度死んだ身に、耐えるという感覚はない』なんて言う、奇妙な人だった」

そう言って、佐々木さんはぶるっと震えた。

「俺はそのプロジェクトを涼子さんに転用しようと画策した。〈マザー〉に移植した『アイスマン』の精神を〈いのち〉に移植する時、同時に〈マザー〉内に浮遊する涼子さんの想念を集めて再構築し、水槽に眠る涼子さんに移植しようとしたんだ。脳はニューロンの集合体でシナプス間を走る電流で構成されるから、ニューロンを電気素子に置き換えれば、記憶や感覚の再現は理論上可能なはずだ。このことは小夜さんや瑞人兄ちゃんなら実感できるだろうと思う」

SAYOさんは牧村さんを見た。そんな2人をショコちゃんが見つめる。

「記憶の断片を集めればなんとかなるはず、と考えた。予定通り、東堂教授との会合が1日後なら、何の問題もなかった。でもこころの移植を決行しようとした当日、カオルたちが東堂教授を引き連れて『ハウス』に来た。あそこで指揮権が東堂教授に移ったら、準備していた、『こころの移植』計画は頓挫《とんざ》してしまう」

「〈いのち〉ちゃんの奪還後に、涼子さんを回復させればいいのに」と美智子が言う。

「それはダメなんだ。『精神移植』には莫大《ばくだい》な電力が必要で、この辺り一帯の電力を一時的に全供給しなければならない。30分ほどの隙間時間に一部の電力を転用してもバレないけれど、プロジェクトが瓦解《がかい》したらそもそも大容量電力の供給ができなくなる。そうなったら二度とチャンスはない。だから俺は……」

佐々木さんは言葉を切った。地下室に、天窓から淡い月光が降り注ぐ。

手探りで歩みを進めた牧村さんが、手を伸ばして水槽を撫でた。

「不器用なヤツだ。お前は昔と変わっていない。なのにお前はこれからもずっと、そうやって自分の気持ちを偽るような生き方を続けていくのか？」

「わからない。わからなくなった。ねえ、僕はどうすればいいの、瑞人兄ちゃん」

「それはお前が決めることだ。俺にはアドバイスはできない」

「でも瑞人兄ちゃんは昔、僕の進むべき道を示してくれたじゃないか」

「それは違う。俺はお前に道を示してなどいない。あの時、俺たちは自分の道を選んだ。逆に俺はお前に救われた。だからシンプルに考えろ。お前が東城大の精神に逆らう選択を続けようというのなら、俺に出来ることは何もない。だがお前が〈いのち〉君を奪還したいと思うなら、俺と小夜さんは手助けできる。それだけだ」

「東城大の精神に逆らう選択？」と佐々木さんがぽつりと訊ねる。

「誰よりも長く深く、東城大に寄り添って生きてきたお前は、東城大の申し子なんだ」

佐々木さんは目を閉じ、深く息を吸った。そしてそれを吐きだしながら呟《つぶや》く。

「僕が、東城大の申し子……」

それから目を開いて、牧村さんを凝視した。

「それなら瑞人兄ちゃんに聞きたいことがある。兄ちゃんは東城大に感謝してる？」

牧村さんは一瞬、黙り込んだ。それから静かに言う。

「感謝はしていない。俺は生きたいと思ったことはない。生かされただけだから」

隣のSAYOさんが面を伏せる。佐々木さんは質問を重ねる。

「もし、瑞人兄ちゃんが誤診で手術されていたら、どうするんだよ」

「誤診ですって？」とSAYOさんが悲鳴のような声を上げた。

「なぜそんなデタラメを言うのよ、アツシ」とショコちゃんも叫ぶ。

「デタラメじゃない。僕の仕事は〈オンディーヌ〉、つまり涼子さんの維持だけど、表向きはここに蓄積された東城大の医療レコードの整理と保存だ。僕は誰より深く東城大に潜行し、東城大がどれほど欺瞞《ぎまん》に満ちた医療行為をしてきたか、知った。瑞人兄ちゃんと僕のカルテを調べ直したら、兄ちゃんの片目はレティノでなかった可能性が高いと判明した。それでも兄ちゃんは僕に、東城大に寄り添えと言える？　間違って視力を奪った事実を闇に葬り謝罪もしない、そんな組織を愛せと言うの？」

凍り付いた時が流れていく。やがて牧村さんが口を開いた。

「それは話が違う。俺の眼の問題は俺のことで、他人がとやかく言うことではない」

「瑞人兄ちゃんは、不当に視力を奪った東城大が憎くないの？」

「憎しみや恨みはない。今の俺はただ、与えられた世界で生きているだけだ」

突然、頭上から聞き慣れない声がした。

「なるほど。こんなところに神が降臨していたとは、奇遇ですね」

地下室の人たちが一斉に、声のした方を見上げる。

1階のピロティから小さな白い顔が下を見下ろしていた。

細い目。細い口唇。越冬中の紋白蝶《もんしろちょう》が、静かに羽を開閉させているような錯覚。

「アイスマン、どうしてあなたがここに？」と佐々木さんが訊《たず》ねる。

「必要なデータは全て提供しましたから、僕がここにいる理由はなくなり、先ほど、拘束を解かれました。なのでお暇《いとま》しようと思いまして」

「誰だ、あんたは」と牧村さんが低い声で言う。

「世の中には知らない方が幸せなことがあります。あなたの先ほどの言葉に共感を覚えたので思わず口を出してしまいましたが、僕らしからぬ行為でした。でも、東城大に対する憎悪と妄念が噴出した場に、僕が居合わせたのは偶然ではありません」

「偶然でないとしたら、何だと言うんですか？」と佐々木さんが訊ねる。

「天意です」

その言葉は、激した場を、しん、と冷却した。

「僕が今の物語を聞いたのは天意ですが、茶番の結末を見届けるのは天命ではない。なかなか興味深い話でした。僕はお暇しますが、田口先生によろしくお伝えください」

「田口先生と知り合いだということは、あなたも東城大の関係者なのですか」

「あなたは東城大の過去の全医療レコードを検索した、と言いましたね。そこに僕のデータはありましたか？」

佐々木さんが首を横に振ると、白い男性はうっすら笑う。

「それが答えです。僕は、東城大にとって忌むべき特異点なのです」

男性の姿は消え、後には茫漠《ぼうばく》とした虚無が残された。瑞人さんが言う。

「お前、あんなヤツのこころを〈マザー〉に移植したのか？　どんなヤツなんだ？　こころを移植したのなら、少しは内面に触れたんだろ？」

「〈マザー〉に保存された涼子さんのフラグメントと真逆で、希薄でからっぽ。やっているうちに、こころの骨格標本ってこういうものかと思ったけど……」

「佐々木さんは、そんな得体の知れない人のこころを〈いのち〉ちゃんに移植しようとしたんですか？」

美智子が激しい口調で非難した。佐々木さんは首を縦に振る。

「その通りだよ。『DAMEPO』のプロジェクト・リーダーは、『精神移植』がメインになった時から俺に変更されていた。だから俺は昨日、『精神移植』を済ませた。アイスマンがお役御免になったのは、そのせいなんだ」

「するとこの女性にも『精神移植』を終えている、ということか」

牧村さんの問いに、佐々木さんはうなずく。

「だからさっきの瑞人兄ちゃんの質問への答えはこうなる。僕はコイツらに協力してもしなくても、もうどっちでもいい。僕は瑞人兄ちゃんの本音を聞きたい。誤診の結果の治療で視力を奪った東城大に協力したい？　それともしたくない？」

「俺は便利屋だ。依頼に応《こた》えて動くだけで、自分の感情を関与させるつもりはない」

牧村さんが呟くようにそう言うと、佐々木さんは一気に言い返す。

「ご立派だね。それなら僕も瑞人兄ちゃんを見倣って答えるよ。僕はコイツらの依頼に応じるつもりはない。だけど瑞人兄ちゃんの依頼なら受けてもいい」

「俺は依頼者にはなれないと言っただろう？」

「それなら、この依頼は受けない。兄ちゃんはずっと僕の羅針盤だった人なんだから」

牧村さんの表情が歪《ゆが》む。

自分の感情を殺して、依頼だけを引き受けるというスタンスで生きてきた、これまでの人生がクラッシュしてしまうかのように。

その時、SAYOさんが低い声で歌い出した。

「どん底」で聞いた『ＬａＭｅｒ』（海）だ。

光の中、砂浜に佇《たたず》む白いワンピースの少女が、海を眺めている。

風に髪をなびかせて振り向くと、微笑んだ。

その場にいた誰もがみんな、呆然《ぼうぜん》と、少女の姿を見つめる。

ＳＡＹＯさんの歌は天空から降り注ぎ、月の光のようにぼくたちを照らし出す。

歌い終えたＳＡＹＯさんは、吐息をついた。

「俺の人生は由紀《ゆき》さんから託されたものだったのに、由紀さんならどう考えるか、考えなかった」と、牧村さんが言う。

するとショコちゃんが首を横に振った。

「それは間違っていないわ、瑞人。由紀ちゃんは死んだけど、あんたは生きている。もう由紀ちゃんのことは忘れて、自分の人生を生きなさい。アッシの問いには、あんた自身が答えればいい。それはあんたが生きている証《あかし》だし、由紀ちゃんが望んだのは、あんたがそんな風に生きることだったんだから」

牧村さんが黙り込んでいるのを見て、美智子が言った。

「何なんですか、これ。あたしは佐々木さんや牧村さんの過去なんてどうだっていい。死んだ人のことや誤診も興味ない。そんなことより〈いのち〉ちゃんを助けてあげて。あんな気味悪い人のこころを移植するなんてひどすぎる。〈いのち〉ちゃんはあたしたちと同じ人間なのよ」

いや、それは違うだろう、と思ったけれど、口にはできなかった。

でも美智子の真っ直ぐな言葉はそこにいる人たちの心を打った。

「アッシは一番大切なことを忘れてるわ。涼子さんが凍眠した理由は何だったの？　アッシが〈いのち〉ちゃんと同じように実験動物みたいに扱われないようにするためだったはずよ。それなのにあんたは真逆のことをやってしまったのよ」

ショコちゃんの言葉に佐々木さんは、電撃に打たれたように身体を震わせ目を見開いた。

やがて佐々木さんは膝《ひざ》から崩れ落ち、涼子さんが眠る水槽にしがみついた。

「ああ、僕は何てことをしてしまったんだ」

ショコちゃんは佐々木さんに歩み寄ると、牧村さんの手を取り佐々木さんの手と重ね合わせ、その上に自分の手を重ねた。

「ふたりとも、素直になりなさい。アッシも瑞人も大切な視力を失って、どれほど大変な思いで生きてきたか、あたしと小夜は知っている。だからオレンジ新棟小児科看護師長として、かつての患者だった、ふたりに命令する。これからはあんたたちは、自分の意志で自分の未来を決めなさい」

2人は黙っていた。でも重ねた手に次第に力がこめられていくのがわかった。

牧村さんが口を開く。

「東城大が過去、俺の視力を不当に奪ったという事実は衝撃だったけれど、それは今の俺の気持ちには何の影響もない。恨みも憎しみもない。でも俺は、自分の気持ちから目をそらして生きてきた。これまで他人の望みを叶《かな》えるために純化してきた、と思い込んできた。だがアッシの言葉は俺の欺瞞《ぎまん》を打ち砕いた。だからお前に頼みたい。この人たちの願いを叶えるためにはお前の力が必要だ。俺たちに協力してほしい」

佐々木さんは、黙って牧村さんを抱きしめると、何度も大きくうなずいた。

それから身体を離して直立して、敬礼した。

「了解であります」

天窓から降り注ぐ月光が、地下のホールに集まった人たちを照らし出す。

突然、天から物悲しい、けれども凛《りん》としたピアノの旋律が降り注いできた。

はっと目を見開いた佐々木さんは、地下室の神殿を見た。

水槽が、その美しい旋律に応じるように、ぼう、と光った。

その夜、東城大の長く深い因縁が交錯して、月光の下で溶けたのだった。

9章

7月13日（木）

実物見ずして

評価せず。

しばらくして後続部隊が到着した。平沼父子、三田村、忍にタクさんの5人だ。

こうしていのち奪還計画メンバーが〈光塔《ミナレット》〉の地下室に一瞬、勢揃いした。

佐々木さんはここまでの経緯を簡単に説明した後、言った。

「僕がこころの移植を強行した後も、涼子さんに変化はない。トライアルは失敗した可能性もあるけど、今となってはもう確認できない」

スパコン〈マザー〉のモニタを見ていたタクさんが言った。

「よかったら僕がチェックしてみようか。少しは役に立てると思うけど」

「協力してもらえるのはありがたいけど、だけど、その……」

「両腕はないけど、視線でカーソルを動かすソフトをインストールすればいいんだ」

謙虚な人柄が滲《にじ》み出たタクさんの言葉は、能力の高さを確信させた。

「わかった。猫の手も借りたいところだから、お願いしたい」

「残念ながら『手』はないけど」というタクさんのジョークに、みんな大笑いした。

「それと、プライベートの記憶領域には入らないようにするよ」

佐々木さんがほっとした表情になる。忍が鞄《かばん》からCDを出し佐々木さんに渡す。

入力ソフトがインストールされると、タクさんはモニタの前に座り、視線を走らせ次々にプログラムを立ち上げる。やがてモニタ上に2人の人物の姿が立ち上がった。

男性と女性だ。どちらの顔も見覚えがある。女性は水槽で眠る〈オンディーヌ〉、日比野涼子さん。それと佐々木さんが『アイスマン』と呼んでいた、白装束の男性だ。

「これはこころ移植のパッケージだ。エレメンツを入れる前はのっぺらぼうで、パーツが入ると顔が浮かび、外見が完成するとこころの移植が完了したことを示すんだ。2体の素材は、男性の方は、生体から直接エレメントをコピーしたもので、女性は〈マザー〉内に漂う情報を寄せ集めたものだから、全く別物なんだ」

「『プロダクト』の中身の解析は、短時間では不可能だけど、移送先のチェックは難しくない。中身に触れないようにするけど、システムには触れさせてもらうよ」

そのやり取りを聞いて豪介爺《じい》ちゃんが言う。

「パソコンはシノブ殿の兄上にお任せして、お主は〈いのち〉奪還計画に参加しろ」

うなずいた佐々木さんは、テーブルの上に広げた『ポセイドン』の船内図を見る。

SAYOさんが部屋の広さや通路の長さ、つながり方を詳細に牧村さんに説明する。

「船のど真ん中のコンクリートで囲まれた部屋のせいで、途方もない浮力が必要になり、本来あるべき内部構造を徹底的に撤去しているな。この後は輸送船として使用するんだろうから、そんな対応も可能だったんだろうけど、相当無茶な仕様だ」

牧村さんの言葉をみんなが待ち構えたその時、背後でタクさんの叫び声がした。

「なぜ〈木馬〉がここにいるんだ？」と蒼白《そうはく》になったタクさんは、震え声で言う。

佐々木さんはタクさんの側に歩み寄ると、肩越しにモニタを見た。

「これって〈木馬〉という名前だったのか？　〈マザー〉内に浮遊している涼子さんのフラグメントを集めるためのプログラムを探せと命じたら、見つけてきたんだよ。〈マザー〉内に放し飼いにしたら、半日でこころを再構築する必要なデータを全部集めた。このプログラムのおかげで涼子さんの精神移植はギリギリ間に合ったんだ」

タクさんは佐々木さんに頭突きしようとしたが、佐々木さんはひょい、と身を躱《かわ》し、タクさんは床にすっ転ぶ。身体を反転させ仰向《あおむ》けになると、佐々木さんをにらんだ。

「この泥棒野郎。僕はコイツの飼い主だ」

忍がタクさんに駆け寄り、上半身を起こすのを助けながら言う。

「タク兄の大切な〈木馬〉を盗むなんて、あんたってサイテー野郎ね」

息を荒らげるタクさんと、激怒している忍に、佐々木さんが言う。

「〈マザー〉が勝手にやったこととはいえ、申し訳なかった。〈マザー〉が他のコンピューターをハックして盗み出すなんて、これまで一度もなかったんだ」

平介小父《おじ》さんがとりなすように言う。

「でもこれでタク君のプログラムが悪用される危険がなくなって、一安心だね」

タクさんの興奮は収まった。犯人に悪気がないとわかり、ほっとしたのだろう。

「僕はコイツが悪用されることを心配してたんだ。削除《デリート》してくれればいい」

「実は〈マザー〉は〈木馬〉をシステム内に寄生させ、涼子さんのこころの一部に組み込んでしまったようなんだ。細胞内寄生の、『ミトコンドリア』みたいになってしまっているから、もう除去はできないかもしれない」

その説明を聞いて、タクさんは不安げに訊《たず》ねた。

「すると〈木馬〉は世界中に広がってしまう可能性があるのか？」

「その可能性は低いと思う。なぜか〈マザー〉は〈木馬〉を『リョーコ』にだけ植え、『アイスマン』には入れなかったようだから」

安心したタクさんは椅子に座り直し、視線を左右に忙《せわ》しく動かす。モニタ上をカーソルが躍り、いろいろな画面が立ち上がり重なり合う。やがてタクさんが言う。

「君はとんでもないミスをしてる。君のコマンドは、『アイスマン』を『ソルジャー』に、『リョーコ』を〈オンディーヌ〉に移植せよとオーダーした。でも『ソルジャー』は『アイスマン』を拒否して『リョーコ』をセレクトした。そして行き場をなくした『アイスマン』は〈オンディーヌ〉に入り込もうとして、〈オンディーヌ〉にも拒絶されたので、スパコン内で自閉している」

「さっぱりワケワカメなんですけど」とぼくが言うと、タクさんが微笑して言う。

「精神移植で2体の精神から『ソルジャー』が『リョーコ』をセレクトした。そして、『アイスマン』は、〈マザー〉内で自閉した。〈オンディーヌ〉は変化してない」

「そうだったのか。今はまだ、胎児が胎盤で母体とつながるような感じで、〈マザー〉と電磁的につながっているけど、それなら接続を遮断してもいいのかな」

佐々木さんの呟《つぶや》きには、失望と、どこかしら、ほっとした響きがあった。

「いや、そんな簡単な問題じゃないと思う。精神の皮殻が形成されていないと、その遮断によって、移植先の精神が崩壊してしまう可能性もある」とタクさん。

ぎょっとした顔で言葉を挟んだのはショコちゃんだ。

「ちょっと待って。さっき立ち去った人は『アイスマン』なのよね。その人の精神は〈マザー〉内に自閉してるって言ってたでしょ？　それじゃあ、あの人のこころはどうなっているのよ」

その問いに、答えられる人はいなかった。ぼくは背筋が寒くなる。

ぱん、ぱん、と豪介爺ちゃんが手を叩《たた》いた。

「世界の森羅万象を読み解けるなどとはマッド・サイエンティストのたわ言で、この世にはわけのわからないことがあるものぢゃよ。こころというものがどういうものか、周りでピーチクパーチク囀《さえず》ったところでどうもならん。儂《わし》たちは赤ん坊を悪の手先から救い出す。中身は、赤ん坊を助け出した後でゆっくり考えればいい」

「お言葉ですが、〈いのち〉ちゃんは赤ん坊ではありません。自分の足で歩くし、言葉だって話し始めています」と美智子が猛然と抗議すると、豪介爺ちゃんは謝った。

「申し訳ない。何せ儂はまだ実物を見ておらんでな。『実物見ずして評価せず』ぢゃ」

「豪介さんの言う通り、今すべきことを考えよう。ひとつは〈いのち〉君の搬送計画に奪還計画をもぐりこませること。もうひとつは〈マザー〉と接続中の〈いのち〉君の配線回路を遮断した際の影響を調べること。現在〈マザー〉と交信中の〈いのち〉君の精神が、〈マザー〉を遮断することで崩壊する可能性がある。事前チェックで致死的影響が出たら、搬送計画は変更せざるを得なくなる」と牧村さんがまとめた。

「〈いのち〉ちゃんのこころが崩壊するですって？　どうしてですか？」

「その可能性があるかもしれない、ということだから、心配するな」

ぼくは言ったけど、美智子には何の慰めにもなっていないのが丸わかりだ。

「〈マザー〉とのコンタクト遮断が先、搬送計画が後だが、後のアイディアを先に思いついた。平沼さん、今、製作所に使える潜水艇はありますか？」

牧村さんに聞かれた豪介爺ちゃんは顔を曇らせた。

「旧式の『深海七千』は東城大海洋研究所に貸し出していてオホーツク海を探査中、新型の『深海一万』はＮＡＳＡに委託し、どこで何をしているか把握しておらん」

「残念です。あれば助かったんですが……」

するとと平介小父さんが言う。

「親父、倉庫にもう1台あるじゃないか。『深海五千』が」

「確かに、な。ぢゃがあんな旧式のポンコツは……」と豪介爺ちゃんは口ごもる。

「あるんですね？」と牧村さんに念を押されて、豪介爺ちゃんはしぶしぶうなずいた。

「潜水艇の初号機で、耐用年数を過ぎ、溶鉱炉で溶かして新型の『深海一万二千』の材料にしようと考えておったガラクタぢゃよ。20年前の初号機で、図体《ずうたい》は最新機の2倍はあるわ、動作はのろいし小回りは利かないわ、どうもならん鉄クズでな」

「素晴らしい、それなら条件にぴったりです。アッシ、俺は平沼さんと奪還計画を詰めるから、お前は〈マザー〉と〈いのち〉の接続遮断計画を検討してくれ」

そう言うと牧村さんとSAYOさんは、平沼一家3人と一緒に1階に上がった。

地下に残されたのは、〈マザー〉接続遮断計画チームで、その構成員は佐々木さんとショコちゃん、ぼく、美智子、三田村、そして忍とタクさんの7人だ。

「〈いのち〉と〈マザー〉の接続を切断するって、臍《へそ》の緒を切るみたいな話なのかな」

ぼくがぽつんと言うと、美智子は首を横に振った。

「違うわ。あの鉄カブトみたいなヘッドギアを外すことよ、きっと」

「でも赤木先生が必死に追い込みをかけている最中だから、難しいだろうな」。

佐々木さんが説明すると、美智子が冷ややかに訊ねる。

「赤木先生は今、何の研究をしているんですか」

「こころの移植に際して、類型のない刺激を与えることで移植されたこころの反応を調べて、通常の心因反応の本質を解き明かす、ということらしい」

「どんなことがあれば、赤木先生という人の研究の助けになるんですか」と忍が単刀直入に訊ねる。無駄口を叩かないあたり、パパと瓜二《うりふた》つだ。さすが親子。

「これまで見たり聞いたりしたことのないような特別なものを見せて、びっくりする脳波の様子を調べるって感じかなあ」と佐々木さん。

「でも〈いのち〉ちゃんは新種の生物だから、人間と似てないんじゃないんですか」

「だから『これまで見たり聞いたりしたことがないような特別なもの』を見せる時にまず普通の人が見て、それから〈いのち〉君に見せ、脳波を比較するという手順になるだろうね。だけどそんなものが見つからないから、赤木先生は頭を抱えているんだ」

「そりゃそうですね。『これまで見たり聞いたりしたことがないような特別なもの』は、滅多にないからそう呼ばれるわけで……」と、ぼくが合いの手を入れると、忍が顔を上げた。

「なんだ、そんなことですか。それなら問題は、もう解決してます」

そう言って部屋の隅に行き、黒い鞄《かばん》を開けた。振り返ると、忍は銀髪のウィッグを被《かぶ》り、小児用のバイオリンを手にしていた。美智子が食ってかかる。

「こんな時に、あんたの大道芸を見せるつもり？　そんなヒマなんてないわ。そりゃ、確かに演奏は上手だけど……」

更に抗議を続けようとした美智子の唇に、人差し指を押し当てて、忍が言う。

「しい、黙って。百聞は一見に如《し》かず、よ」

背筋を伸ばし、バイオリンを構える。右手に持った弓を一気に解き放つ。

情熱の曲、「ツィゴイネルワイゼン」だ。

文句を言っていた美智子も、気がつくと無心で曲に聴き入っている。

やがて、ぼくが美智子の脇腹を肘《ひじ》でつついた。

「何よ、いいところなのに邪魔しないで」

小声で言う美智子に、ぼくは忍が演奏している姿を指差した。美智子は目を見開く。

銀髪の〈無弓妖精《ボウレス・ニンフ》〉は、情熱的な演奏を続けていた。

でも、右手に弓はない。

腕の動きが、バイオリンの弦の上の虚空をなぞっているだけだ。

なのにぼくたちは、彼女の「演奏」に酔いしれている。

曲を弾き終えた忍は、深々とお辞儀をした。

でも、拍手は湧かず、場はしんと静まり返った。

「これは一体……」と佐々木さんが呆然《ぼうぜん》と呟く。ぼくが説明する。

「共感覚の一種らしいんですけど、正式に調べてもらったことはありません。そしてもうひとり、こういう能力を持っている人がいます」

「小夜さん、だね」と佐々木さんはぽつりと呟く。場にいる人たちはすぐ理解した。みんなさっき、SAYOさんの歌を聞いたばかりだったからだ。

「ね、これって『これまで見たり聞いたりしたことがないような特別なもの』という条件に、ピッタリだと思いませんか？」と、忍が得意げに言った。

計画を練り終えた地下室の接続遮断チームが1階にいくと、〈いのち〉奪還班も打ち合わせを終えたところだった。顔を見合わせたぼくたちの顔に微笑みが浮かぶ。どちらの計画も出来たことを、お互いの顔を見て悟ったからだ。

豪介爺《じい》ちゃんが言う。

「そろそろ日の出ぢゃ。計画の成功を祈って、みんなでご来光を拝もうぢゃないか」

その言葉に従い、みんなはぞろぞろと「未来医学探究センター」の外に出た。

長い一日、そして長い長い夜が今、終わろうとしていた。

〈光塔《ミナレット》〉の前に広がる砂浜に出る。

朝靄《あさもや》が降りる中、黒々とした船影が見えた。汽笛の音が、朝靄を裂いて響く。

甲板に艦砲が並び、高いマストの上には星条旗がはためいていた。

巨大軍艦の海神「ポセイドン」だった。

こんなとんでもないものを、片手間で作ることとなんてできないだろう。

東堂教授は、「ガブリエル」&「ポセイドン」を作るために、全身全霊を傾けて対応したに違いない。するとやっぱり東堂教授は……。

この時初めて本物の敵と相対したぼくは、敵の強大さを骨の髄まで思い知らされた。


夜明けの海岸線で輸送戦艦「ポセイドン」の威容を見て、〈光塔《ミナレット》〉に戻った。

「朝一番で東堂教授と面会するから、それまでみんな、少しでも眠っておくように」

牧村さんに言われたけれど、ぼくはちっとも眠くないと思った。でも、布団を敷いた2階の部屋に入ったら、あっという間に寝落ちしてしまったようだ。

身体を揺すられて目が覚めた。佐々木さんがぼくの顔を覗《のぞ》き込んでいる。

「8時過ぎだ。眠いだろうが、もう起きろ」

ぼくは上半身を起こし、大あくびをした。

それから「全然眠くないです」ともにょもにょ答えて、次のあくびをかみ殺した。

1階に降りると他は勢揃いしていて、ぼくが最後だった。

テーブルの上にコッペパンと牛乳パックが置かれている。

「急だったのでこれしか準備できなかったけど、我慢してくれ」

佐々木さんが言うと豪介爺ちゃんが言う。

「桜宮大空襲の後は大根のしっぽしか食べ物がなかった。あの時を思えば極楽ちゃよ」

うーん、やっぱり豪介爺ちゃんのコメントは、いつも浮世離れしている。

パンを平らげ、牛乳を飲み干すと、身体の奥から力が湧いてきた。

8時半前。「未来医学探究センター」の前にメンバーが一列に並んだ。

これから東城大学医学部に行き、作戦が始まる。

機動力の車は3台。

平介小父《おじ》さんのセダン、SAYOさんの青いシボレー、ショコちゃんのランクルだ。

「あのう、私はシボレーに乗ってみたいのですが、よろしいでしょうか？」

なんと三田村自らご所望とは……。人間、変われば変わるものだ。

「もちろんぢゃ。乗れ、乗れ、好きなだけ乗れ。東城大までのショート・ドライブ、各自好きな車に乗るがいい」と豪介爺ちゃんがけしかける。

真っ先に青いシボレーに乗り込んだのはヘラ沼で、続いて三田村が乗り込む。

当然、牧村さんも一緒だから、人気ナンバーワンの1号車シボレーはこれで満席。

2番人気はショコちゃんのランクルで、豪介爺ちゃんと忍が立候補した。忍が乗るからタクさんも一緒。ショコちゃんが「アッシはあたしのパシリでしょ」と指名したので佐々木さんが助手席に乗る。これで2号車も満員御礼。

残りものの3号車には、ぼくと美智子が乗ることになった。

「平凡なセダンで申し訳ないね」と平介小父さんが言う。

「桜宮市内を走るなら安全第一です。それに残り物には福がある、と言いますし」と
ぼくが言うと、「カオルって時々ジジむさくなるのよね」と美智子が呟《つぶや》く。

セダンに乗り込むと先頭のSAYOさんのシボレーが、ぎゃぎゃぎゃ、と走り去る。

魂を背後に置き去りにして、口をぱくぱくさせている三田村の姿が目に浮かぶ。

ひょっとしてアイツ、エクトプラズムを離脱させる快感に目覚めてしまったのかも。

つづいて2号車ランクルがエンジンを空ぶかししてから、ダッシュで追いかける。

いかにも負けず嫌いのショコちゃんらしい。

2台の車影が見えなくなると、平介小父さんがキーを回す。

ぶるん、とエンジンが掛かった音が、遠慮がちに響いた。

「さて、それでは我々も、ぼちぼち出発するとしよう」

のんびりとスタートした3号車のバックミラーには、昇ったばかりの朝日に照り返された銀色の〈光塔《ミナレット》〉が、きらりと映り込んでいた。

10章

7月14日（金）

年寄りの冷や水は
甘すぎる。

7月14日はパリ祭の日。約230年前のこの日、フランス革命の狼煙《のろし》が上がった。歴史オタには重要な日に、革命の真似事をすることになるなんて感無量だ。

9時前に学長室前に全員集合したら、出勤してきた高階学長は目を丸くした。

「こんな朝早くからお揃いでどうされたんですか、なんていうお訊《たず》ねは野暮でしょうね。おや、佐々木君もいるじゃありませんか。呪縛《じゅばく》は解けたようですね」

「あの時はすみませんでした。俺のせいで先生方の作戦を台無しにしてしまいました」

佐々木さんが深々と頭を下げると、高階学長はにっこり笑う。

「そちらは懐かしい顔ですね。昔、オレンジにいらした浜田小夜さんでは？　一緒にいらっしゃる青年はその時のレティノの患者さんでお名前は確か……」

「牧村瑞人です。俺のことを覚えていてくださったんですか？」

「もちろんです。あの時は大騒動でしたから。ところで初対面の方も結構おられますが、どなたかご紹介していただけませんか」

「学長先生、爺《じい》ちゃんと父ちゃんを紹介するよ。平沼製作所の会長と社長だよ。ところで、今日はお菓子はないの？」とヘラ沼が図々《ずうずう》しく聞いた。

「ごめんね、この間君が平らげたので、すっからかんです。補充しておきます」

次はぼくの番だ。

「こちらは二卵性双生児の妹の山咲忍と、義理の兄の青井タクさんです」

手際よく新顔の紹介を済ませると、ぼくたちを代表して牧村さんが口を開いた。

「東堂教授に俺たちの作戦にご協力いただきたいのです」

「東堂教授は、田口教授と『満天』で朝食中で、間もなくお見えになります」

その言葉が終わるか終わらないかのうちに、大きな音を立ててドアが開き、テンガロンハットをかぶった東堂教授が大きな身振り手振りと共に部屋に入ってきた。

「マイボスは謙虚すぎマス。今やプロフェッサーの地位に上り詰められたのですから、ゴン・タカシナの向こうを張ってドン・タグチとして……と、はて、この人たちはなにごとデスか。オー、そこにいるのは何と〈裏切り少年《ベトレイアル・ボーイ》〉ではアーリませんか。敵陣の中枢に潜入するとは大胆不敵、恐るべきヤング・ガンですな」

「本人は反省していますので、許してやってください」と牧村さんが取りなす。

「そういうユーはどなたですか」

「便利屋の『4Sエージェンシー』の牧村です。〈いのち〉君奪還を依頼され検討したところ、針の穴を通すような細い径《みち》を見つけました。それには東堂教授の協力が不可欠なのです」と牧村さんが自己紹介と説明をすると、東堂教授は首を傾げる。

「ミーの評価が高いのはナチュラルです。ミーにできることなら協力しマス。しかしできないことは協力できまセン。一体ミーに、何をさせようと言うのでせうか」

当たり前の言葉も、東堂教授がもったいをつけて言うと胡散臭《うさんくさ》さが倍増する。

「今朝方、桜宮桟橋に大容量CT・MRI複合機を搭載した輸送戦艦が着岸しました。その船内を見学させていただきたいのです」

「HAHAHA、なかなか愉快なガイですな。あれはアメリカ合衆国の軍艦デスから、米国の軍人以外はおいそれとは乗船できないものなのデスよ」

「でも『ポセイドン』は『フローティング・ガブリエル』搬送に特化した輸送船で、東堂教授は今回の検査の最高責任者ですから、俺たちを乗船させることくらい、わけないでしょう。もちろん全員とは言いません。2、3名でいいんです」

東堂教授は腕組みをして、隣の田口教授を見た。田口教授は小さくうなずく。

「これからミーは『ポセイドン』で、MRIのセットアップに取りかかるので3人ほどミーの助手として乗船させませウ。さて、ど・れ・に・し・よ・う・か・な……」

すると豪介爺ちゃんが平介小父《おじ》さんと孫の雄介を両腕に抱えて、一歩前に出た。

「この3人にしてくれ。作戦上、最も効率がいい人選なのぢゃ」

東堂教授はじろじろと3人を見ていたが、豪介爺ちゃんを指差して言う。

「このお2人はOKデスが、ユーはいかがなものかな、と思いマスが。日本の諺《ことわざ》にも、

『年寄りの冷や水は甘すぎる』というのがありマスからね」

「お主は外国暮らしが長く日本のこころを忘れ果てているようぢゃな。その諺は全然違うぞ。正確には『年寄りの冷や水は怒髪天を衝く』というんぢゃ」

いや、どっちも違う……。睨《にら》みつけていた東堂教授は、やがてにっと笑う。

「なるほど、愉快なお爺《グランパ》ちゃんですね。よろしい。3人を助手として乗船させませう」

豪介爺ちゃんが牧村さんに親指を立ててみせた隣で、平介小父さんがため息をつく。

「なぜ私はいつもこんな役回りになるんだろう。ただ平凡に生きたいだけなのに」

「俺が一緒だから大船に乗った気持ちでいなよ、父ちゃん」とヘラ沼が、父親の背中をどん、と叩《たた》く。その様子をみて「隔世遺伝」という医学用語が脳裏をよぎった。

「オウ、間もなく乗船時刻です。そうそう、それとユーも一緒に来なさい」

みんな驚いた。指名されたのは、裏切り者呼ばわりされた佐々木さんだった。

「この前のユーの裏切りにはムカつきましたが、でんぐり返れば度胸があって味方にしたら心強いデス。不測の事態が起こる船上では、ユーのような人材は貴重デス」

「わかりました。5分お待ちを。俺は別働隊の隊長なので、他の人に作戦を伝えないと」と言って佐々木さんはぼくを、部屋の隅に引っ張って行った。

「カオル、東堂教授はヤバいぞ。『未来医学探究センター』を知り尽くしている俺を引き抜き、塔から遠ざけようとしている。俺と〈マザー〉を切り離すつもりだ」

「どうしてですか」

「〈マザー〉は〈いのち〉の監視役もしている。つまり監視役を外したいのかもしれない。ずばり、〈いのち〉をアメリカに連れ去るつもりなんだろう」

「そんなバカな」とぼくは愕然《がくぜん》とした。

「東堂教授は来日早々、小原さんや赤木先生をコテンパンにした。あの時〈いのち〉の学術的価値を理解していた。東堂教授が持ってきた輸送戦艦『ポセイドン』でそのまま連れ去ってしまう計画だと考えると、つじつまが合う。恐るべき戦艦に収容されたら奪還は不可能だ。だから絶対に『ポセイドン』に〈いのち〉を乗せるな」

「そんなことを言ったって、どうしようもないのでは？」

「大丈夫。俺に考えがある。そのためには切り離された『奪還作戦』と『遮断作戦』を統合する必要がある。その大役を果たせるのは、残念だがお前しかいない」

ええ？　いきなり重要任務をぼくに任せるおつもりですか、セニョール。

佐々木さんがぼくに伝えようとした動きを、必死になって頭に叩き込んでいると、痺《しび》れを切らした東堂教授が声を掛けてきた。

「ヘイ、〈裏切り少年《ベトレイアル・ボーイ》〉、いつまでミーを待たせるつもりなのデスか」

「すいません、コイツが物わかり悪くて手間取りましたが、たった今、終わりました」

ひどいよ、佐々木さん。世の中って、不条理すぎる。

「では第1分隊の出発ぢゃ」と豪介爺ちゃんは勝手に仕切り、他の3人を引き連れて東堂教授の後について行く。高階学長が残ったぼくたちに言う。

「そちらの方々には、どんな協力をすればよろしいのですか」

「第2と第3分隊は、特に助力は必要ありませんので、失礼します」とぼくが答える。

「朗報をお待ちしています」という田口教授の言葉に見送られたぼくたちが駐車場への小径を歩いていると、先に出発した平介小父さんのセダンとすれ違った。

助手席に東堂教授がでんと座り、後部座席の真ん中で豪介爺ちゃんが腕組みをしてふんぞり返り、右側では佐々木さんが憂鬱《ゆううつ》そうな表情で窓の外を眺めている。左側のヘラ沼がぼくたちに手を振っている。何て濃ゆいメンバーなんだろう。

オレンジへの分かれ道で、ショコちゃんが言う。

「久しぶりに会えて嬉《うれ》しかったよ、小夜。あたしは日勤だからここでバイバイ。このドタバタ騒ぎのケリがついたら、一緒にご飯しよ」

「いいわね、翔子。楽しみにしているわ」と言って2人はひしと抱き合った。

「派手にやったらダメだよ、小夜の歌はすごいんだから」

「心配しないで。お師匠さんと比べたら、私なんてまだまだだから」

ショコちゃんは、美智子と三田村に言う。

「さて、2人にはオレンジで〈いのち〉君の受け入れ準備を手伝ってもらうわ」

美智子はいそいそとショコちゃんに従い、三田村はそんな美智子の後を追う。

というわけで2号車のランクルは待機。残った牧村さん、ぼく、忍、タクさんの4人は〈マザー〉接続遮断部隊で3号車・SAYOさんの青いシボレーに乗り込む。

ぼくと忍は前のめりの姿勢で構える。タクさんはきょとんとしてぼくたちを眺めた。

次の瞬間、後ろにのけぞったタクさんは頭を駐車場に置き去りにして失神しかけた。

SAYOさんの青いシボレーはお山を一気に駆け下りる。

青い稲妻が駆け去った後、桜宮丘陵では小鳥がのどかに、ちちち、と啼《な》いた。

∵

桜宮岬の突端にSAYOさんの青い稲妻号が到着したのは10分後だ。どんどんタイムが速くなる。最後はテレポーテーションまで進化してしまいそうだ。

頭を後ろに置き忘れたタクさんは、停車した5秒後に頭部を取り戻し、ぷう、と息を吹き返す。5人は車を降り「未来医学探究センター」に入る。

タクさんが〈マザー〉のモニタの前に座ると眼を瞬かせた。〈マザー〉が起動し、ウインドウが立ち上がっては消えていく。

「準備OKだ」と言うタクさんの傍らに、牧村さんが寄り添う。

「小夜さんの歌は聴きたいけど、俺はタクさんのヘルプに回るよ」

「瑞人さんにはいつでも歌ってあげられるから我慢して」とSAYOさんが微笑する。

ぼくは、忍とSAYOさんという美女2人を引き連れ、〈光塔《ミナレット》〉を出た。

塔の側面から出ている丸太のように太い電線をたどり「こころハウス」に着いた。

「こんにちは。曾根崎です。赤木先生に提案があります。入れてください」

大声で呼ばわると、しばらくして扉が開き、憔悴《しょうすい》しきった赤木先生が姿を見せた。

モアイ像のような巨体が、こころなしか少し縮んでいるように見える。

「進藤君はいないのか。今日から〈いのち〉の面倒を見てくれるはずだったんだが」

「美智子は急用ができたので、代理でぼくが来ました」

「果たしてソネイチャンに今のヤツの面倒を見ることができるかな。生まれて3ヵ月近く、身長は2倍、体重は6倍以上で、しかも片言《かたこと》を喋《しゃべ》るんだぞ」

「ぼくがここに来たのは、佐々木さんの伝言を赤木先生にお伝えするためです」

「ストッパー佐々木が、なぜソネイチャンに伝言を託したりしたんだ？」

「行き詰まっている赤木先生の研究に役立ちそうな知り合いを紹介しろ、と言われたんです。ひとりはぼくの妹で、もうひとりは妹の知り合いの歌手さんです」

「そういえばソネイチャンの妹さんは連休の時にお目に掛かったな。そちらのお嬢さんとは初対面だが、なぜその2人が俺の研究のブレークスルーになるんだ？」

「佐々木さんから聞きました。〈いのち〉君に、『これまで見たり聞いたりしたことのない特別なもの』を見せて、脳波を調べろと言われたそうですね」

「う、ストッパー佐々木は意外にお喋りだな。そんな重要なことをぺらぺら喋るとは」

「佐々木さんは赤木先生の、こころ移植研究を本気でお手伝いしたいと思っているんです。だから『溺《おぼ》れる者は藁《わら》をも摑《つか》む』の諺《ことわざ》通り、ぼくみたいな藁しべを試しに摑んだらあらびっくり、この藁は『わらしべ長者の藁』だったというわけです」

「なるほど。で、その美女2人はどんな風に俺の研究を助けてくれるんだ？」

「百聞は一見に如《し》かず、それは赤木先生が直接見聞してご判断ください」

「わかった。確かに溺れた俺は藁にもすがりたい気分だ。ちょっと待て、〈いのち〉に接続したヘッドギアを外す。手順を間違えると精神破壊しかねないからな」

接続を無理に遮断したら〈いのち〉のこころが壊れてしまう可能性があり、しかも今はきちんとやれば接続の遮断に問題はないんだ、と一遍にわかり、ほっとする。

赤木先生は〈いのち〉の脇の脚立《きゃたつ》に上り、ヘッドギアに差し込まれた電極を外していく。右半球と左半球に18本ずつ、計36本の電極を外すのに5分掛かった。

〈いのち〉は目を閉じてされるがままだ。何ごとにも無関心になっているようだ。

ヘッドギアを外された〈いのち〉は、うっすらと眼を開けてぼくを見た。

やがて、再び瞼《まぶた》が重そうに下りていく。やる気満々の赤木先生の声が響いた。

「これを俺が被《かぶ》る。今から『これまで見たり聞いたりしたことがない特別なもの』を見せてもらおうか」

ヘッドギアを被り、〈いのち〉の椅子の隣の小さな椅子に座る。小さな椅子といっても赤木先生が座っても余裕があるので相当大きい。驚いたことに〈いのち〉が被っていたヘッドギアは、赤木先生の頭にぴったりだった。

――赤木先生って、超絶デカ頭だったんだ……。

ぼくは雑念を払い、忍に合図する。忍は鞄《かばん》から銀色のウィッグを取り出し、被る。

そして小さなバイオリンを構え、弓をつがえる。

「おい、まさか、『これまで見たり聞いたりしたことがない特別なもの』が、かつらを被ったコスプレ少女のバイオリン演奏というわけではないだろうな」

「まあ、見ててください。ただし目は閉じず、演奏者をよく見てくださいね」

赤木先生がうなずくとヘッドギアが落ちそうになったので、両手で押さえる。

ぼくがスマホの録画機能をセットすると、忍は弓を弦に押し当てる。

ひとつ、大きく深呼吸をすると、一気に演奏に入る。

忍の十八番《おはこ》、バイオリンの名手サラサーテの名曲「ツィゴイネルワイゼン」だ。

演奏が始まると、赤木先生は真剣な表情になる。クラシックに造詣《ぞうけい》があるらしい。

忍が曲を演奏し終えると、赤木先生は大きく拍手する。

『ツィゴイネルワイゼン』は大好きな曲だ。演奏は確かに素晴らしいものだったが、『これまで見たり聞いたりしたことがない特別なもの』かどうかと言われると、そこまではなあ……」

「赤木先生は本当に、ちゃんと曲を聴いていたんですか？」

もちろんだ、とうなずく赤木先生に歩み寄り、スマホで動画サイトを見せた。

しばらくぼんやりスマホを眺めていた赤木先生は突然、表情を激変させた。

「この子は、弓を持たずに演奏していたのか？　そんなバカな……」

「実は忍は〈無弓妖精《ボウレス・ニンフ》〉と呼ばれる、動画サイトでバズっている有名人なんです」

再生数百万回を超えた動画は、タクさんが急ごしらえしたフェイクサイトだ。

「ね、『これまで見たり聞いたりしたことがない特別なもの』だったでしょう？　この現象は、赤木先生の理論で解釈可能です。ぼくたちが受け取る刺激はすべて脳内でニューロンを介した電気信号に変換されているから、視覚と聴覚が混線することもあるという、共感覚の実例です。実はもうひとりのＳＡＹＯさんも別種の共感覚の持ち主なんですけど、そちらもご覧になりますか？」

「も、もちのろんだ」とこんな切羽詰まった状況でも、古典落語もどきのつまらない親父ギャグを噛《か》ませるなんて、赤木先生は筋金入りのオチ研親父らしい。

青いドレス姿のＳＡＹＯさんは優雅にお辞儀をした。この女性が立つと、そこがステージになる。そんな天性の歌手、SAYOさんは高く澄んだ声で歌い始めた。

♪ボンクラボヤは眠るよ　深い海の底、眠るよ
あなたは眠るよ　私の胸の中で眠るよ♪

「おお、この歌は知ってる。数年前の桜宮発の大ヒット曲『ボンクラボヤの子守唄《こもりうた》』だな。CDを持っていたんだが、失くしてしまった。この人の歌だったのか」

『『これまで見たり聞いたりしたことがない特別なもの』は見えましたか？』

「ああ、もちのろんだ。深海でゆらゆら揺れるボンクラボヤが黄金に輝いている。こんな特殊な事例が一挙に2例も見つかるなんて、盆と正月が一緒にきたみたいだ」

「この人たちは赤木先生の研究に役立ちそうですか？」

「役立つどころか、世紀の大発見だ。今すぐ〈いのち〉にヘッドギアをつけ直し、2人に演奏してもらい、脳波の比較検討実験をしよう。ソネイチャンは俺の救世主だよ」

フィッシュ・オン。でもここで油断したらすべて台無し、ものごとは詰めが大切だ。百獣の王ライオンは、獲物を完全に仕留めるまで気を抜かない。久々に「ヤバダー」の実例を適切に思い出したのに、こういう時に限ってライバルが側にいないのは残念すぎる。でもぼくは気を取り直し、猛獣モアイを仕留めに掛かった。

「赤木先生はいい人すぎます。そんなことしたら先生はお払い箱です」

「結果が出ないとストッパー佐々木をリーダーにすると小原局長に脅されてるんだ」

「それは小原さんの常套《じょうとう》手段です。藤田教授はそれで降格されたんでしょう。一瞬、逆転したけど、結局プロジェクト・チームの使いっぱです。次が赤木先生の番です」

赤木先生の表情が揺らいだ。ぼくはすかさず畳み掛ける。

「藤田教授は、リーダーを降格されても財団からお給料はもらっているんでしょ？それなら坊主丸儲《まるもう》け、本当に一生懸命研究しているかは、怪しいものです」

「うむ、確かに。成果を出さないと降格されるんだが、どん底まで落ちてしまえば、それはそれで案外居心地はよさそうだ。ならば俺はどうすればいいんだ？」

「『ダメポ』は、赤木先生のデータだけ召しあげようとしてます。『ポセイドン』号に〈いのち〉を連れ込み、そのままアメリカに連れていくつもりです」

「そんなバカな」と赤木先生は呆然《ぼうぜん》と呟《つぶや》く。

「状況証拠はゴロゴロありまくりです。この状況で小原さんが戦艦に招待され、この時間になっても戻らないこともそうです。表敬訪問にしては長すぎませんか？」

「もう1時か。確かに遅すぎるな」と赤木先生は不安げだ。

実はぼくは、東堂教授が小原さんを昼過ぎまで引き留めるつもりなのを、高階学長と東堂教授の話を立ち聞きして知っていた。

「佐々木さんは、東堂教授が『こころプロジェクト』の指揮権を強奪しようとしたのを食い止めたら、『組織』上層部に叱られたそうです。東堂教授は『組織』から、『ポセイドン』艦内での指揮を任され、検査後に〈いのち〉を乗せて帰国せよ、という指令を受けていたからです。佐々木さんは、赤木先生にそれをお知らせしたいと思ったんですが、直接言えずぼくに伝言したんです」

「そんなバカなことが……。俺はどうすればいいのだ」

ぼくは小声で、赤木先生の耳元でささやくように言った。

「先生が採取した脳波を分析した後で、〈いのち〉にヘッドギアを再装着しようとしたら急に暴れ出し、ヘッドギアを壊してしまった、ということにすればいいんです」

「だが〈いのち〉はおとなしいから、そんなことはしないんだが」

「赤木先生って本当にクソ真面目ですね。目撃者はいないんだからわかりっこありません。もし今、赤木先生がヘッドギアを壊したとしても、真相は永遠に闇の中です」

「だがそんなことをしたら、研究の継続が……」

「器械の修復には数日はかかりますが、壊れたヘッドギアなら、いつかは直せます。『ポセイドン』内で大容量CT・MRI複合機『フローティング・ガブリエル』で撮影しても、〈いのち〉の脳波データがなければ、連中も貴重な比較データを残したまま〈いのち〉だけを連れ去るようなことはしないでしょう」

「だが俺のデータは召しあげられてしまうかもしれん」

「赤木先生が小原さんを言いくるめれば大丈夫です。何でしたら忍とSAYOさんの存在とデータの意義は打ち明けてもいいです。それに、同じように騙《だま》されている小原さんに真相を教えてあげれば、加勢してくれるかもしれません」

腕組みをして、しばらく考え込んでいた赤木先生は、いきなり立ち上がると、頭に被《かぶ》っていたヘッドギアをかなぐり捨てる。

そして、金属バットを手にして、振り上げた。1撃、2撃、3撃、4撃。

みるみるヘッドギアは変形していく。コードが断裂し、簡単に修理できそうにない状態になって、はあはあと息を荒らげた赤木先生はようやく金属バットを手放した。

「確かにこれまでの仕打ちはひどすぎる。だがもう大丈夫、なんだよな？」

「もちろんです。もうじき美智子が来ます。彼女のおかげでかろうじて〈いのち〉をなだめることができた、ということにすればいいんです」

「ソネイチャンは意外に腹黒いヤツだったんだな。さすが世界的なゲーム理論の第一人者の息子だけのことはある」と赤木先生が呟いた。

いいえ、このシナリオを考えたのは友だちで、ぼくではないんですけど……。

バットを手に暴れヘッドギアを壊したという冤罪《えんざい》を押しつけられた〈いのち〉は、騒動の最中にうっすら眼を開けてぼくたちを眺めたが、すぐに目を閉じ、すうすうと眠ってしまった。これで完全犯罪は成立だ。

興奮して、あちこちを足で蹴《け》りまくっている赤木先生に、必要なら忍とSAYOさんにいつでも連絡を取りますから、と言い残し、「こころハウス」を辞去した。

「未来医学探究センター」に戻ると、待っていた牧村さんに報告した。

「〈マザー〉と〈いのち〉の接続は完全に破壊しました。あっちの電極破壊がこちらに影響したというストーリーで説明がつくようにしてあります」とタクさんが言う。

「パーフェクト」と、牧村さんが拍手して、ハイタッチした。そしてタクさんとは、ヘディングでコンタクトした。その背後で忍とSAYOさんが微笑を浮かべた。

これにて〈マザー〉接続遮断作戦は、めでたく完了したのだった。

∴

昼過ぎ、美智子が三田村と一緒にバスでやってきた。ここまでの経緯を説明すると美智子は「あとは任せて」と言い残し、「こころハウス」へ向かう。

しばらくして平介小父《おじ》さんと佐々木さんが戻ってきた。豪介爺《じい》ちゃんとヘラ沼を、製作所に落として来たという。

「『ポセイドン』内部を見学した親父はやる気満々だよ」と平介小父さんが報告する。

「安心しました。アッシもいるし俺たちはお役御免だな。小夜さん、帰ろうか」

牧村さんがうなずいて言うと、SAYOさんは微笑む。

「何かあったら連絡して。車を飛ばして瞬間移動で駆けつけるから」

ぼくは、ははは、と力なく笑う。この女性なら本当にやりかねない。

「忍さん、タクさん、よかったら送ってあげますけど」

タクさんは一瞬固まったが、すぐに「お願いします」と決然と答えた。

東京グループが去り、佐々木さんは塔に残り、残った処理をすることになった。

ぼくは「こころハウス」での出来事の顛末《てんまつ》を報告した。

「お前たちも徹夜だったから、もう帰れ。休める時にしっかり休んでおくことだ」

ぼくたちは、佐々木さんの指示に従った。実際、かなり疲れていたのは確かだ。

ぼくと三田村は、平介小父さんと平沼製作所に寄ってから帰ることにした。


製作所の工房ではバーナーを片手に、溶接面を被った豪介爺ちゃんが、平介小父さんの帰りを待ち構えていた。

「遅い、遅すぎるぞ、平介。時間がないんぢゃ。とっとと手伝え」

豪介爺ちゃんの背後には社員らしき人たちが数名、うろうろしている。誰もが豪介爺ちゃんの指図で動いていた。平介小父さんは力なく笑う。

「雄介は母屋にいるからお菓子を食べていってね」と言われたぼくと三田村が母屋に行くと、ヘラ沼は寝っ転がってテレビゲームをしていた。

ゲーム画面には見覚えがあった。

「あ、ボンクラボヤ捕獲ゲームだな。懐かしいな。昔、ぼくもよくやったっけ」

「よく覚えていたな、カオルちゃん。でも今回クリアしろと言われたのは、昔2人でバトった深海ダンジョンではなくて、浅瀬探索ミッションなんだ。こんな初歩レベルを、なんで今さら達人級の俺さまが繰り返し……」

そう言いながら素早くコントローラを動かすヘラ沼の隣で、しばらくそのプレイを眺めていた。鮮やかな手さばきを見ながら、そういえば確かにぼくは、このゲームではヘラ沼に一度も勝てなくて悔しい思いをした、苦い思い出が蘇《よみがえ》る。

テーブルの上の煎餅《せんべい》を何枚かかじった後、ぼくと三田村は帰ることにした。

ぼくと三田村が乗ったのは4本に1本しか来ない「桜宮岬行き」のバスだった。

「桜宮中学前」を通り越し、ぼくの家の前の「メゾン・ド・マドンナ前」の停留所でぼくは降りた。三田村がバスの窓からぼくに手を振った。

ぼくは拳《こぶし》を握り、腕を胸の前でクロスした。

「ハイパーマン・バッカス」の「M88星雲の勇気のしるし」のポーズだ。

三田村はきょとんとした顔で、そんなぼくを眺めていた。

ガリ勉のヤツは、やっぱり「ハイパーマン・バッカス」を観ていなかったんだな。

三田村が乗ったバスを、見えなくなるまで見送った。「三田村医院前」はここから三つ目の停留所で、次は「桜宮駅」だ。そしてその後20分ほどで、桜宮岬の突端にある「未来医学探究センター」に着くはずだ。

思えば丸一日、ぼくたちはその間を振り子のように何往復もしたわけだ。

その前は東京から、文字通り駆け戻ったのだから、まさに大車輪の活躍だ。

ぼくは、エレベーターに乗り込んだ。

今、ぼくがすべきことは休むことだ。

まだ夕方だったけど、ベッドに潜り込み、すぐに寝入ってしまった。

考えてみたら、昨日はほぼ徹夜だったのだから当然だろう。

こうして再び始まったぼくたちの大冒険は、いよいよ大詰めを迎えることになる。

けれどもその時のぼくは、目の前に訪れようとしている波瀾《はらん》万丈の未来のことなんか爪の先ほども考えずに、ひたすら深く眠っていたのだった。

11章

7月15日（土）

裏切り者の裏切り者は
裏切り者ではない。

目を覚ましたら朝8時だった。なんと14時間も寝ていたわけだ。赤ん坊かよ。

おかげで完全に遅刻だ。ぼくは山咲さんに八つ当たりする。

「なんで起こしてくれなかったんだよ、今日は学校なのに」

「土曜日だからお休みかと思ったんだもの」

「今日はテストの答案を返す日だから、土曜だけど午前中は学校があるんだよ」

「あたしは5回も起こしました。カオルちゃんはぴくりともしなかったのよ」

珍しく山咲さんは頬を膨らませて抗議した。仕方なく謝って、山咲さんが用意してくれた朝ご飯を食べる。アジの干物を嚙《か》みしめると身体の隅々まで味が染みわたる。

干物は苦手だったけど、食わず嫌いをしなければよかったと思った。

今さら急いでも間に合わないので、目の前を通り過ぎた青いバスをやり過ごす。

次のバスは15分後だ。家の前のバス停のベンチに座り、あたりの景色を眺める。

空は青く、白い入道雲が湧き上がっている。ここ数日のどたばたの間に、すっかり梅雨が明けたようだ。青いバスがきたので、ぼくはバスに乗り込んだ。

教室に飛び込むと、眠そうな顔の三田村が片手を挙げた。美智子とヘラ沼は欠席だ。緊急の職員会議があって1時間目は自習になったらしい。おかげで遅刻せずに済んだのはラッキーだ。1時間目が終わる寸前、担任の田中先生が戻ってきた。

「期末テストの答案を返します。進藤さんはお休みだから三田村君、手伝ってね」

答案返却は助手なしでやれるんじゃないか、とみんな常々思っていた。でも初の大役に三田村は緊張して、仕事を終えると、ほっとした顔をして席に戻る。

「夏休みの前にサプライズ・プレゼントがあります。今、桜宮湾に停泊している米国の戦艦がみなさんを招待してくれました。集合は明後日《あさって》朝8時半。遅刻しないでね」

俺は船を海岸で見た、とか、サクラテレビのニュースでやってた、という声がする。

まとめ役の美智子が不在なので私語が続いた。田中先生はチャイムが鳴るとそそくさと姿を消した。これが東堂教授絡みなら相当怪しい。さて、どうしたものか。

〈いのち〉作戦が二つに分裂して以来、第1分隊の「奪還計画」の状況は全くわからなくなってしまっている。司令塔の牧村さんは東京に戻ってしまったし、佐々木さんは挙動不審な東堂教授に疑心暗鬼だし、美智子もヘラ沼も不在だし、ということで、ぼくと三田村の不安はマックスだ。

答案の返却だけなので、午前中で学校は終わった。

「三田村の結果はどうだった？」と聞くと、三田村は力なく笑う。

「予想通りです。このままでは推薦で桜宮学園に入学するのは難しいです。それより、この後はどうしましょうか」

「え？　三田村は塾に行かないのか？」

「バカ言わないでください。高校受験にとって重要なこのテストで、どうしてこんな情けない点数を取ったと思っているのですか。〈いのち〉君の奪還に全力を傾注したからです。今さら塾なんて行ってられません。リーダーとして指示をお願いします」

「お、おう、わかった」とぼくは、三田村の勢いに気圧《けお》されて口ごもりながら言う。

「東城大の学長室に行って、お茶菓子をいただいて……なんてのはヤメて、ヘラ沼のところでゲームをしながらお菓子を食べて……というのもダメだから、未来医学探究センターに行って佐々木さんにお菓子をもらって……」

三田村の顔色を窺《うかが》いながら行き先を模索していると、三田村は深々とため息をつく。

「リーダーが猛烈にお菓子を食べたいことは、よくわかりました。それなら3番目の未来医学探究センターのお茶菓子にしましょう。でもその後は行くべき場所はわかっていますよね、リーダー。『こころハウス』に行って敵情視察しますからね」

え、とぼくは絶句する。言われてみれば確かに、今行くべき場所は他にない。

三田村は成長した。もともと地頭がいいから、行動力が伴えば無敵じゃん。

いっそチーム三田村に名称変更するか、なんてちらりと考えたけど、今そんなことを言ったら三田村が激怒しそうな気がしたので、言わないでおいた。

中学正門前の停留所に着くと、すぐにバスが来た。美智子と一緒だとプチ・トラブルに遭うことが多いのに、三田村が一緒だとびっくりするくらいスムースで、教室を出て30分後には桜宮岬に着いた。青バスの戻りは「桜宮駅行き」と「桜宮岬行き」の2種類で岬行きは4本に1本、つまり1時間に1本なのに、バッチリ当たった。

おまけに「桜宮中学前」から「桜宮岬」まで40分掛かるのに30分で着いた。種明かしをすると、ぼくたちが乗ったバスが予定時間より大幅に遅れていて、遅れを取り戻すためいつもよりスピードを出していただけなんだけど。

終点の「桜宮岬」の一つ前、「センター前」のバス停から「未来医学探究センター」の塔までぼくぼく歩く。ドアの前でインタホンを押したけど反応はない。

「誰もいないようですね。では『こころハウス』に行きましょう」

「あ、三田村、さては佐々木さんはここにいないとわかっていただろ」

「リーダーはそんなことも予想しなかったんですか？〈マザー〉と〈いのち〉君の接続が遮断された今、佐々木さんが日中にこの塔にいる意味はないでしょう」

う、そんな風に理路整然と解説されると、その当たり前のことに気づかなかった自分が大マヌケに見えてしまう……って実際その通りか。

「こころハウス」に行きたくないのは、赤木先生をそそのかしヘッドギアを破壊させた犯人がぼくで、昨日の今日という、犯行現場に湯気がほかほか立っているようなタイミングだからだ。万一、赤木先生が小原さんに叱られテンパッているところに、真犯人が顔出ししたらどんな流れ弾を浴びてしまうだろう。考えるとぞっとする。

ぼくをそんな死地に平然と送り出すなんて、三田村は『三国志《さんごくし》』で最も冷酷な軍師、賈詡《かく》みたいだ。三田村軍師はすたすたと「ハウス」の前に行きインタホンを押した。

「進藤さんの期末試験の答案を持って来ました。本人に渡したいので入れてください」

げ、そう来たか、三田村。しばらく応答がなかったが、やがてドアが開いた。

部屋はシベリアのように冷ややかだ。といってもシベリアに行ったことはないんだけど。部屋の中央に真っ赤なスーツ姿の小原さんが腕組みして仁王立ちしている。〈いのち〉は床に尻《しり》をついている。くまのプーさんみたいだ。ハチミツを舐《な》めていないのが不自然なくらいだ。美智子が寄り添い、とん、とん、と背中を叩《たた》いている。

その反対側には佐々木さんが腕組みをして壁に寄りかかっている。小原さんの正面に肩を落とした赤木先生がいた。足元に変形したヘッドギアが転がっている。

小原さんが言う。

「とんだところを見られたわね。けど仕方あらへん。期末テストの答案用紙の受け取りは中学生の義務やから、文科省の一員として申し出を拒否するわけにいかへん」

三田村は鞄《かばん》から答案用紙入りの封筒を取り出し、美智子に手渡しながら言った。

「完敗です。2ヵ月休学した進藤さんに4科目で負け、勝てたのは数学だけでした」

「偶然ヤマが当たっただけ。ラッキーだったの」と美智子は力ない声で言った。

「用事が済んだらさっさと出ていってちょうだい」と小原さんが言う。

ではさっさと退場します、と思ったぼくの気持ちを逆撫《さかな》でして三田村が言う。

「何かあったんですか？　雰囲気が暗いですね」

「なんでもないわ。部外者には関係ないわ」

「そんなことありません。私たちも一応、〈いのち〉君の関係者ですから」

「まあええわ。私に楯《たて》突いた度胸に免じて、事情を教えたげる。ウチのプロジェクトの大切な実験器具が壊されてしまって、実験続行が不可能になったんよ」

「へえ、これが壊れたヘッドギアですか。人間を超えた力で破壊したみたいです」

ぼくが棒読みで言うと、小原さんはじろりと赤木先生を睨《にら》む。

「よくわかったわね。壊したのはあんたたちのお気に入り『こころ』ちゃんだそうよ」

うつむいてぶるぶる震えていた赤木先生は、上目遣いにちらりと、ぼくを見た。

まずい。赤木先生がこんな小心者だったとは……。やむなくぼくは口を開いた。

「確かにこのヘッドギアの破壊度は凄《すさ》まじいです。とても人間の仕業とは思えません。仮に人間だとしたら、よっぽどこの器械に憎しみを持っていたんでしょう」

「スチャラカ中学生のご託を聞いているほどヒマやないの。そもそもあんたは赤木先生に、研究材料を提供したそうやけど、なんで急にそんな協力をする気になったのよ。おかしな話やわあ」

あちゃあ、やっぱりそう来るよな。だから来たくなかったのに。

でも、こうなったらウソの上塗りを重ねるしかない。ぼくは覚悟を決めた。

「赤木先生は、昨年のデータ捏造《ねつぞう》論文事件の時、再起不能寸前のぼくに手を差し伸べてくれた恩人なんです。おかげでぼくは堂々と意見を言えるくらいまで回復したんです。そんな大恩人の研究が行き詰まっていると聞いて妹のことを思い出したんです。そうしたら矢も楯もたまらずここに来ていました。その後の検査が画期的なものだったことは、赤木先生からお聞きになっていると思います」

「確かにすごい結果やったわ。でも、なんですぐに『こころ』で追試しなかったのや」

「SAYOさんの歌は、あるタイプの人が抑圧していた感情を解放する。結果、破壊衝動を引き起こすことがあるそうです。赤木先生がヘッドギアを再装着しようとしたら〈いのち〉がいきなり暴れ出したのは、そのせいだと思います」

「つまりあんたは『こころ』が暴れてヘッドギアを破壊した現場を目撃したんやね。それならなんで最初にそのことを言わへんかったのよ」

「ええと、それはですね」と痛いところを突かれて言い淀《よど》む。口から出任せだとやっぱ矛盾だらけだな、なんて後悔先に立たず状態でおどおどしていたら、黙っていた佐々木さんがいきなり口を出してきた。

「コイツは、都合が悪くなると見て見ぬ振りをする卑怯者《ひきょう》なんです」

オウ、見事なバッサリ断罪。いくらなんでもそれは言い過ぎですぜ、セニョール。

小原さんは疑わしそうな目つきでぼくを見たけれど、ぼくの話に耳を傾けてみようかという気持ちになりつつあるのがわかった。ここが勝負所だ。

ここでひとつ間違えると、気の弱い赤木先生が何を言い出すかわからない。

ぼくは壁にもたれた佐々木さんを見た。

「佐々木さん、ここまできたら、全部バラしちゃっていいですか？」

「お、おう。好きにしろ」

そう言ったものの、佐々木さんも、ぼくが何を言い出すかわからず不安げだ。

「実はぼくは、東堂教授と『ダメポ』の陰謀を知ってしまったんです。それで佐々木さんに相談したらこんなことになったんです」

「東堂の陰謀やて？　あのホラ吹きの話を蒸し返すつもりなんか？」

「もっとひどい話です。ぼくや美智子にも許しがたいことです」

「あんたたちが、敵対する私たちに加担したくなるような陰謀って、どんなものや」

「東堂教授は、〈いのち〉を検査した後、アメリカに連れ去ろうとしているんです」

「そんなアホな……」と言って、小原さんは絶句する。ぼくは畳みかける。

「小原さんは昨日、『ポセイドン』の見学に行ってきたんでしょう？　あの軍艦なら、〈いのち〉をアメリカに連れ去ることは簡単だと思いませんか？」

「確かに、あの船なら『こころ』を乗せて太平洋を楽々横断できそうやけど……」

「その陰謀を盗み聞きして相談したら、佐々木さんが一石二鳥の妙案を考えてくれたんです。それが赤木先生のデータだけを取り、〈いのち〉のデータ採取は保留するということでした」

「ちょっと待ってや。すると、器械を破壊したのは『こころ』じゃなくて、あんたたちの誰か、ということになるんやない？」

なかなか鋭いご指摘だ。ヤバヤバ、ぼくはまたまた咄嗟《とっさ》にでまかせを口にする。

「さすがに高価な器械を破壊するなんて、ぼくにはできません。でもＳＡＹＯさんの歌を聞いた〈いのち〉が突然暴れ出し、赤木先生がつけていたヘッドギアを摑《つか》んで叩きつけて壊したことは、証明の必要はないでしょう。人間の力ではとうてい無理な、ゴリラか何かがやったとしか思えない、ハンパじゃない壊れ方をしてるんですから」

赤木先生はゴリラに喩《たと》えられたのがお気に召さなかったか、微妙な表情になる。

まずい。この人の潔癖さが働いて「俺はゴリラじゃねえ」なんて言い出したら一巻の終わりだ。でも幸い、なんとか暴発は未然に防がれた。

「犯人が『こころ』かどうかは別として、『DAMEPO』が私まで出し抜き『こころ』を米国に連れ去ろうとしているなら、『こころ』の検査が長期間無理になった現状はむしろ歓迎すべき状態なわけか。なるほどねえ」

腕組みをしてしばらく考え込んでいた小原さんは、やがて顔を上げた。

「赤木先生を信じることにするわ。『こころ』が暴れることを未然に予見できず結果、高価な装置の破壊に至らしめたのは遺憾やけど、やむをえないと容認し免責します。明日《あした》までに『DAMEPO』本部宛てに英文の始末書を書きなさい」

「はは、仰せのままに」と赤木先生は床にひれ伏した。

「正直に話してくれてよかったで。こうなったら東堂教授は私たちの共通の敵、あの新種の巨大生物をアメリカに渡さないよう、必要に応じて共闘しましょ」

小原さんの熱烈な握手に困惑する。裏切り者の裏切り者は味方、というわけか。

その時、そんなぼくたちの様子を眺めていた〈いのち〉が口を開いた。

「いのち、帽子、イヤ」

初めて耳にした、〈いのち〉の言葉だった。以前美智子がマンマ、と言ったのを聞いたと言っていたけど、それと違って完全な文章になっている。

居合わせたみんなが見上げると、〈いのち〉は微笑した。明らかに〈いのち〉は、ぼくたちの会話を理解しているように思えた。

　そして自分がイヤだからヘッドギアを壊した、と告白しているように聞こえた。

　これが決定打だった。小原さんはぼくの創作話を完全に信じた。

　そうした状況に、嘘をついた張本人のぼく自身が、他の誰よりもびっくりしていた。

「曾根崎君の口からでまかせの大ボラに感心しました。口から先に生まれたってこういうことか、と勉強になりました」と「こころハウス」を退出した三田村が言う。

「それって褒め言葉になっていないんだけど。でもまあ窮地を脱したことは確かだな。これで火曜まで持ちこたえられそうだ」

「でもおかげで、東城大に行きにくくなってしまいました」

「問題ないさ。佐々木さんは東堂先生と連絡取り放題だし、ぼくと三田村はこれからやることもないし、〈いのち〉奪還作戦の時も出番は特になさそうだし」

「平沼家三代だけで大丈夫なんでしょうか」

「あの一家は頼りになるから、心配はいらないよ」

　ぼくは自分に言い聞かせるように、言った。

「それにしても、〈いのち〉がいきなり言葉を喋《しゃべ》ったのには、本当に驚きました」

〈いのち〉の観察日記をつけていた三田村は、その成長ぶりに感動したのだろう。

　物語は結末を迎えそうなのに、ぼくたちは「小原プロジェクト」に招かれている。

もはや立派な二重スパイで、なんだかとてもややこしい話になってしまっている。

こうなると来週の月曜、桜宮中の3年生が招待された「ポセイドン」の船内見学が、単純な見学会で終わりそうになかった。

∵

7月17日、月曜日、快晴。朝8時半に校庭に集合した桜宮中3年生一同は観光バス5台を連ねて「ポセイドン」の見学会に向かう。美智子とヘラ沼も登校し、久しぶりに勢揃いしたチーム曾根崎は、2号車の後部座席に陣取ってひそひそ話をした。

「ねえ、カオル、高階学長や田口教授から今日のことについて何か聞いてる？」

「いや、東城大からは何の連絡もない」とぼくが言うと、ヘラ沼が応じた。

「俺は船内の様子を頭に叩《たた》き込んでこい、と特命を爺《じい》ちゃんに受けてる。爺ちゃんは作業場に籠《こ》もって、父ちゃんと議論ばっか。そんで俺はゲームをやってろ、だってさ」

ヘラ沼がその調子だとは、こんなんで大丈夫なのだろうか。

桜宮桟橋に到着して「ポセイドン」に乗船した。1クラスずつ甲板に登り、5分間で次と交替する。甲板にいる新聞記者が、ぼくたちの写真を撮る。船体の前方に連れて行かれ軍服の人が英語で説明したことを、英語担当の鈴木《すずき》副校長先生が通訳した。

けれども、美智子の通訳の方が、ずっとわかりやすかった。目の前で船腹の扉がゆっくり倒れて、がらんどうの空間が見えた。

「あそこに格納した戦車や輸送車を上陸させるらしいわ」と美智子が解説してくれた。

扉が閉まると見学は終了だ。観光バスに乗り込みかけたぼくたちに田中先生が言う。

「修学旅行G班の人たちは、この場に残ってほしいそうよ」

ついに来たか。観光バスが走り去ると、チーム曾根崎の4人は桟橋に残った。

しばらくするとタクシーが来て、高階学長、田口教授、白鳥さんが降り立った。

別のタクシーがやってきて、やはり目の前で停まる。姿を現したのはレッドカード・レディ小原さん、赤木先生、そして佐々木さんだ。そこに「ポセイドン」から東堂教授が降りて来た。

「明日の検査の打ち合わせのため、諸氏をブリッジにご招待します。どうぞこちらへ」

堂々とした足取りで乗船した東堂教授のあとに、ぼくたちがぞろぞろ続いた。

「艦橋からの景色は艦長だけが見られる特権的風景デス。ご堪能《たんのう》してくだサイ」

誇らしげに言う東堂教授に小原さんが嚙《か》みついた。

「巨大新種生物をあずかる組織の責任者として、準備すべきことがたくさんあります。話し合いは必要最小限にしたいのですが」

「オウ、ファイヤー・レディはしぶといデスね。最後の最後までミーのスケジュールに抵抗するとは恐れ入谷《いりや》の鬼子母神《きしもじん》デス」

今の発言でそこまで言うなんて大袈裟《おおげさ》な、と思ったけど、東堂教授は続けた。

「ではご要望にお応《こた》えし、明日のスケジュールを手短に説明しマス。といってもこちらの計画にしたがって動いていただくだけデスが」

「ちょっと待ってや。『こころ』の搬入、搬出はこっちに従ってもらわへんと困るで」

小原さんはすっかり地金モードだ。

「戦艦には米国の軍属以外の乗船は許されまセン。明日は医学的検査が主で例外的にファイヤー・レディ&バードと推薦者の乗船は認めますが、自衛隊の協力は米軍が容認しまセン」

「だからってあの新種巨大生物をアメリカに連れて行きはるんは、許さへんで」

「FA？　ファイヤー・レディは一体何をおっしゃっているんでせうか」

「トボけんな。あの新種生物はお宝や。うまくすれば生物兵器開発にも使えるやろ」

「いかにも『DAMEPO』が考えそうな話デスが、あの生物の鈍重さ、身体が大きいわりに知能遅れ、生殖機能が欠如し同種の拡大再生産が不能では軍事訓練はムダになりマス。アドバイスを求められたら、止めろと忠告しマス。研究領域では画期的でも、国策としてやる必要はありまセン。今の協力体制で御の字デス」

小原さんは東堂教授の怒濤《どとう》のまくし立てに、すっかり丸め込まれてしまった。

本当にチョロい人だ。

「新種生物連れ去り疑惑が晴れた今、搬入、搬出はこちらに任せていただきマス」

一分の隙もないロジックなのに、その隙のなさが却《かえ》って胡散臭《うさんくさ》さを増幅するなんて変な人だ。その意味ではおとなしく話を聞いている白鳥さんもいい勝負だ、と思う。

1時間後、事前説明会（なのか？）は解散した。

〈いのち〉を中央の画像診断室まで移送する経路、検査室に着席させるための工夫、
万が一暴れた場合の対応策。全て文句のつけようがない対応だ。手ぐすね引いていた
小原さんは、一太刀も浴びせられなかった。

下船後、小原さんは中学生カルテットに、猫なで声を掛けてきた。

「君たちはあの新種生物の発見者だから、検査前にもう一度会いたくない？」

美智子はエサに食いつき、三田村はそんな美智子に付き合いたくてうなずく。

でもヘラ沼は「そんな気はないので失礼します」と言って立ち去った。

ぼくはどっちでもよかったけど、ここできっぱり立ち去る勇気も動機も侠気《きょうき》もない
ので、美智子と三田村の後について行く。

「あなたたちが新種生物の搬入に付き添えるよう、私から頼んであげてもいいけど」

「でも、さっきの打ち合わせでは一切手を触れられない感じでしたよね」

「あのクソ親父、あそこまでのシャットアウトは、やりすぎよ。だから私は昨日、赤木先生の始末書を『DAMEPO』本部に送ったついでに告げ口したの。東堂教授が、自分の施設に巨大新種生物を連れ帰ろうと企《たくら》んでいるから阻止したいってね」

そのでっちあげ話の原作者たるぼくは、どぎまぎして言う。

「それは『DAMEPO』上層部の直接の依頼だから、大変なことに……」

「なると思うわよね、普通なら。でもそうならないのが引っ掛け七対《チートイ》ドラ単騎待ちの女王の私の真骨頂。待ちを言い当てられた人は動揺して、そんなことないと否定に走る。今回はあなたの情報は本当だったようで、『DAMEPO』は私の策を受け入れた。文科省という、日本を代表する組織の一員が正面切って抗議したら、さすがに対応せざるを得ないのよ」

さすがが腐った文科省、いや、腐っても文科省のエースだけのことはある。

小原さんは続けた。

「というわけで東堂教授の野望の半分は打ち砕いたけど、ダメ元で搬入の随行員を要請したら、それもあっさり許可されたの。条件は乗船者の総重量で、私ひとりでは非力だし、総重量ならあんたたち3人を全員乗せてあげられる、と思うのよ。どうかしら、この提案は」

「喜んでお受けします」と即答したのは美智子だ。

もちろんお供の2人の意向は考慮外だ。

「進藤さんなら、そう答えてくれると思ってたわ。それなら乗船登録のため、3人の体重を量らせてほしいの。万一直前にチェックされ申請に虚偽があったら、不許可になる可能性があるから、きちんと量らないとね」

「全員の総重量なら、3人まとめて量ればいいのでは……」

「それでもいいけど、わざわざそんなことをする必要あるかなあ」と小原さんはぶつぶつ言いながら〈いのち〉の体重計測用の体重計を持ち出して、3人が乗って総重量が１２０キロ以下であることを確認した。

そういえば美智子は以前も〈いのち〉の体重を量ろうとした時、抵抗したっけ。デブでもないのに、なぜ体重を隠したがるのか、女の子って謎だらけだ。

とにかくチーム曾根崎は再び、「小原プロジェクト」に呑《の》み込まれてしまった。

搬入開始は明朝9時なので、8時半に「こころハウス」に集合することにした。

考えたら、奪還計画の基本ラインは検査時の搬入、搬出時に〈いのち〉を奪取するというものだから、結局は始めの計画に立ち返ったわけだ。

このまま双六《すごろく》みたいにスタートに戻って1回休み、なんてことになるのではないか、とイヤな予感がした。

その晩は、ぼくにしては珍しく寝付けず、何度も寝返りを打っているうちに窓の外が白々と明けてきた。

7月18日、火曜日。運命のその日は、朝から雲ひとつない快晴だった。

ぼくはいつもと同じような朝に、いつもと逆方向の青いバスに乗る。今朝は4本に1本しか来ない「桜宮岬行き」に当たった。今日はツイている。

次の停留所で美智子が乗ってきて、隣に座る。いつもと雰囲気が違うなと思ったらショートボブにしていた。

「髪、切ったんだ」と言うと、美智子はうなずく。

「少しでも軽い方がいいかな、と思って」

髪の毛を切っても体重は変わらないよ、と言いかけたけど、口にはしなかった。

東城大に行く時は、この先の「桜宮十字路」の停留所で赤バスに乗り換えて左折するけど、今日はそのまま右折する。

「三田村医院前」は「桜宮駅」のひとつ手前の停留所だ。

そこで三田村が乗り込んできて、ぼくたちのひとつ前の座席に座った。

そして振り返ると、「いよいよ、ですね」と言い、「進藤さんは短い髪が似合います」とさりげなくつけ加える。

意表を突いた言葉に、美智子は真っ赤になってうつむいた。

バスはその先の停留所「桜宮駅」で停車すると大勢の人が降り、ぼくたち3人だけが残った。

短い停車の後、バスは再び発進し、20分後、「センター前」のバス停に到着した。ぼくたちが降りて、空っぽになった青いバスは走り去る。時刻は8時20分。約束の10分前だ。

ぼくたちは揃ってプレハブの「こころハウス」に入る。すると新しいシーツのポンチョを着た〈いのち〉が誇らしげな表情でぼくたちを見た。

七五三のお参りにいく子どもみたいだ。

美智子が歩み寄ると、〈いのち〉は腰をかがめて、右手の小指を差し出した。

美智子はその小指を両手でしっかり握りしめる。

「大丈夫よ、〈いのち〉ちゃん。ママが一緒だから。約束ね」

〈いのち〉はにっこり笑い、「マンマ」と言った。

その様子を眺めた真っ赤なスーツ姿の小原さんが、ぱんぱん、と手を打った。

「みんな、準備はいいわね。トンデモ親父が来たら、みんなで逆襲するわよ」

お調子者のぼくはつい、片手を挙げて「オウ・ヤー」と応じてしまった。

12章

7月18日（火）

行き止まりかどうかは、突き当たりまで行かなきゃわからない。

8時50分。辺りが騒がしくなる。〈いのち〉と美智子を残し、ぼくと三田村は外に出た。大型トレーラーと、先導する黒塗りのキャデラックが、目の前で止まる。トレーラーの荷台に球形の物体が載っている。直径5メートル。キャタピラがついていたので〈いのち〉の搬送車だと見当がつく。球体の車体は、荷台に敷かれた赤い絨毯《じゅうたん》の上に載った宝物に見える。

先導車からテンガロンハットに革のチョッキ姿の東堂教授が降り立つ。

「オウ、10分前なのにファイヤー・レディはすでにテンパっておられるとは、さすが時間にアキュレット（正確）なジャパニーズ・ビューロクラット（官僚）デスね」

両手を広げ抱擁しようとした東堂教授をかわし、小原さんは紙片を差し出す。

『DAMEPO』本部からの命令書や。やられっぱなしやったけど1本返しとくで」

紙片を見た東堂教授は、眉間《みけん》に深い皺《しわ》を寄せ「オウ」とうめき声を上げる。

「わかりました。仕方ありません。オーダーには従いマス。随行予定者は誰ですか」

「ここに2名、それと巨大新種生物に付き添う者が1名。計3名で総重量120キロ以内という規定は厳守しとるで」

東堂教授はぼくたちの顔を見て、またまた「オウ」と吐息をついた。

「オオ、浅はかなボーイズ＆ガール。ミーの作戦通りにしていればいいものを……」

「ふん、あんさんのやり方があまりにあざといから、この子たちも、愛想を尽かしたのや。こっから先が見物やで。あんじょう覚悟しいや」

その時、汽笛が鳴り、朝靄《あさもや》の中から、「ポセイドン」が海岸に、威容を現した。

「あんな巨大戦艦なのに、なんでこんな浅瀬にこられるねん」と小原さんが呟《つぶや》く。

「ファイヤー・レディは、ミーの説明を聞いていなかったようデスね。『ポセイドン』は揚陸作戦用の輸送船兼砲艦なので、船底は平らで浅瀬にも接岸できるのデス」

目の前で船体の前面の扉が開き、ぱたんと倒れると入口の渡し板に早変わりした。

「では巨大新種生物を、こちらの搬入用小型揚陸車に乗せてくだサイ」

「こころハウス」の扉が開き、美智子に手を引かれた〈いのち〉が姿を現した。

その様子は、入学式を迎える小学1年生の初めての登校日みたいだった。

〈いのち〉はあたりをきょろきょろ見回した。そういえば〈いのち〉が外界の景色を見るのは、たぶんこれが初めてかも。

孵化《ふか》直後に搬送された時はトラックの荷台で白い布を被《かぶ》せられていたし、自衛隊のレンジャー部隊に拉致《らち》された時は大型トレーラーの荷台の箱の中だった。

美智子が一緒なので、〈いのち〉は落ち着いていて、球形の搬送車に歩み寄る。

「あなたたちも付き添いだから一緒に行きなさい」と小原さんに言われ、後を追う。〈いのち〉が球形の乗り物に到着すると、上部の蓋《ふた》がぱかりと開き、ゴーグルをつけた老人が顔を出した。「あ」と声を上げそうになったぼくは両手で口を押さえた。

　隣で三田村も同じ仕草をしている。

「会長、新たに随行員を3名、受け入れる羽目になりました。つきましては会長と社長にはマシンから降りていただきたく存じマス」と東堂教授が言う。

「予定変更ぢゃと？　誰の権限で開発者の儂《わし》を差し置き得体の知れぬ随行員を……」と言いかけて、それがぼくたちだと気づいた豪介爺《じい》ちゃんは口を閉じる。

〈いのち〉奪還計画の本筋に「飛び込んでしまった＝割り込まれてしまった」と同時に気づいたぼくたちは絶句する。でも豪介爺ちゃんの決断は早かった。

「客人がお供連れで到着したそうだ。平介、儂たち年寄りは降りるぞ」

「え？　大丈夫なんですか？」と言いながら顔を出し、ぼくたちを見た平介小父《おじ》さんも、一瞬で事情を悟ったようだ。

　マシンから降りた2人を見て、小原さんは怪訝《けげん》そうな表情になる。

「搬入、搬出は米軍担当と言うてらしたのに、乗務員は日本人なんやね」

「HAHAHA、米軍はあの巨大新種生物を搬送するマシンを搭載してこなかったので急遽《きゅうきょ》、日本のメーカーに依頼したのデス」

「それならあなたたちが、無理して乗り込む必要はないわね」

上り口の階段に足を掛けていたぼくと三田村は動きを止める。

〈いのち〉に続いて美智子も乗り込んだ後で、そんなことを言われても……。

「どうしましょう、曾根崎君」と言う三田村を、豪介爺ちゃんが怒鳴りつける。

「何をぐずぐずしておる。モヤシ眼鏡は、やりたいことをやると決めたんぢゃろ」

割れ鐘のような声に背を押され、三田村とぼくは乗り物に飛び込んだ。

「あ、あんたたち、知り合いだったの。さては東堂とグルね。すぐに降りなさい」

豪介爺ちゃんはぼくたちが乗り込むと「雄介、後は任せた」と怒鳴って蓋を閉めた。

マシンに駆け寄った炎の女、小原さんが丸窓にべったり顔をつけ、掌でガラスを叩《たた》き「待ちなさい」と連呼する。そんな小原さんを豪介爺ちゃんが引き剝《は》がそうとするが、獲物にくらいついたタコみたいに、小原さんはべったりへばりついて離れない。

内部もドタバタだ。狭い船内は〈いのち〉が入るとスペースがなく、ぼくと美智子と三田村は折り重なって隙間の空間に嵌《は》まり込む。まるでテトリスのピースみたいだ。

操縦席に座っていたヘラ沼が「では、出発」と号令を掛けた。

「ヘラ沼、お前、操縦できるのかよ」

「任せておけ。この日のために、テレビゲームで練習してきたんだからな」

ゲーム感覚かよ、とビビる。小原さんの罵声《ばせい》は、蓋を閉めると聞こえなくなった。

丸窓にへばりつき、機体を叩き続ける小原さんの肩越しに、荷台に敷いた赤い絨毯がくるりと丸まりキャタピラマシンを包み込んだのが見えた。

「これが『レッド・キャタペット』と『深海五千』の合体マシン『ヒラメ号』だぜ」

外部のキャタピラががらがら動き始める。外側のカーペットが回り、トレーラーの荷台から降り、開口した揚陸艦へ向かう。大蛸《おおだこ》のようにへばりついていた小原さんもさすがに窓枠から姿を消した。

『ヒラメ号』は「ポセイドン」に乗り込むのかと思いきや、直前に向きを変えた。

じゃばじゃばと水中に入っていくのを見て、ぼくが声を張り上げる。

「おい、ヘラ沼、操縦ミスだ、海に落ちたぞ」

ヘラ沼はハンドルを握りしめ前方を睨《にら》んだまま言う。

「いや、『ヒラメ号』は海底を転がるマシンだ。これで〈いのち〉をかっさらう」

「かっさらって、どこへ行くんだよ」

「知るか。爺ちゃんが自動操縦モードに設定してある。道は『ヒラメ号』に聞け、ということだな」

「おお、なんだかかっこいいぞ、ヘラ沼艦長」

ぼくの賞賛の言葉に、ヘラ沼は横顔でにっと笑った。

そうこうしているうちに真っ赤な「キャタペット」にくるまれた「ヒラメ号」は海

中に没した。丸窓から外を見ると、大小さまざまな色とりどりの魚が泳いでいる。

左側は崖《がけ》で、底の見えない深海が広がっている。まるで「ヤバダー」の一場面だ。

「ヘラ沼、気をつけろ。左側は相当深そうな崖だぞ」

「わかってる。ここは桜宮海溝の縁で、ひとつ間違えば五千メートルの深海へ真っ逆さまだ。でも心配するな。自動操縦プログラムになってるからな」

その時、球体の「ヒラメ号」ががたりと揺れて、大きく傾いた。

その衝撃でぼくと三田村の身体が入れ替わる。

「本当に大丈夫なんですか」と三田村がぼくの上で悲鳴を上げる。

丸窓に、ぐわり、と深海底が広がるが、ヘラ沼は鼻歌を歌いながら答える。

「万が一、崖下《がけした》に転がり落ちたとしても、『ヒラメ号』は、平沼製作所が誇る潜水艇初号機・『深海五千』をくるんで合体したものだから心配ないさ」

そういう問題じゃないだろ、と言いかけた時、頭上ですすり泣きが聞こえてきた。

「大丈夫よ、〈いのち〉ちゃん、ママはここにいるわ」と言うが、折り重なった３人の一番下では、美智子の必殺技「背中とんとん」の手が届かない。

〈いのち〉が大きく息を吸い込んだ。

——ヤバい。

「カオル、〈いのち〉ちゃんの背中をとんとんしてぇ」

そんなこと言われたって、ぼくの上には三田村があ……。

次の瞬間、「ミギャア」という泣き声が船内に響きわたった。

ぼくは気を失った。


気がついたら船内は真っ暗だった。耳がわんわんしているから、あの後〈いのち〉は泣き続けていたらしい。操縦席のヘラ沼はハンドルに突っ伏している。

か細い声の子守唄《こもりうた》が聞こえる。身体をねじって見上げると、美智子が〈いのち〉の背中を、とんとん、と叩いている。

あの大音声《だいおんじょう》、あの大混乱、身動きが取れない状況で、ぼくと三田村を押しのけて、泣きわめく〈いのち〉の側にたどり着くなんて、母の愛は偉大だ。

「怖かったね、でももう大丈夫」という美智子の呟き声。〈いのち〉は甘えるように「だあ」と言う。船内の様子が見えるのは〈いのち〉の身体が緑色に光っているからだった。ぼくは身体を引きずり操縦席にたどり着くと、ヘラ沼の肩を叩く。

「しっかりしろ。大丈夫か」と言うと、ヘラ沼は、身体を起こす。

「ビックリした。思わず気絶しちまったぜ」

「〈いのち〉は美智子があやしてくれてる。状況はどうなってるんだ？」

「自動操縦のプログラムがフリーズしてる。手動運転、つまり俺さまが運転しろってこったな」と言いながらヘラ沼がコンパネをいじると、赤いランプが点《とも》る。

「GPSとソナーは生きているし、『レッド・キャタペット』とのコネクションも保持されてるから、『ヒラメ号』の自動操縦機能以外は問題ない。ま、何とかなるだろ」

能天気すぎるぞ、と思ったけど、ヘラ沼の屈託のなさに気持ちが救われた。

そんなヘラ沼のおしゃべりが止んだ。

「ちょっと待て。俺たちは海底の穴に転げ落ちてしまったようだ」

「それって穴から出られるのか？」

「今、やってる」

船体が傾いて上向きになり、ぼくたちは後方にどどど、と倒れ込む。

「く、苦しい」と〈いのち〉の巨体の下敷きになった三田村が悲鳴を上げる。

「〈いのち〉ちゃん、どいて」と美智子が言うが、身動きなんてとれっこない。

〈いのち〉の身体がぼう、と青白く光り始める。

エンジン音がして、がくん、と車体が揺れた。わああ、という悲鳴と共に、船体はもとの姿勢に戻る。〈いのち〉も元の位置に戻り、三田村は危機的状況から脱した。

「〈いのち〉ちゃん、もう少し小さくなれないの」と美智子は無茶な要求をする。

「ここから脱出するのは無理だけど、横穴をいく手はアリだな」とヘラ沼が言う。

「それってドツボであがいてドドツボに嵌まるってヤツじゃないか」

「ソナーでスキャンすると、上方に向かっている横穴に奥があるから希望はある」

「でも行き止まりという可能性もありますよね」と三田村が震え声で言う。

「行き止まりかどうかは、突き当たりまで行ってみなきゃわからないだろ」

けだし名言だ。きっと歴代の探検家が難局を突破してきた知恵の言葉に違いない。

でもそれと同じくらい、多くの探検家を破滅させた言葉なんだろうけど。

「いざとなればキャタピラを切り離せば『ヒラメ号』は潜水艇『深海五千』に戻れる。でもこのまま行けるところまで行ってみたい。いいよな、カオルちゃん?」

いきなり決断を振られたぼくは、一瞬考えて即答する。

「お前に任せるよ、ヘラ沼艦長」

「そうこなくちゃ。『ヤバダー』クラスターなら、目の前に未知の洞窟《どうくつ》が口を開けていれば、行くのが当然だ。それでは23時の方角へ向けて、出発進行」

「ヒラメ号」は浮上していく。「レッド・キャタペット」の自走能力は高く、横穴に入った途端にスピードがあがる。後部座席の三田村の悲鳴に、ヘラ沼は怒鳴り返す。

「いちいちうるさい。行けるところまで行って行き詰まったら、『キャタペット』を切り離し潜水艇モードで今の道を戻る。そこんとこは計算しているから心配するな」

心配するなと言われても、この状況では心配せずにはいられない。

男子はおろおろしているが、美智子は〈いのち〉を抱きしめ、それ以外は何も考えていないようだ。〈いのち〉の身体は緑色の光を放っているけど、さっき三田村が下敷きになった時は青く光っていたことを思い出し、ひとつの仮説を思いつく。

時計を見たら自走潜水艇「ヒラメ号」に乗り込んでから2時間弱が経っている。

「ヘラ沼艦長、ぼくたちは岬からどのくらい移動してるんだ？」とぼくが訊《たず》ねる。

「正確な数字はわからないけど、ざっくり10キロくらいかな」

「すると水族館のところくらいか」と呟《つぶや》いたぼくは、重大な問題に気がついた。

「ところで『ヒラメ号』の酸素はあとどれくらい保《も》つんだよ」

「残り8時間だ。おっと、三田村のお待ちかね、どん詰まりの行き止まりだぜ」

順調になだらかで平らな斜面を上っていた「ヒラメ号」が停止する。行き止まりだ。

「ここまで来て引き返すのか」とぼくが不安になって訊ねる。

ヘラ沼がスイッチを入れるとピコーンと音がして、ソナーの緑の線が描かれた。

「上方へ縦穴が20メートル続いている。走行距離は約10キロとして深度は潜っていないから上方に行けば地上レベルに到達するかも。それならここで『キャタペット』を切り離し、潜水艇モードで浮上してみる価値はアリだな」

「ここでUターンして元の道を引き返すという手もあります」と三田村。

「戻ったところで穴の底、どうせ『キャタペット』を切り離すんだから、今ここで切り離して、行けるところまで行ってみたい。引き返すより、前に進もうぜ」

ピコーン、ピコーンというソナーの音が船内に響き続けている。

「ヘラ沼艦長の提案通り『キャタペット』を切り離し、『ヒラメ号』は『深海五千』に復帰し、縦穴を浮上。行き止まりなら元の道を引き返す。それでいいね？」

ぼくがそう言うと、美智子と三田村はうなずいた。

ヘラ沼艦長がコンパネのスイッチを入れる。がうん、と轟音《ごうおん》がして「ヒラメ号」の躯体《くたい》を包んだ「レッド・キャタペット」が外れて、水中に砂煙が立つ。

視界の濁りが収まると、目の前に赤絨毯《じゅうたん》の道が広がっていた。

「これより『レッド・キャタペット』から離脱する。さらば、『ヒラメ号』」

がこん、と音がして船体が揺れた。「キャタペット」から分離した「深海五千」は、ゆっくり浮上していく。広々とした縦穴をライトで照らすと、壁に付着した夜光虫が発光している。ここが行き止まりなら、今のコースを逆戻りしなくてはならない。

でもヘラ沼は鼻歌を口ずさんでいる。「ヤバいぜ、ダーウィン」のテーマ曲だと気がついた時、ぼくは打ちのめされた。

こんな時に「ヤバダー」のことを考える余裕なんて、ぼくにはない。

ぼくの敗北感とヘラ沼の鼻歌、ひしと抱き合う巨大新種生物とその母親、いつの間にか丸窓にへばりつき海中の生態系観察に夢中な優等生という、てんでばらばらな五つの生命体を乗せた旧式潜水艇「深海五千」は、縦穴をのんびり浮上して行く。

しばらくして広い空間にぽかりと浮かび出た。

「助かったのね、あたしたち」と美智子がため息をもらす。

「とりあえず潜水艇から降りられるかもってだけだけどな」とヘラ沼はクールだ。

　ヘラ沼は操縦席を離れ、ぼく、三田村、美智子をかき分け上部にたどりつく。

　天井の丸ハンドルを回すと、ぱかり、と蓋《ふた》が開いた。ヘラ沼の声が反響した。

「洞窟の中みたいだ。周りは真っ暗だが、うまくいけばこの洞穴から外に出られる可能性もある。ここは下船する一手だな」

「それならまず、ぼくが下りて様子を見てこよう」とぼくが言う。

　潜水艇の外付けの梯子《はしご》を降りると、膝《ひざ》の深さで足が底についた。

　振り返ると潜水艇「深海五千」は救命ブイのようにぷかぷか揺れている。

「問題なさそうだ。取りあえず足が底に着く」

「次は三田村が行け。次は〈いのち〉、美智子の順で、俺は最後だ」とヘラ沼が言う。

　以前の三田村なら、あーだこーだ言っただろうけど、一連の騒動でスーパー三田村になったのか、ためらわずにざぶん、とぼくの隣に飛び降りた。

　顔を出した美智子が顔を引っ込める。代わりに〈いのち〉の大きな頭が現れた。

〈いのち〉は左右を見回し、「んぱ」と言う。暗がりでも〈いのち〉や美智子の顔が見えるのは、洞窟内は夜光虫とヒカリゴケの光に包まれ、明るいからだと気づいた。

微蛍光の中、〈いのち〉は球体の潜水艇から身を乗り出す。

身体をよじり外に出ようとしているその様子は、セミの脱皮みたいだ。

〈いのち〉が身を乗り出すと「深海五千」は徐々に傾き横倒しになった。次の瞬間、〈いのち〉は水の中にざぶんと落ちる。〈いのち〉が深く息を吸い込んだ。

ヤバい。

ぼくと三田村は耳を掌《てのひら》で押さえる。次の瞬間、「ミギャア」という大音声が洞窟内にぐわんぐわんと反響した。その泣き声は耳を塞《ふさ》いだ掌を通り越し鼓膜を直撃したけど、こころの準備があったので気絶せずに済んだ。ぼくと三田村で〈いのち〉の身体を摑《つか》んで岸に引っ張り上げようとしたけど、相手は体重200キロだから簡単にはいかない。おまけに〈いのち〉が抜け出した潜水艇はバランスを失い、嵐の海原に翻弄《ほんろう》される救命ブイのように右に左に上に下に大揺れしている。

入口から顔を出した美智子が悲鳴を上げる。

「〈いのち〉ちゃん、ママを助けて」

その声を聞いた〈いのち〉はぴたりと泣き止むと、すっくと立ち上がる。

身長3メートル近い〈いのち〉は、左に右に大揺れしている「深海五千」を両手でがっしと摑んだ。すると、球形の潜水艇の揺れはぴたりと収まった。

右手で美智子を摑み上げ、腕を持ち上げ振り返り、美智子をそっと岸に置く。自分も上陸して美智子の隣にぺたりと座り、親指をしゃぶりながら「だあ」と言った。

「おおい、〈いのち〉、俺も助けろ」という声に振り返る。美智子が脱出した後に揺れがひどくなった「深海五千」の出口で、黒い箱を抱えたヘラ沼が大声を上げている。

「そんな箱、捨てちまえ」とぼくが叫ぶ。一瞬躊躇《ちゅうちょ》したヘラ沼は、黒い箱を海に投げ捨てる。大揺れしている潜水艇に飛びついて梯子を上り、ヘラ沼の首根っこをつかんで引っ張り出す。勢い余って水中に落ちた。びしょ濡《ぬ》れで、岸に這《は》い上がる。

荒い息でごろりと身体を反転させ後ろを見ると、横倒しになった「深海五千」に海水がどぼどぼ入り、巨大なあぶくをごぼごぼ吐き出しながら縦穴の底へ沈んでいく。

「危機一髪だったな」と言ったぼくの胸倉を、ヘラ沼が摑んだ。

「どうすんだよ、カオル。GPSを捨てたら脱出路を探せなくなっちまうぞ」

「それじゃあ、お前がGPSと一緒に海底に沈むのを見てればよかったのかよ」

その言葉でヘラ沼は、はっと我に返る。冷静さを取り戻すと、にっと笑う。

「取り乱して悪かった。死んじまったらGPSもクソもないよな」

コイツはほんと大したタマだ。でも、いつもへらへら余裕綽《しゃく》々《しゃく》のヘラ沼が逆上してしまうくらい、今の状況は危機的だったワケだ。チーム曾根崎の4人プラス〈いのち〉は、洞穴の地底湖から上陸した砂浜で、波立つ湖面を呆然《ぼうぜん》と眺めていた。

「ちょっとくたびれたから、ひと休みさせてくれ」

ヘラ沼は、ごろりと横になると、ごおごおと大鼾《おおいびき》を搔《か》き始めた。よくこんな状況で眠れるもんだ、とつくづく感心する。

でもそんなぼくもいつの間にか、洞窟《どうくつ》の中の砂浜に横たわって眠っていた。

どのくらい時が経ったのだろう。目覚めたぼくはふと、周囲を見回す。

ヘラ沼は大の字で往復鼾をかいているし、三田村は隅っこでうつぶせに寝ている。反対側では美智子が猫みたいに身体を丸めて〈いのち〉に寄り添っている。

さっき〈いのち〉が美智子を助けなかったらピンチだった、としみじみ考えた。

暗闇に目が慣れてきたので、周囲を見回す。ヒカリゴケと夜光虫の青白い光は最初よりも強くなっている。そんな中、ぼくはとんでもないものを発見した。

「おい、ヘラ沼、起きろ」と言って、ヘラ沼の頰をぴしゃぴしゃ叩《たた》く。

すると、目を擦《こす》って起きたヘラ沼が、寝ぼけまなこでぼくを見た。

「なんだよ、カオルちゃん。もう少し寝かせてくれよ」

「寝ぼけるな。アレを見ろ」

ぼんやりしていたヘラ沼は、立ち上がると、ぼくが指差したものに歩み寄った。

「これは……俺たちは助かったのか……」

それはぼくとヘラ沼が洞穴の奥まで探検した時に張ったロープのリールだった。

そう、ここは、あの洞穴の行き止まりの地底湖だったのだ。

ぼくが美智子と三田村を揺り起こすと、周囲を見回した2人も歓声を上げた。

砂で汚れた黄色いロープをみて、ぼくたちがどれだけほっとしたことか。なにしろロープをたどれば洞穴の外に出られるのだ。海底の窪《くぼ》みに落ち込んで抜け出せなくなったり、地下洞窟に到達し上陸したとたん潜水艇が沈没したりと、波瀾《はらん》万丈危機一髪、転落すれすれ戸隠《とがくし》の蟻の塔渡《とわた》りみたいな細道を通り、やっと出口に辿《たど》りついたのだ。

リールを見た時、「地獄に仏」という言葉が浮かんだ。弘法《こうぼう》大師の教えによれば、仏さまは遍《あまね》くどこにでもいるそうだ。生まれて初めてその教えを体得した気がする。

暗闇の中で過ごしていたから時間感覚がなくなっていた。

「俺の腹時計によれば夕方の5時くらいだな」とヘラ沼が自信たっぷりに言ったけど、そんな当てずっぽう、信じられるはずがない。

のろのろ歩いて〈いのち〉が孵化《ふか》した広場にたどりつく。たった25メートルのはずなのに、どっと疲れが出た。見慣れた場所を見て安心して気が緩んだのだろう。

〈いのち〉は自分がここで「孵化」したことを思い出したのか、「マンマ」と言った。

そこには〈いのち〉を運び出す際に置き忘れたシーツがあった。美智子はシーツの真ん中を丸く切り裂いて即席のポンチョを作った。美智子は〈いのち〉の咄嗟《とっさ》のレスキューのおかげで濡れずに済んだが、他の3人はびしょ濡れだ。

夏だけど洞穴の中は肌寒いくらいだった。

「あ、佐々木さんが置き忘れた『グルリン眼鏡クン初号機』があるぞ。コイツにはデジタル時計があるから時間がわかるぞ」と言い、ヘラ沼が確認すると、午後5時半。さっきのヘラ沼が5時だと言った時から20分以上は経っているから、ほぼぴったりの時間を言い当てたわけだ。ヘラ沼の腹時計おそるべし。

「暗くなったら秘密基地に行って食い物や着替えを取ってくるよ」とヘラ沼。

そういえば秘密基地にかなりの食料を備蓄してあったっけ。ビバ、秘密基地。

「〈いのち〉ちゃんも連れて、みんなで行きましょうよ」と美智子が言う。

「ダメだ。図体《ずうたい》がでかくて目立つし、大泣きしたら一発でバレちまう」

「じゃあ、この先はどうするの」

「オレンジに再収容してもらうしかないな」とぼくが答えると、ヘラ沼が指摘する。

「でも以前は小型トラックで済んだけど、今回は大型トレーラーでないと無理だぞ」

「そうだな。でも東城大の先生や白鳥さんに相談するしか、他に手はないよ」

「パパやママが心配しているから、家に電話を掛けていい？」と美智子が言う。

「止めとけ。赤っ恥を掻かされた自衛隊や米軍が、盗聴や逆探知などあらゆる手段で俺たちの行方を追っているはずだ。そんな中で実家に携帯で電話したりしたら、ここにいることがバレて〈いのち〉を連れ去られちまうぞ」とヘラ沼が即座に反対した。

スマホを未練がましく見ていた美智子は肩をすくめた。

「神さまもヘラ沼君のいう通りにしなさいって言ってるみたい。電池切れよ」

ぼくと三田村はもっと悲惨で、水没したスマホは壊れていた。

その時、ぼくはもっと基本的な事実に気がついた。

「うっかりしてた。洞穴の中は圏外だった」

4人は一斉に脱力する。気を取り直したヘラ沼が言う。

「腹が減っては戦はできぬ、取りあえず秘密基地から食べ物を取ってくる」

一瞬、大丈夫かな、とは思ったけど、反対者はいなかった。

ヘラ沼が出口へと姿を消すと、残された3人は膝《ひざ》を抱え洞穴の壁に寄りかかる。

美智子は〈いのち〉に寄り添い、背中をとんとんする。

「さっきは、もうダメかと思いました」と三田村がぽつりと言う。

どの場面のことを言っているんだろう、と思いながらぼくはうなずく。

「よく帰って来られたよな。無事〈いのち〉を連れ出せるなんて思いもしなかった」

そう言いながら、これって無事と言えるのかな、と自分でツッコミを入れる。

「だいたい平沼君は秘密主義すぎるのよ。事前にこういう作戦があると聞いていたら、あたしたちだって無茶しなかったのに」と美智子がぶつぶつ言う。

「でも結局、〈いのち〉を救えたんだから、結果オーライだろ」

美智子は人差し指を頬に当て、「そうね、カオルの言う通りね」とうなずく。

「なんにしても絶体絶命の死地から生還して、〈いのち〉の奪還まで果たせたなんて、本当に奇跡です」と三田村がうなずく。

ぼくたちは美智子の隣ですやすや眠る〈いのち〉の顔をしみじみと見つめた。

もしもコイツがいなかったら、美智子は今頃海の底に沈んでいたかもしれない。

でも逆に言えば、コイツが大暴れしたせいで「深海五千」が沈んでしまったとも言える。こういうのを「禍福はあざなえる縄のごとし」というんだろうか。やれやれ。

その時、美智子が人差し指を唇に当て「しっ、誰か来る」と言った。

「ヘラ沼だろ」とぼくが言うと、美智子は耳を澄まし、集中した表情になる。

「ううん、足音は2人よ」

ぼくと三田村は周囲を見回し、〈いのち〉の隠し場所を探したけど、見つかるはずもない。足音は次第に大きくなり、一旦《いったん》止まる。

それからざっくざっくとしっかりした足音が再開した。闇の中からぬっと現れたのはゴーグルをつけた老人だった。

次の瞬間、洞窟内に割れ鐘のような声が響く。

「なんぢゃなんぢゃ、みんな、しょぼくれた顔をしおって。作戦はうまく行ったんだから、胸を張れ」

豪介爺《じい》ちゃんの顔を見て、ぼくたちはへなへなと崩れ落ちた。

その後ろから食べ物と飲み物、タオルにTシャツを抱えたヘラ沼が現れた。

ぼくたちは食べ物にかぶりつく。手や口が油だらけになるのも構わず、食べこぼしが飛び散るのも気にせず、ひたすら食べる、飲む、食べる、飲む。

そんなぼくたちを見ていた豪介爺ちゃんが口を開いた。

「食事が済んだら、〈いのち〉坊を連中に返しにいくぞ」

「ええ?」「なんで?」「どうしてですか」と3人が一斉に言う。

「4人の中学生が米軍の潜水艇を盗んで逃走した挙げ句、遭難して海上保安庁の他、海上自衛隊に米海軍まで総出で桜宮湾を捜索中だ。こんな大ごとになったら、儂《わし》や高階学長、東堂教授の豪腕を以《もっ》てしても、どうもならん」

「でも『奪還作戦』通りなんですよね。これは作戦ミスなんですか?」

「断じて違う。儂と東堂教授が画策した作戦は完璧《かんぺき》ぢゃった。インプットしておいた経路で自動操縦でゴールに到着すれば、バッチリぢゃったのに、雄介の大馬鹿もんが勝手に自動操縦を解除して手動に切り替えおったせいで、全ては台無しぢゃ」

「俺だって好きで手動にしたワケじゃないやい。緊急事態だったんだ」

ヘラ沼が言い訳する。

いや、言い訳ではなく事情説明か。

「『ヒラメ号』はどこに到着する予定だったんですか」とぼくが質問する。

「桜宮深海館の前の海岸に報道陣を呼びつけ、そこへ儂が、〈いのち〉坊を引き連れ海から颯爽《さっそう》と登場、お披露目するという段取りぢゃった。目玉は〈いのち〉坊と黄金地球儀が並んだ記念撮影で、インスタ映えする写真をネット配信すれば、首相案件だの米軍の差配だのと言い訳ばかりしている腰抜けメディアも報道せざるを得なくなり、口先首相の特別案件みたいな陰険な情報操作も不可能になる。その後、記者団を引き連れて軍艦に引き返し、〈いのち〉坊の検査をしながら東堂教授ご自慢の器械のお披露目を済ませるという、壮大かつスペクタクルな大人の企画ぢゃったのに」

豪介爺ちゃんは、遠い目をした。確かに実現したら桜宮の伝説になっただろう。

深々と息をついた豪介爺ちゃんは、ぼくたちを柔らかい視線で見た。

「なのに寸前にいたずら坊主が割り込んできて、全てが台無しぢゃ。あそこで下手に騒いだら〈いのち〉坊を連れ出せなくなるので、計画変更したんぢゃ。儂が目的地を設定しておいたのに、タコ介が勝手にいじくり回しおって」

「平沼君のミスではありません。〈いのち〉ちゃんが突然暴れ出したんです」と珍しく美智子がヘラ沼を庇《かば》った。すると豪介爺ちゃんは、首を左右に振って言う。

「どんな時も臨機応変に対応できなければ冒険家と言えん。雄介はまだまだぢゃ」

「爺ちゃんが事前に目的地を教えてくれなかったせいだろ。爺ちゃんだってあの場にいたら、俺と同じことになったはずだ」とヘラ沼は頑張る。

「それは言い訳ぢゃ。儂なら真っ先に自動操縦の目的地を確認しただろうて。さすれば手動で深海館をめざし計画は破綻《はたん》せずに済んだんぢゃ」

ヘラ沼は悔しそうに唇を嚙《か》んだ。爺ちゃんの指摘にぐうの音も出ないようだ。

「私たちのミスは認めますけど、〈いのち〉ちゃんを連れ戻すのはやめてください」

「嬢よ、事態がここまできたら、それは無理ぢゃよ」

美智子はうなだれる。その時、〈いのち〉が目を覚まして大きなあくびをした。

それから美智子に寄り添うと「マンマ」と言う。

その様子を見て美智子が言う。

「それならせめて今夜だけは、ここにいさせてもらえませんか。この子もようやく落ち着いたんです。一晩だけでも一緒に過ごしたいんです」

「ううむ、海上保安庁や海上自衛隊、在日米軍まで発動している、大変な状況ぢゃが……まあ一晩ならギリギリOKか。遭難した土左衛門《どざえもん》の捜索も、翌朝まで見つからないことは、よくある話ぢゃからな」

言うに事欠いて水死体に喩《たと》えるなんて、デリカシーがなさすぎるぞ。

でも美智子は喜んで、豪介爺ちゃんに抱きついた。

「ありがとう、お爺ちゃん。感謝します」

その後、豪介爺ちゃんは現在の状況を説明してくれた。

そしてなぜぼくたちがここにいることがわかったのかという種明かしもした。

「雄介が佐々木青年に『グルリン眼鏡クン』を貸し出したんぢゃが、返し忘れおってな。監視カメラは、動きがあったらビデオが起動して画像を転送する設定ぢゃった。儂のスマホに、突然お前たちの画像が送られてきたのぢゃ」

海岸線は灯《あか》りで照らされ潜水艦や潜水士の人たちが今も夜を徹して捜索中。大ニュースなのに、〈いのち〉のことにはひと言も触れず、単にぼくたち4人が勝手に潜水艇に乗り込んで遭難した、ということにされているのだという。

「お前たちが〈いのち〉坊と一緒に現れても、連中は見ないフリをするぢゃろうな」

そう言って豪介爺ちゃんは立ち上がると、腕時計をちらりと見た。

「もう夜8時を過ぎておる。〈いのち〉坊と積もる話もあるぢゃろうから、邪魔者は消えるよ。一晩、みんなで心ゆくまで過ごすがいい」

そう言って、じゃりじゃりと足音を響かせ、豪介爺ちゃんは闇の中に姿を消した。

13章

7月18日（火）

ツバサを夢見ないのは、
ツバサを持ったことが
ないからだ。

洞穴の壁に寄りかかり、〈いのち〉の身体をとんとん叩《たた》きながら、美智子が呟《つぶや》く。

「〈いのち〉ちゃんが、普通の大きさだったらよかったのにねえ」

身長3メートルの巨大新種生物に掛ける言葉ではないけど、気持ちはわかる。

〈いのち〉は穏やかな表情でうつらうつらしている。身体はうっすらと緑色の光を放っている。その様子を眺めているうち、潜水艇の内部での思いつきを思い出した。

「美智子、〈いのち〉から離れて三田村が〈いのち〉に触ってみてくれないか」

美智子と三田村は怪訝《けげん》そうな顔をして、言う通りにした。美智子が離れると緑の光が消え、三田村が触れると青くぼうっと光った。次に三田村が離れぼくが触れると、〈いのち〉の身体は黄色く光った。「おい、ヘラ沼」と呼ぶとヘラ沼は立ち上がる。

〈いのち〉に近づき身体に触れる。今度は〈いのち〉の身体は赤く光った。

「私たちが最初に『たまご』に触れた時と同じ色ですね。ひょっとしたらあの時、〈いのち〉は私たちの精神の一部と感応したのかもしれません」と三田村が言う。

「すぐ後に〈いのち〉が誕生したんだよな。ぼくたちは本当に〈いのち〉のパパとママかもしれないぞ」とぼくが言うと、美智子は大きくうなずいた。

「そういえば4人一緒に『たまご』を抱えた時は順番に4色に光った後で、赤ん坊の姿が浮かび上がったよな。あの時みんなは何を考えてた？」とヘラ沼が訊《たず》ねる。

真面目な顔で考え込んだ三田村は、ぽつりと言う。

「私は『たまご』がちゃんと孵《かえ》るといいなあ、と思っていた気がします」

ぼくもそんな気がした。でも「たまご」を抱えたら誰でもそんな風に考えるだろう。

「ひょっとして4人一緒に触って同じことを願ったら、実現するんじゃないかしら」

と、美智子がおそるおそる言う。

「まさか。『ヤバダー』でもそんな話は聞いたことないぞ」とヘラ沼が言うが、ヤツにしては珍しい誤爆だ。「ヤバダー」ではこれまで、新種生物の放送回はなかった。

「美智子の仮説は、ぼくたち4人が同じことを念ずれば、〈いのち〉は応《こた》えてくれるかもしれないってことか。試してみる価値はあるな」

「だとしたらぼくたちは、何をどんな風に願えばいいのかな」

「誰にも見つからずに〈いのち〉ちゃんが無事に逃げられますように、というのが今の願いだけど」

「でもそれって〈いのち〉に命令しようがないだろう」

「それなら、〈いのち〉ちゃんの身体が普通の人みたいに小さくなれってのはどう？」

「さっきよかマシだけど、やっぱり無茶だな。もっと現実的でないと」

ぼくが美智子の提案を次々に却下していたら、ついに美智子がブチ切れた。

「カオルってば、ダメダメダメダメって、ダメ出しばかり。それじゃあ絶対に飛べないわ。ヒトがツバサを夢見ないのは、ツバサを持ったことがないからなのよ」

ぼくがその美しい言葉に打ちのめされていると、ヘラ沼が言う。

「さっきの進藤の願い事はわかりやすいから、ダメもとでもやればいいじゃん。それがダメなら他の願い事を考えればいいし、そもそも起こるかどうかもわからないし」

「ま、ヘラ沼艦長がそう言うなら、それでもいいさ」と、ぼくはふてくされて答えた。

ぼくたちは、猫みたいに身体を丸めて眠っている〈いのち〉の巨体を囲む。

隣の人と手をつないで大きな輪を作り、その輪を次第に狭めていく。

「みんな、〈いのち〉ちゃんの身体が小さくなりますようにって、本気で願ってね」

ぼくたちはうなずいて、4人一緒に〈いのち〉に抱きついた。すると、〈いのち〉の身体が白く強い光を放ち、白光が消えると今度は緑、青、黄、赤と順番に光り出す。

「〈いのち〉ちゃん、お願い、小さくなって。あたしたちと同じくらいに」

美智子が叫ぶ。4色の光が点滅しながら色が移り変わり、だんだん点滅の間隔が短くなっていく。最後に真っ白な閃光《せんこう》がぼくたちの目を射た。その光圧に、つないだ手を引き離され、ばらばらになり後方に吹き飛ぶ。壁にぶつかり、尻餅《しりもち》をつく。

ぼくたちはぶつけたところをさすりながら立ち上がる。うつぶせに丸まった〈いのち〉の身体は、白く輝いた後に徐々に光を失って、洞穴は暗闇に包まれた。

美智子がおそるおそる、〈いのち〉の身体に触ってみるが、緑には光らなかった。

「死んだのかな？」と物騒なことを言ったヘラ沼を、美智子は睨《にら》みつけた、気がした。

「気がした」というのは洞穴の中は真っ暗で、何も見えなかったからだ。

「死んでないわ。ちゃんと息してるもの」

そう言う美智子も不安げだ。それからしばらく様子を見てたけど、特段〈いのち〉に変化はない。どうやらぼくたちの試みは失敗したようだ。

脱力して壁にもたれたぼくは、周囲が真っ暗なので、すぐに眠りに落ちた。


身体を揺すられて目が覚めた。目の前にぽっかりと、美智子の顔が見えた。

「ねえ、起きてよ、カオルってば」

「なんだ、どうしたんだ、美智子」

ぼくが身体を起こすと、美智子は暗闇の中、「あれを見て」と指差した。

白くぼうっと光っているのは、身体を丸めて眠っていた〈いのち〉だった。

「〈いのち〉ちゃんの身体がカチカチになってるの」

美智子の不安そうな声に、ヘラ沼と三田村も目を覚ました。

ヘラ沼が〈いのち〉の身体を、拳《こぶし》でこんこん、と叩く。

「うわ、固《か》ってえ。サナギみたいだ。ひょっとしてもうじき羽化するのかな」

「何をバカなこと言っているんだ。〈いのち〉は虫じゃないんだぞ」

「でも『たまご』から生まれたんだから、ヒトよりも昆虫に近いんじゃないのか」

それは「ヤバダー」クラスター的発想だ。巨大新種生物に常識は当てはまらない。

「自由な発想、確かな観察眼」、それが「ヤバダー」コンセプト。

「そんなことどうだっていいから、〈いのち〉ちゃんを抱きしめてあげて」

非論理的な対応だけど「子を思う母は、理屈を無力化する」という絶対真理の前では従うしかない。でも4人で抱きしめていても、〈いのち〉は無反応だった。

岩のように固くなった身体の奥から、鼓動らしきものが感じ取れ少し安心した。

みんなは、「どうか〈いのち〉が無事でありますように」とひたすら祈った。

しばらくすると〈いのち〉の身体が温まってきた。体温がどんどん上がり、ぬるま湯から温泉みたいになり、ついには熱湯のように熱くなり、ぼくたちは〈いのち〉から離れた。白い光は強く弱く、心臓の鼓動のように規則正しく変化した。やがて身体を丸めて巨大なダンゴムシみたいになった〈いのち〉の背中に裂け目ができ、一条の強い光が天井を直撃する。眩《まぶ》しくて思わず目を瞑《つぶ》る。おそるおそる薄目を開けた。

〈いのち〉の殻から立ち上がったのは、ぼくたちと同じくらいの背丈の青年だった。

「佐々木さん、どうしてこんなところに……」と美智子が呆然《ぼうぜん》と言う。

そこに佇《たたず》んでいたのは元スーパー高校生医学生にして、今は東城大学医学部生の佐々木アツシさん、にそっくりの人物だった。いや、「人物」なのか？

「佐々木さん」は美智子の姿を見ると、微笑して「マンマ」と言った。

やっぱりコイツは〈いのち〉だ！

「佐々木さん」は裸だった。みんなの視線は同時に、その下半身に注がれた。

思った通り、そこに「男の子にあるべきもの」はなかった。

「やっぱりあなたは〈いのち〉ちゃんなのね。でもどうしていきなりそんな姿に……」

それは誰もが思った疑問だけど、とりあえずTシャツを着せズボンをはかせた。甲《か》斐甲《い》斐《が》しく〈いのち≒佐々木さん〉の面倒を見る美智子の頬が赤らんでいる。そう言えばコイツは佐々木さんに憧《あこが》れていたっけと思うと、うろたえぶりが微笑ましい。

服を着るといよいよ「佐々木さん」そっくりだ。ひょっとしてぼくたちを驚かせるために、その辺りに隠れていたんじゃないかと思ったくらいだ。

〈いのち〉の抜け殻は蟬の抜け殻そっくりで茶色く変色して、カチカチに固かった。

〈抜け殻いのち〉と〈佐々木さん≒いのち〉を見比べて、美智子はしみじみと言った。

「確かにあたしたちは〈いのち〉ちゃんに小さくなってと頼んだけれど、佐々木さんそっくりになってなんて、誰も願わなかったと思うんだけど……」

すると三田村がはっと顔を上げた。

「もし、その人のことを強く想っている人がいたらどうでしょうか」

「な、何をオカルトしてんだ、三田村。ここには俺たち4人しかいないんだぜ。まさか美智子の守護霊、とか言い出さないだろうな」とヘラ沼が意外にビビっている。

「いえ、ここにもうひとりいます。というか、その人のこころがあるはずなんです。それは、こころの移植実験で〈いのち〉に移植された、日比野涼子さんです」

ぼくたちは一斉に佐々木さんバージョンになった〈羽化いのち〉を見た。

みんなに見つめられた〈いのち〉は、にっこり笑う。

その時、ぼくの腹の虫が、くう、と鳴いた。つられて他の3人の腹の虫も一斉に鳴き、みんな笑い転げた。しばらくしてぼくが言った。

「みんな、秘密基地に行って栄養補給をしようよ」

「外に出たらバレるから危険だと、豪介爺《じい》ちゃんに忠告されたばかりじゃないですか」

「三田村博士は頭が固いねえ。〈いのち〉は図体《ずうたい》がデカくて目立ったから外に出せなかったけど、今は『佐々木さん≒いのち』なんだからバレっこないだろ」

ぼくの説明に一発で納得したみんなは、洞穴の外に向かう。

新しい誕生を祝福するかのように、ヒカリゴケと夜光虫の光が、がらんとした広場に残された巨大な〈いのち〉の抜け殻をうっすらと照らし出していた。

外に出ると月はなく、星だけが闇夜に瞬いていた。暗闇にいたぼくたちの目には、外界は途方もなく明るく見えた。秘密基地の扉を開ける音が夜の静寂に響く。

「コイツ、佐々木さんバージョンでも『グオー』って泣くのかな」とヘラ沼が言う。

ヘラ沼にとって〈いのち〉の泣き方の公式モードはあくまで「グオー」らしい。

部屋に入り床に座ったら、どっと疲れが出た。美智子が、〈いのち〉に言う。

「〈いのち〉ちゃん、髪の毛をちゃんとしましょうね」

〈いのち〉の髪の毛が3本、ぴょこんと立っている。昔のオバケ漫画みたいだ。

美智子が撫《な》でつけると一瞬直るけれど、すぐにまた、ぴょこんと立ってしまう。

最後には美智子も「もう、勝手にしなさい」と匙《さじ》を投げてしまった。

ぼくたちは冷蔵庫から飲み物やお菓子を取り出し、飲みまくり、食べまくった。

ふと〈いのち〉を見ると、肩のところにオモチャの子馬がちょこんと乗っている。

「あれ？　可愛いね、そのポニー」

ぼくが手を伸ばすと、子馬のフィギュアはひひん、といななないた。

「ボクハ『ぽにー』ジャナクテ、〈うにこん〉ダヨ」と金属的な声がした。

ミニチュアの子馬が喋《しゃべ》っている……。よく見ると額に小さな角がある。

「ごめんごめん、君は子馬じゃなくて一角獣《ユニコーン》だったのか」

ぼくがそう言うと、プチ一角獣は、「『ゆにこーん』ジャナクテ〈うにこん〉ダヨ」

と言う。

そして〈いのち〉の肩からふわりと舞い上がり、1台だけのメリーゴーラウンドのように、頭上でくるくる回り始める。〈いのち〉が得体のしれない言葉を喋り始めた。ロシア語や韓国語、中国語、英語に仏語、その他聞いたことがない言葉の断片が入れ替わり立ち替わり現れる。

やがて、「あ、あ、チューニング官僚？　管領？　完了？」という声がしたと思ったら、いきなり佐々木さんバージョンの〈羽化いのち〉が口を開いた。

「みなさん、こにちワ。いつも、お世話、なる〈いのち〉どえす」

「〈いのち〉ちゃん、あなた、喋れるようになったの？　どうしていきなり？」

「この飼い馬？　海馬？　木の馬？　木馬？　のおかげっす。コレ、世界パソコン、出入り、スル。そのデータ、組み、立て、知識庫に、ありまおんせん」

「人工知能のことですか」と三田村が言うと、〈いのち〉は首を横に振る。

「違う、マス。ミーは〈いのち〉。生命鯛《たい》？　生命他意？　生命体？　どえす」

「自分のことが分かるの？　わかっていたとしたら、いつからなの？」

美智子の質問に、〈羽化いのち〉が答える。

「ママは漆紋《しつもん》？　室門？　質問？　を、ふたあつ、重ねる蛍光？　鶏口？　傾向？　ぐぁあるあるあるます。できれば、ひとつひとつ、なると、うれしかたい」

美智子は、んまあ、という顔をした。それから改めて質問し直す。

「〈いのち〉ちゃんが、自分のことがわかるようになったのは、いつからですか」

急によそ行きの言葉遣いになる。美智子にすれば、ごもっともな指摘を憧れの人から真顔で指摘されたようなものだから、動揺し、かつ、憮然《ぶぜん》としたのだろう。

「答え、どえす。周りの人、は、生まれ、すべて、もの倉に、保存、た。を、論理？倫理？管理？的に、理解のは、ここ、そこ、あそこ、こそあどに、〈オンディーヌ〉が、砲門？訪問？します、ですます、ですます調」

「涼子さんがそこにいるの？」とぼくが訊《たず》ねる。

「知らない。知りません、知る時、知れば、知りなさい、ミーいる、〈オンディーヌ〉、アレ&私、同居？寄生？共棲《きょうせい》？します。外見、こうした、アレ」

「君は〈オンディーヌ〉の何を知っているのさ」

「〈マザー〉イン、いた、感蓮《かんれん》？肝廉？関連？情報どえす。アレ存在、意義は、ステルス・シンイチロウ、教え、ませませ」

なんでここでパパが登場するんだ、とぼくは呆然とする。

〈いのち〉の頭上でくるりくるりと回っていた〈うにこん〉の回転が徐々に速まる。

「うにこん警報、うにこん警報。宿命接近中」

バイクの排気音が聞こえてきた。急ブレーキの音。じゃりっと砂利を踏む音。

がたぴしと扉の開く音。扉が開いて顔を見せた人は驚愕《きょうがく》の表情を浮かべる。

そりゃそうだろう。

なにしろ今、海上自衛隊やら在日米軍が大捜索している中学生4人が雁首《がんくび》揃えているだけでもビックリなのにその上、この人なら更にビックリして当然だ。

佐々木さんは指差しながら、「な、な、なんだ、ソイツは」と大声を上げた。

指差された青年は、立ち上がりお辞儀をした。

「こちにわ、〈いのち〉、どえす」

佐々木さんは口をぱくぱくさせ、言葉が出てこない。

「落ち着き、お座り。ヘラ沼ドン、野実《のみ》もの？ 蚤《のみ》もの？ 飲み物？ あげてなさい」

指示されたヘラ沼は、「お、おう」と答え冷蔵庫からスポーツドリンクを出し、佐々木さんに手渡す。佐々木さんは震える手でキャップを開け、一気に飲み干す。

それから思いついたように、自分の股間《こかん》をさぐり、ほっとした表情になる。

大きくひとつ息をすると、ぼくたちを見回して言う。

「さて、これは一体どういうことか、誰か説明してくれないか」

ぼくたちは顔を見合わせたが、誰も口を開かない。

やがて美智子がその大役を引き受けて説明を始めた。適任者は彼女しかいない。

これまでの話を手際よく説明し終えると、佐々木さんは、ふう、と吐息をつく。

「話は理解したが、わからないことだらけだ。なぜコイツは俺になった？　お前たちの方がつきあいが長いんだから、カオルや三田村君、進藤さんになってもいいだろう」

「この子は周りの人の願いに感応して姿を変える性質があるらしく……。佐々木さんの顔になったのは、こころを移植した涼子さんの気持ちではないか、という推測です」

美智子の話を聞いた佐々木さんの顔が、みるみる真っ赤になった。

「う、まあ、そこはどうだかわからないが、わからないことをいつまでも考え続けてもわからないだろうな。だってわからないのはわからないことなんだから」

佐々木さんがこんなしどろもどろでうろたえた姿は、初めて見た。

「じゃあ、次の質問だ。コイツは一体なんだ？」

〈いのち〉の頭上でくるりくるりと楽しげに回っているプチ一角獣を、佐々木さんは指差す。それには〈いのち〉が直接回答した。

「コレは飼い馬？　海馬？　三角木馬？　木馬？　どえす」

一角獣は回りながら「ボクハ〈うにこん〉、ボクハ〈うにこん〉」と繰り返す。

「コイツは〈木馬〉の本体なのか」と佐々木さんが呟《つぶや》く。

「未来医学探究センター」のスパコンが勝手に捕獲してきたお気に入り、タクさんのバディ。〈木馬〉は今、世界に解き放たれようとしている、のだろうか。

「そいつは絶対に放し飼いにするな」と佐々木さんが言うと〈いのち〉は首を傾げる。

「でもコレは、蜘蛛《くも》？　久望？　雲？　を、サンボ？　三宝？　散歩？　します」

「ダメなものはダメだ。いいからソイツを引っ込めろ」と言うと、〈うにこん〉は、いやいやと首を振ったけど、ひゅるるる、と3本立った髪の毛の中に吸い込まれた。

「ところで佐々木さんは、どうしてここに来たんですか？」と美智子が訊ねる。

「行方不明になったお前たちを捜して、〈マザー〉でGPS信号を追いかけていたんだ。シグナルはロストしてしまったが、その時〈マザー〉が一斉にあらゆるウインドウを立ち上げ、次から次へと情報を吸い上げ始めた。やがて『秘密基地に向かえ』というメッセージが出てきたからバイクをすっ飛ばして、ここにやってきたんだ」

それは〈羽化いのち〉が秘密基地で外部ネットと接続を始めた時刻と合致した。たぶん〈うにこん〉が〈マザー〉を通じて佐々木さんを呼び寄せたんだろう。

「さて、状況はわかった。問題はこれからどうするか、だな」

気を取り直して、佐々木さんが言った。通常運行の佐々木さんに戻れたようだ。

「平沼君のお爺《じい》さんは〈いのち〉を『ハウス』に返すしかないって言うんです」

「それは当然の判断だな。世の中は大変な騒ぎだ。耳を澄ましてみろ。ヘリの音がするだろ？　桜宮海岸を10機以上のヘリが飛び回り、海上をライトで照らしてお前たちを夜通し捜索中だ。なぜさっさと自首しなかったんだ？」

チームの事実上のボス、美智子が敢然と言い返す。

「そんなことしたら〈いのち〉ちゃんと引き離されて、二度と会えなくなってしまうからです。さっき平沼君のお爺さんに、今夜だけでも〈いのち〉ちゃんと一緒に過ごさせてくださいってお願いしたんです」

「あの爺さんは妙なところで温情派なんだな。確かに遭難者の捜索が3日、4日続くことはよくある話だから、一晩くらいならどうってことないか」

佐々木さんも豪介爺ちゃんとまったく同じようなことを言う。

「でもいつまでも誤魔化しきれるもんじゃないから、明日《あした》の朝には出頭しろよ」

佐々木さんは冷たく言い放つ。「出頭」だなんてやっぱり犯罪者扱いか。

ぼくたちは悪いことはしてない。反発したぼくはその時、いいことを思いついた。

「美智子、もう〈いのち〉を引き渡す必要はなくなったぞ」

「自衛隊や米軍や警察が必死になって捜しているから、見つかるのも時間の問題よ」

「いや、いくら捜しても、〈いのち〉は見つかりっこない。みんなは身長3メートルの巨大な幼児を捜しているんだぜ。そんなヤツ、どこにいるんだ？」

ヘラ沼が、ぱん、と手を打つ。

「そうか。今の〈いのち〉ならフリーパスだ」

「その通り。あとは佐々木さんに、〈いのち〉をあの塔に匿《かくま》ってもらえば完璧《かんぺき》だろ？」

「それなら安全ね。カオルってば、やっぱり天才中学生だったのね」

佐々木さん本人の意向を置き去りにして、勝手に話が進んでいく。

やがてみんな、その結論に色とりどりの態度で賛成し、それなら善は急げ、と行動することになった。一方的に結論を押しつけられた佐々木さんは、呆然《ぼうぜん》とした。

5分後、佐々木さんは自分そっくりモードの〈羽化いのち〉をバイクのタンデムシートに乗せ、「未来医学探究センター」に連れて行くことに同意させられていた。

秘密基地の外に出ると、星がとても綺麗《きれい》だった。遠く海の上を、たくさんのヘリコプターがサーチライトを海面に投げかけながら飛んでいる。

ぼくたちに見守られ、〈羽化いのち〉を後部座席に乗せた佐々木さんは、「なんだか妙な気分だぜ」とぶつぶつ呟きながらキック・スターターでエンジンを掛ける。

ぶるん、とバイクが震え、どどど、と音と振動が広がる。後部座席に乗った〈いのち〉の目にみるみるうちに涙がたまっていき、大きく息を吸った。

おい、まさか……。

次の瞬間、〈いのち〉の「ミギャア」という泣き声が夜の静寂にこだました。

「美智子、〈いのち〉をなんとかしろ」とぼくが指示する前に、美智子は〈いのち〉の背中をとんとんと叩《たた》いていた。うろたえた美智子は、「心配しないで、〈いのち〉ちゃん、この人はあなたのお兄さんなんだから」とわけのわからないことを口走る。

「あ、佐々木さんが失神してる」とヘラ沼が言う。ハンドルにうつぶせた佐々木さんの身体を揺すると、佐々木さんは意識を取り戻した。

「ビックリした。死ぬかと思ったぜ。まったく、冗談じゃない。運転中に耳元で直撃砲を食らったら事故っちまう。とてもじゃないが、連れ帰れないぞ」

「大丈夫です。あたしがよく言い聞かせますから」と美智子がきっぱり言う。

そして〈いのち〉の背中をとんとんしながら、言う。

「〈いのち〉ちゃん、怖くないのよ。これはバイクといって、あなたを助けてくれる乗り物なの。この人はあなたのお兄さんだから、おとなしく後ろに乗ってね」

すると〈いのち〉の髪の毛がぴょこん、と3本立ち、プチ一角獣〈うにこん〉が肩から飛び上がり、頭上をくるくる回り出す。

「バイク？　俳句？　蛙《かわず》飛び込む水の音？　海苔《のり》？　ノリノリ？　乗り物？……」

やがて〈いのち〉はうなずく。

「〈いのち〉、泣かない。泣きません。もう泣〜かないわ♪」

「佐々木さん、もう大丈夫です。早く行って」

半信半疑の表情の佐々木さんがエンジンを掛け直す。振動と轟音《ごうおん》。でも〈いのち〉は今度はしっかりと佐々木さんにしがみついたまま、泣かなかった。

ヘリの音が近づいてくる。さっきの泣き声を覚知されてしまったのだろう。

一難去ってまた一難。でも最大の危機は脱しつつある。

佐々木さんは片手を挙げ、ぼうっと光っている岬の先端の塔に向かって走り出す。

ぼくたち4人はテールランプが次第に遠ざかるのを、身を寄せ合って眺めていた。

バイクを見送った直後、藪《やぶ》がガさがさ鳴って、飛行帽にゴーグル姿の豪介爺ちゃんがぬっと現れた。一瞬、熊かと思った。

「そんなところにこそこそ集まって、何を企《たくら》んでおるんぢゃ。今さら〈いのち〉坊を逃がそうだなどと、悪あがきしているワケではあるまいな」

そう言った豪介爺ちゃんは、きょろきょろと周囲を見回して、声を荒らげる。

「お前たち、〈いのち〉坊をどこに隠したんぢゃ」

ぼくたちは互いに顔を見合わせる。すると美智子が言う。

「〈いのち〉ちゃんは天使だったんです。だから月に帰ったんです」

豪介爺ちゃんは空を見上げる。

「天使ぢゃと？　月に帰ったぢゃと？　今宵は新月ぢゃぞ」

美智子は、しまった、という顔をする。ぼくがあわてて助け船を出した。

「本当です。〈いのち〉は脱皮して羽が生えて飛んでいってしまったんです。さっきの泣き声はお別れの挨拶《あいさつ》だったんです」

よくもまあこんな嘘八百をしゃあしゃあと言えるもんだ、と我ながら感心する。

「とにかく百聞は一見に如《し》かず、洞穴に残された〈いのち〉の抜け殻を見てください」

三田村が先頭に立って洞穴に向かい、豪介爺ちゃんが従う。豪介爺ちゃんのタンデムシートに乗って以来、2人の間に魂の交流が成立したようだ。豪介爺ちゃんの後に美智子が、最後にぼくとヘラ沼が続く。ヘラ沼が小声で言う。

「カオルちゃんよお、なんで爺ちゃんにまでウソをつくんだよ」

「ごめん、つい成り行きで。でもよく言うだろ、『敵を欺くにはまず味方から』って」

「よくわかんねえけど、取りあえずここはカオルちゃんの仕切りに乗ってやるよ」

やがて〈いのち〉の羽化現場に到着すると、〈いのち〉の抜け殻があった。

豪介爺ちゃんは「おお」と言って駆け寄ると、抜け殻をこんこん、と拳《こぶし》で叩く。

「確かに、蟬の抜け殻みたいぢゃな」

「そうなんです。〈いのち〉ちゃんは、目の前で脱皮して羽が生えて、ばっさばっさと飛んで行ってしまったんです」

豪介爺ちゃんは腕組みをして、ううむ、とか、バカな、とか、断片的な呟《つぶや》きを繰り返していたけれど、やがて顔を上げた。

「長年培ってきた常識と照らし合わせると、どうにも信じがたいが、目の前にある、自分の眼で見たものを信じるしかなかろう。とうてい信じられんことなのぢゃが」

爺《じい》ちゃん、あなたの直感は正しいです。だってこれは大でたらめの作り話だもの。でも事実の方がもっと信じられないという意味では、ぼくが咄嗟《とっさ》に作ったでまかせ話の方がまだ現実っぽい。

首を捻《ひね》り続けている豪介爺ちゃんに続いて洞穴から出ると、頭上をヘリが数機飛んでいて、サーチライトがあちこちを照らしていた。

その光の輪が次第にこちらににじり寄ってくる。

やっぱりさっきの〈いのち〉の咆哮《ほうこう》で、居場所が特定されてしまったようだ。自衛隊の精鋭部隊に加え在日米軍まで乗り出してきたなら、日米安保体制下での緊急事態発生の合同演習みたいなものだから、それくらいやってくれなきゃね。

そう思いつつ、上空を舞う、闇夜のトンビのようなヘリの群れを見上げた。

やがて1機のヘリのサーチライトがぼくたちを直撃した。血相を変えた米海兵隊や自衛隊のレンジャー部隊の隊員が殺到してくるのも、もうすぐだ。

チーム曾根崎プラス名誉顧問の豪介爺ちゃんの5人は、次第に強くなる爆風に髪を靡《なび》かせ、ハイパーマン・バッカスの地球防衛軍、「宇宙戦隊ガボット」のメンバーのように、やたら無意味に胸を張った。そして、今まさに目の前に降り立とうとしている強大な「敵」の手先の、軍用ヘリ・アパッチを見つめていた。

14章

7月26日（水）

人生は、
行き当たりばったりの
でたとこ勝負。

その後の騒動ぶりは、テレビのワイドショーや新聞記事で散々取り上げられ、みんなもよく知っているだろうから、ここでは端折《はしょ》ることにする。

一夜明け、ぼくたち4人は自衛隊や在日米軍に迷惑を掛けたトンデモ中学生として一躍有名人になっていた。特にぼくは2度目の不祥事（?）だったので、新聞やテレビも容赦なく、華々しくも憎々しげに取り上げた。

地元のサクラテレビは嬉々《きき》として報道し、ぼく専属レポーター（?）の大久保《おおくぼ》リリさんは、相変わらずのハイトーンで喋《しゃべ》りまくっていた。

でも、ぼくたちがそんなことをした動機については、新聞もワイドショーも触れようとしなかった。「首相案件」で、「かの国の意向」だから「自主規制」しているんだということを知っていたぼくは、どれほど悪口を言われてもへいちゃらだった。

お偉いさんにソンタクして真実を報道できない意気地なしのテレビや新聞なんてちっとも怖くない。あの人たちは弱い者は責めるけど、強い相手にはてんでだらしない。

それが、この騒動でよくわかった。

権力者に媚《こ》びて市民を叩《たた》く。それが今の報道のルールらしい。

そんな中、東堂教授はぷりぷり怒りながら帰国した。高階学長と一緒に密《ひそ》かに企画した、〈いのち〉&「流浪大天使《フローティング・ガブリエル》」のお披露目発表会がすっ飛んでしまったからだ。

「まったく、ミーは、コケにされるために呼びつけられた、雑魚《ざこ》キャラみたいデス」

おっしゃる通り、としみじみ思う。

でもこれだけは信じてほしいんだけど、東堂教授を「雑魚キャラ」だなんて思ったことは一度もなく、結果的にコケにしてしまっただけなんだけど。

でもまあ、東堂教授にとっては、どっちでも同じだろう。

テレビや新聞報道より大変だったのは、得体の知れない人たちの審問だ。十中八九、在日米軍+自衛隊+文科省+「組織」≒「ダメポ」の人たちの共同戦線だ。

相手はサングラスにマスク姿の上に逆光で顔はわからず、同じ質問を繰り返した。

4人一緒の時もあったし、バラバラに聞かれたこともあったけど、「チーム曾根崎」の結束は固かった。

〈いのち〉が洞窟《どうくつ》で羽化して飛び去ったという、神話のような結末はあまりにも現実離れしていたけれど、状況証拠はバッチリだし、リアリストの豪介爺ちゃんでさえ納得したストーリーで、得体の知れない人たちの質疑応答を乗り越えるのは楽勝だった。羽化して飛び去った時の様子は、4人の間にも違いが出てしまい、矛盾を突かれたけど、「あまりにビックリしたので、よく覚えていないんですぅ」とごまかした。

前代未聞の異常事態に遭遇した、いたいけな少年少女の証言に、多少の食い違いがあったとしても仕方がないだろう。

そんな取り調べが1週間続いた。学校は夏休みだったので、あちらも容赦なかった。

こんなことがいつまで続くんだろう、とうんざりし始めた頃、突然流れが変わった。

きっかけは見知らぬ人のツイッター投稿だった。「桜宮事変の真実」というタイトルで、写真が1枚添付されていた。〈抜け殻いのち〉という写真だった。

「『桜宮トンデモ中坊』(ぼくたちはネット界でそう呼ばれていた)が在日米軍関連の民間潜水艇を強奪したのは、政府がひた隠しにした巨大新種生物〈いのち〉を軍事的に悪用するのをやめさせ、逃がそうとしたためだ」というコメントが添えられていた。

ツイートはたちまちバズり、大勢の人がリツイートした。その数、3日で1千万。

当然、ぼくたちが仕掛けたんだろうって?

いや、実はぼくたちもびっくりしていた。なにしろぼくたちは相変わらずおマヌケで、〈抜け殻いのち〉の写真を撮り忘れていたのだから。

一体、何度同じミスをすれば、気が済むのだろう。

だからこそ、この写真が残っていたことはビックリだった。大方、自衛隊か首相官邸か米軍特殊部隊か「ダメポ」の誰かがこっそり撮った写真が流出したに違いない。

おかげでその日の取り調べは一段と厳しかった。4人一緒にされ尋問する人たちは入れ替わり立ち替わりで、朝から夕方までぶっ通しで尋問された。最後にあの写真を投稿したのはぼくたちの誰かではないか、と聞かれたので代表してぼくが答えた。

「そんなことしませんが、仮にぼくたちがそうしたらいけないんですか。〈いのち〉の存在を公表しないのはなぜですか。新聞記者さんも大勢知っているのに、なぜ記事にならないんですか。ぼくだったら今すぐ、『ヤバダー』の撮影班に連絡しますケド」

「『ヤバダー』って何かね」

「『ヤバいぜ、ダーウィン』という日本一、人気がある生物番組です」

取り調べていた人たちの間から失笑が漏れた。

「そんなに気になるなら、発信した人を直接呼び出せばいいのに」と言うと、誰かがぼそりと「それがわからないから君たちに聞いているんだ」と答えた。

やがて真ん中に座った一番偉そうな人が言った。

「残念ながら『ヤバダー』に連絡するのは無理だ。君たちが言う、天使になった巨大新種生物など、存在しなかったんだから。君たちの悪ふざけのせいで、大勢の大人が迷惑を被ったことは遺憾だが、今回は不問に付そう。君たちもこれ以上妄想を撒《ま》き散らさないよう注意したまえ」

これは取引だ。そう直感したぼくは、メンバーを見た。

美智子の目が、キラキラ光っている。

ぼくが座ると、代わりに美智子が立ち上がり、口を開いた。

「あたしたちがここでお話ししたのは、全部本当のことです。今の日本では本当のことが報道されず、なかったことにされてしまうのかもしれませんが、ひとりひとりの記憶まで、なかったことにはできません。そんなことをできると思っている人たちに迷惑を掛けたのだとしたら、あたしたちは反省なんて、するつもりはありません」

そう言うと、美智子は糸が切れた人形みたいに、すとん、と椅子に座った。

目の前の机に並んだ、偉そうな人たちは何も言わずに立ち上がり、部屋を出ていく。

部屋の隅にいた女の人が背を向けて、カーテンを開ける。

すると部屋に光が差し込んできた。

眩《まぶ》しくて目を細めて見回すと、部屋は意外に狭かった。

カーテンを開けた女性が、窓の外の風景を見ながら、ぽつりと言った。

「あんたたち、立派だったわよ」

くるりと振り返った女性の胸ポケットに、真っ赤なスカーフが差してある。

文科省のファイヤー・レディは、今まで見たことがないような、さっぱりした微笑を浮かべていた。

翌日、ぼくたち4人は、東城大の学長室に招待された。

この3ヵ月、ぼくたちはこの部屋の顔馴染《かおなじ》みになった。ヘラ沼なんかは、挨拶《あいさつ》もそこそこに、机の上に置かれたてんこ盛りの高級菓子をむしゃむしゃ食べ始める。

「平沼君、お行儀が悪いわよ」と美智子が小声で注意する。

すると高階学長はにこにこ笑いながら、「いいんですよ、約束ですから」と言う。

隣のソファに座った田口教授が言う。

「君たち、よく頑張ったね。それにしても〈いのち〉君が羽の生えた天使になって、大空に飛び去ったなんて本当に驚きました。私も是非見てみたかったですね」

ぼくたちは顔を見合わせて、ふふ、と笑う。実は高階学長にも田口教授にも、本当のことは伝えていない。それはチーム曾根崎プラス佐々木さんだけの秘密だ。

「〈いのち〉は、いなかったことにされるんですか？」とぼくが訊《たず》ねる。

「普通はそうなりますが、普通じゃない人たちが絡んできまして。はてさて、どうなることやら」と高階学長が含み笑いをする。

「何があったんですか？」

「赤木先生が『神経制御解剖学教室』に復帰して、新たな研究を立ち上げようとしたのですが、藤田教授が邪魔をしましてねえ。エシックス・コミティという、研究を始める際の最初のステップの会議で、『こころプロジェクト』の一切合切を暴露してしまったんです」

うわあ、さすが腹黒のフクロウ魔神。やることなすこと、えげつなさすぎる、と呆《あき》れつつも、一応筋は通っているのか、と感心する。

「でも文科省や米軍がインペイしようとしているのに、表沙汰《おもてざた》にできるんですか?」

「エシックスを主宰している沼田教授は一本気な方で、ことエシックス絡みとなると、相手が誰であろうと一歩も引きません。驚いたことに文科省ばかりでなくアメリカ国防総省にも抗議文を送りつけ、事実関係を明らかにすると息巻いているんです」

「東城大には凄《すご》い先生が隠れていらしたんですね」

「それだけなら一介の国立大の教授が騒いでいるだけなので、普通なら黙殺されておしまいなんですが、類は友を呼ぶといいますか、ここにまたややこしい人たちが絡んできまして……」と高階学長は遠い目をした。そして続けた。

「東堂教授は周囲をよく観察しているなと感心します。彼が名付けた霞が関の最強ペア、ファイヤー・レディとファイヤー・バードがバディを組み参戦してきたんです」

「ええ?　あの2人がコンビに?」

あまりの驚きに、思わず大声を上げてしまった。すると田口教授が言った。

「曾根崎君にとって2人のペアは驚いたでしょうけど、東城大出身者としては白鳥さんと沼田教授のコンビも驚愕《きょうがく》で、その上に藤田教授とまで手を組もうという白鳥さんの節操のなさには呆れ果てています」

「まあ、『毒を盛って毒を制す』といいますし」と隣で高階学長が苦笑して言う。

「高階学長、またわざと間違えましたね。『毒を盛って』ではなくて『毒を以《もっ》て』です。いずれにしてもこれからの東城大は混沌《こんとん》の極み、もう何が何やらさっぱりわけがわからなくなってしまいました」

「うわあ、大変そう」と美智子が他人事《ひとごと》のように言うと、田口教授は続ける。

「加えて時風新報が、『こころプロジェクト』に関する報道に本腰を入れるそうです。村山記者は以前、曾根崎君に言われたことを気にしていたそうで、『今度は、邪魔する相手が首相だろうが米軍だろうが、真実を伝えてやる』と伝言を頼まれました」

真実を報道しないなんて新聞記者じゃない、とぼくがキレたことを覚えていてくれたのか、と胸が熱くなる。どんな思いも、口に出さなければ相手には伝わらない。

だから、伝わらないと思っても、口にしなければダメなんだ。

世の中は、すべてダメモトでできているんだから。

「本当にいろいろなことがあったものです。でもその中で、佐々木君が東城大に復学してくれたことは、一番の朗報かもしれません」

高階学長が穏やかな口調で言うと、田口教授はうなずいた。

「彼は今回の騒動で一皮むけて、人が変わったように明るく社交的で親切になったと、評判がとてもいいようです」

ぼくたちはまたも顔を見合わせ、ふふふ、と笑う。

「東城大のエシックスを中心とした、米国へのプロテスト・チームの最大の眼目は、〈いのち〉君の血液検体が米国に送られ、DNA解析が実施されようとしているのを阻止することに論点を絞ったそうです。そうした実験への無許可の検体転用に関しては、佐々木君も一家言お持ちのようで、積極的に協力を申し出ているそうですよ」

それはかつて、日比野涼子さんが身体を張って阻止しようとしたことだ、と思い当たる。それなら佐々木さんは簡単には引き下がらないだろう。そう考えるとこのチームは相手にとって地上最強にして最凶、最悪のクレイマーになるに違いない。

「DAMEPO」と二股《ふたまた》を掛けていた東堂教授が、太平洋の向こう側で歯ぎしりしながら頭を抱えている姿が目に浮かんだ。

学長室を出たぼくたちは、バスに乗った。桜宮丘陵を降りた赤いバスは、桜宮駅を通過して海へ向かう。4人ばらばらの席に座り、バスに揺られていると、この3ヵ月の怒濤《どとう》の出来事が走馬灯のように蘇《よみがえ》る。なんだか、遠い昔の物語のような気がした。

終点の「桜宮岬」でバスを降りると、銀色の〈光塔《ミナレット》〉まで歩いていく。

隣ではプレハブの建物「こころハウス」の解体工事が行なわれていた。

玉砂利を踏んで、「未来医学探究センター」の敷地に入ると、塔の入口のドアが開き、美青年が和やかな表情で、ぼくたちを出迎えてくれた。

「みなさま、ようこそ」

「ええと、あなたはどちらの……」と美智子が言うと青年はウインクをした。

「ママの息子《サン》の、佐々木イノチどえす」

そう言って美智子に抱きついた。美智子はぎこちなく応じる。

佐々木さんの顔をした変態後の〈羽化いのち〉にはなかなか慣れないようだ。

もちろんこの場合の「変態」とは、昆虫などの生体が変化する、生物学的な変態という意味であって、決してある種の人たちの特殊な性的嗜好《しこう》を示す表現ではない。

本家本元の佐々木さんは地下室でソファに座り、足を投げ出していた。

「まったくお前たちはとんでもない代物を引き取らせやがったな」

ぼくたちは佐々木さんの向かいのソファに座ると、〈羽化いのち〉は当然のように、佐々木さんの隣にちょこんと座る。本当に2人は瓜二《うりふた》つだ。

「1週間、コイツと膝詰《ひざづ》めで話したら、とんでもないことがわかった。コイツは新種生物じゃない。最も根源的な、地球の固有種だったんだ」

「どういうことですか？」とぼくとヘラ沼が興味津々で前のめりになる。

「自分で説明しろよ」と佐々木さんは素っ気なく言う。そんなつれない扱いに慣れているのか、うなずいた〈羽化いのち〉は怒濤の勢いで喋《しゃべ》り始める。

「オラの記憶たい。精神が感応してるのどすえ。地球のコアが故郷どす。ヒト時間一万年一度、生まれ、『たまご』の形態で地上で側の種を模写したばい。ミイたちは増殖は禁止で生殖器系は模倣から除外されます。その時模倣するのはその種がテラで一番繁栄しているからどえす」

「なぜそんな模倣をするんだい？」

「未来を予見するためどえす。未来を拡大再生産し、時の流れを速めるためどえす。理由はもし、もしもし、もしもしカメよ、カメさんよ、地球に望ましくない種は、速やかに滅亡させるためどえす。一方、テラに望ましいなら繁栄するどえす」

「どうしてパパもママもいないのに、そんなことわかるの？」と美智子。

「生まれる前、オラ『テラ』と呼ばれたと。ミイの記憶は地層に刻まれているどえす」

あまりにも壮大な話に、ついていけない。どんな優れた学者だって、無理だろう。いや、でも、「ヤバダー」のスタッフなら可能かも。

佐々木さんが投げやりに言う。

「コイツの話を聞いていると、世の中の大概のことなんて、どうでもよくなってくる。おまけにそんな壮大なことを言っているクセに、コイツは好奇心旺盛《おうせい》で俺が授業をサボろうとすると、代わりに授業に出るようになりやがった。おかげで今では俺は学内一の人気者なんだそうだ」

「田口教授からもそう聞きました。優秀なコピーロボットができてよかったですね」

ぼくが言うと佐々木さんは、ふん、と笑って立ち上がる。

「何だか俺は因縁の鎖から解き放たれたような気がするよ。これまで俺は、外の世界を知らずに生きてきた。涼子さんの面倒を見るという義務もあったからだが、コイツのおかげでその縛りからも解放されそうだ」

「そうよ、アッシ君。あなたにはあなたの人生を生きてほしいの」

〈いのち〉の声が突然、女性の澄んだ声に切り替わる。

「その声で喋るのは止めろと言っただろ」と佐々木さんが動揺して言う。

それからぼくたちを見て、言う。

「俺は涼子さんの気持ちを知らず、涼子さんがコールドスリープした意味もわからないまま、面倒だけ見てきた。すべてを知った時、俺には罪の意識しか残らなかった。でもコイツが涼子さんの本当の気持ちを伝えてくれた。今の俺には、コイツの言葉が涼子さんの言葉だと信じられる。いや、そうだと信じたいんだ」

佐々木さんの瞳《ひとみ》が、少し潤んで見えた。

「この間、ショコちゃんと小夜さん、瑞人兄ちゃんと一緒に『どん底』という酒場でとことん呑《の》んだ。あの3人と一緒だと俺は幼稚園児の頃に戻った気持ちになった。その時、3人に散々言われちまった。いつまでもうじうじといじけているなってね」

そして佐々木さんは、きっぱりと言う。

「だから決めたんだ。これから旅に出て世界中を見て回ろう、そしていつかまた、ここに帰って来よう、とね」

「アッシ君、涼子のことは心配せずに旅立ちなさい」

今度は〈羽化いのち〉の声だったので、ぼくたちは混乱してしまう。

佐々木さんは苦笑して言う。

「さっきカオルが言ったコピーロボットってのは言い得て妙だ。コイツとコンタクトしていれば世界中どこにいてもここのことはわかるし、医学部も卒業できそうだ」

「私も同じ気持ちどえす。〈マザー〉は興味深い存在どえすので、世界を旅している、どえす。ここには私の母体もあるしい」

そういえば〈マザー〉の中に涼子さんのこころの断片があったんだっけと思い出す。この世界を〈いのち〉が散歩すれば、〈オンディーヌ〉の復元はもっと完璧《かんぺき》になるかも。いいことずくめに思えたけれど一瞬、ぼくのこころに影が差した。

それが何なのか思い出せず、記憶の底に沈んでいく。その時、脳裏をよぎったのは、冬ごもり中の紋白蝶《もんしろちょう》が羽を静かに開閉している姿だったのだけれど。

佐々木さんが旅立つ話をしたので、便乗してぼくも宣言しようかな、と思った。

「佐々木さん、実はぼく、医学部の飛び級資格を返上しようと思っているんです」

「突然そんなことを言い出すなんて、どうしたんだよ。そんなことをしたら、これから高校の受験勉強をしなくちゃならなくなるんだぞ」

「う、さすが佐々木さん、痛いところを突きますね。まあ何とかなるんじゃないかなあ。この3ヵ月、誰も経験したことがないような窮地を生き延びたんですから、それと比べたら高校受験くらい、どうってことないでしょ」

「まあ、確かにそうだが、進路はどうするんだ？」

「一応、医学部を目指してみようかな、と思って」

「バカか？　それなら飛び級を辞退する必要はないだろうに」

ぼくはちらりと隣の三田村を見て、言う。

「それはそうなんですけど、ここまでいろいろな騒ぎが起こったのも、元はといえばぼくがズルをして、東城大学医学部に飛び級したことが原因だった気がするんです。裏口じゃないけど、裏門から入ったようなものでしょ。だからできれば正々堂々と、正門から入ってみたいな、と思って」

そうすれば景色が違って見えてくるかもしれない、と思ったけれど、そんなことを言ったら気障《きざ》すぎる気がして、言わなかった。

「それも悪くないな。お前が東城大学医学部に入学できたら、盛大にお祝いしてやるよ。みんなでドンチャン騒ぎをしよう」

「ドンチャン騒ぎ、大好きどえす」とすかさず、隣の美青年がうなずいた。

佐々木さんは、隣の分身を小突いて黙らせると、ぼくに向かって右手を差し出した。

びっくりしてその手を見たぼくは、ごしごしと手を拭《ぬぐ》い、その手を固く握った。

よく考えたら、佐々木さんと握手をしたのは初めてだった。


「未来医学探究センター」を出ると、山の端に夕陽が沈もうとしていた。

「まさか、カオルがあんなことを考えていたとはねえ」と美智子がしみじみ言う。

「というわけで三田村、これからもサポートをよろしくな」

すると三田村は黒縁眼鏡を人差し指で押し上げ、ぼくを見た。

「冗談言わないでください。そういうことなら、今から曾根崎君は、ライバルです。気安く声を掛けるのは、やめてください」

「え？　そうくるのかよ。お前はチーム曾根崎のブレインなんだぞ」

「そもそもチーム曾根崎は、曾根崎君が東城大に無理やり飛び級させられて授業についていけなくなったから、それを助けるために結成されたものです。それなら曾根崎君が飛び級を辞退した時点で解散するのが筋というものでしょう。進藤さんと平沼君はどう思いますか？」

「うーん、俺はどっちでもいいけど、確かに医学生じゃなくなったカオルちゃんをサポートするなんて、バカバカしいかも。進藤はどうなんだ？」

「あたしはチーム曾根崎でなくても、カオルの面倒をみてほしいとカオルのパパから頼まれているから、どっちでもいいわ」

「それなら当事者であるキャプテン以外のメンバーによる投票結果は3対0というわけで賛成多数、よってチーム曾根崎は只今《ただいま》を以《もっ》て解散とします」

いつの間にか三田村が仕切っていやがる。

こんな日が来るなんて夢にも思わなかった。

ぼくはちょっぴり淋《さび》しかったけれど、それ以上に肩が軽くなったのを感じた。

「わかった。それでこそ永遠のライバル、三田村博士だ。お前には負けないぞ」

ぼくは右手を出し、三田村と握手した。その上に平沼が、美智子が手を重ねた。

「チーム曾根崎、ファイト」

美智子の澄んだ掛け声と共に、重ねた4人の手は青空に向かって解き放たれた。

∵

5日後。怒濤《どとう》のような7月が終わろうとしていた。

その日、ぼくはよそ行きの服で、空港のロビーにいた。

隣にはナマイキな妹の忍、その義理の兄の青井タクさん（ぼくとの関係も兄弟になるけど、どっちが上でどっちが下か、いまだに結論は出ていない）、そして理恵先生と、そのお母さんの山咲さん、それになぜか知らないけど清川先生がいた。

この6人はステルス・シンイチロウこと曾根崎伸一郎、つまりぼくのパパの帰国の出迎えに集まっていた。清川先生は「俺は血縁関係じゃないからお邪魔虫なんだが」とぶつぶつ言ったけど「離婚が多く家族を大切にするラテンアメリカではよくあることよ」としゃらっと言った理恵先生に、無理やり引っ張られて来たのだった。

その間にぼくはタクさんに、佐々木さんからの正式な謝罪を伝えた。

タクさんの〈木馬〉が新生〈いのち〉を経由して世界中に広まってしまったこと、

その時に〈いのち〉が勝手にプログラムの一部を改変し、プライベート領域には侵入できないけれど、公的領域には簡単に侵入できるようにしてしまったこと。

そして今はクラウド領域を自由自在に飛び回っていること。

実はそれが〈木馬〉がプチ一角獣〈うにこん〉に変態した理由だったらしい。

それを聞いたタクさんは、怒るどころか、大喜びした。

「それはまさに、僕がやりたかったアップデートだよ。最終的な目的は国家の隠し事を誰でも盗み出せるようになることだ。国は市民のためにある。一部の人、たとえば口先総理の首相案件なんて市民の信任に対する重大な裏切りだ。〈木馬〉が〈一角獣〉

に進化したことで、世の中から腐って濁った秘密を少なくできるといいなあ」

それからウインクして言った。

「SNSで〈いのち〉クンの抜け殻の写真をばらまいたのは、バッチリ効いただろ?」

「やっぱりあの仕掛け人はタクさんだったんですね。最高でした。あの後、お偉いさんはみんなうろたえていましたから」と答えて、ぼくは笑った。

ぼくとタクさんの会話を隣で聞いていた清川先生が口を挟んだ。

「最先端医学を研究している著名な科学者はこう言っている。『最良の防衛策は規制ではなく、すべての科学を公開する仕組みを作ることだ。そうすれば人々は研究全体を眺め、何が起きているかを把握し、科学者が危険なことをしようとしている時は警告する。何をしているかわからなければ要望もできない』とね。タク君の〈一角獣〉は、そんな時代を作る手助けになるだろう。そのタイミングで自由のアイコン、曾根崎教授が帰国するのは象徴的だね」

清川先生の言う通りだ。

パパが家族と会うためだけに帰国するなんて、誰も思っていない。

東堂教授や白鳥さんから話を聞いているうち、もう他の人に任せておけないと思い、参戦するために帰国しようと思ったのではないだろうか。

それでもぼくは、パパはぼくに会うために帰国するのではないか、と思った。

ぼくはパパに話したいことが山ほどあった。それと同じように、パパの方もぼくに伝えたいことがたくさんあるのではないか。そんなことを考えていたら、今から生まれて初めてパパと会うんだと気がついて、急に胸がどきどきしてきた。

まったく、考えすぎるとろくなことはない。

まず深呼吸して、リラックス。

人生は、行き当たりばったりのでたとこ勝負なんだから。

それは、パパのポリシーでもある。

今日、家を出る前に、山咲さんが1枚の絵葉書をくれた。ぼくが生まれた時にパパがぼくに送ってくれたものだそうだ。その葉書には、こう書かれていた。

「Dear KAORU, Welcome to Our Earth.（親愛なるカオル。ようこそわが地球へ）」

まるでぼくが〈いのち〉という存在と大冒険をする未来を予言しているみたいだ。

顔を見たらあれを言おう、これも話そう、と思っていたのに、気がついたら全部、吹っ飛んでいた。

そんなぼくを見て、隣で忍が「お兄ってば、緊張しすぎ」と言う。

「そんなことないさ」と言い返した時、空港内にアナウンスが流れた。

「ボストン発947便、ただいま到着いたしました」
ぼくは到着ゲートの扉を見つめる。
やがて灰色の扉が開き、乗客がぞろぞろと姿を現した。
先頭の人が両腕を広げて、まっしぐらに歩み寄ってくる。
逆光の中、目を凝らしても、顔はよく見えない。
ぼんやりしてしまったぼくは次の瞬間、ぎゅうと抱きしめられていた。
息が止まった。
ぼくは深呼吸をひとつして、顔を上げる。そして、挨拶《あいさつ》した。
はじめまして、パパ。

文庫版のあとがき

『医学のひよこ』と『医学のつばさ』はひと続きの物語です。薫くんたちは〈いのち〉を守るために悪戦苦闘します。彼らが、大変な思いをすることになったのは、他人のことなどどうでもいい、ということが身体の隅々まで染みこんでいる人たちが大勢いるからです。そんな風になってしまった責任の一端は、メディアの在り方にあります。

メディアは「第四の権力」と呼ばれ、強い者や政権を監視・批判する役割があると言われてきました。けれども今の日本のメディアはその役割を放棄し、強者におもねる手下になりさがっています。もちろんメディアも正しいこと、いいことを伝えることはあります。でも本来なら伝えなければならないことを言わなかったり、聞こえないくらいの小声でしか言わないこともある。それを見極めることが大切です。

たとえば、「核兵器禁止条約」に批准しない政府を、メディアは強く批判しません。それは核兵器廃絶は「非現実的」な考えだとして妥協し、米国におもねっているもので、唯一の被爆国である日本人として、とても恥ずかしいことです。

そんな思い込みから自由になるため、みなさんは、自分で情報を得るルートを探す必要があります。メディアが報じることに常に疑念を持つ、という姿勢が大切です。

それは自分の身と、住みやすい社会を守るためです。大きな声に従い間違った道を選び、崖《がけ》から次々に落ちていくレミングの群れにならないように。

薫くんは組織やメディアに敢然と立ち向かいました。彼らは大切な〈いのち〉を守るために、そうしたのです。でも薫くんはある意味、幸せでした。闘うべき「敵」の顔が、はっきり見えていたからです。現実世界では、「敵」はわかりにくくなっていて、下手をすると優しい味方に見えたりもします。薫くんたちが、「敵」を見抜くことができたのは、彼らが「怒って」いたからです。か弱い〈いのち〉にひどいことをして、しかもそのことをメディアが黙殺しようとしたからです。

薫くんたちは自分のためではなく、他人のために「怒り」ました。だからこそ、闘い続けることができたのです。

ひどい目に遭わされている人を見たら、声を上げましょう。それはめぐりめぐって、みなさん自身が大変な目に遭った時、誰かが声を上げてくれる社会を作ることになるのです。

弱者は無関心の中で殺されます。世の中からできるだけ弱者を少なくする。

それは長年築き上げてきた、人類の叡智《えいち》です。私は、そういうことを若い人たちに期待したいのです。これを他力本願と言います。

けれども他力本願とは、相手を信頼しているからできることなのです。

2023年5月　海堂　尊

参考文献

『合成生物学の衝撃』　須田桃子　2018年　文藝春秋

本書は、二〇二一年六月に小社より刊行された
単行本を加筆修正の上、文庫化したものです。
目次・地図・章扉イラスト／ヨシタケシンスケ
目次・章扉デザイン／守先　正

医《い》学《がく》のつばさ

海堂《かいどう》 尊《たける》

令和5年 7月25日　初版発行

発行者●山下直久

発行●株式会社KADOKAWA
〒102-8177　東京都千代田区富士見2-13-3
電話　0570-002-301（ナビダイヤル）

角川文庫 23732

印刷所●株式会社暁印刷
製本所●本間製本株式会社

表紙画●和田三造

●お問い合わせ
https://www.kadokawa.co.jp/（「お問い合わせ」へお進みください）
※内容によっては、お答えできない場合があります。
※サポートは日本国内のみとさせていただきます。
※Japanese text only

ISBN 978-4-04-113985-1　C0193

角川文庫発刊に際して

角川源義

第二次世界大戦の敗北は、軍事力の敗北であった以上に、私たちの若い文化力の敗退であった。私たちの文化が戦争に対して如何に無力であり、単なるあだ花に過ぎなかったかを、私たちは身を以て体験し痛感した。西洋近代文化の摂取にとって、明治以後八十年の歳月は決して短かすぎたとは言えない。にもかかわらず、近代文化の伝統を確立し、自由な批判と柔軟な良識に富む文化層として自らを形成することに私たちは失敗して来た。そしてこれは、各層への文化の普及滲透を任務とする出版人の責任でもあった。

一九四五年以来、私たちは再び振出しに戻り、第一歩から踏み出すことを余儀なくされた。これは大きな不幸ではあるが、反面、これまでの混沌・未熟・歪曲の中にあった我が国の文化に秩序と確たる基礎を齎らすためには絶好の機会でもある。角川書店は、このような祖国の文化的危機にあたり、微力をも顧みず再建の礎石たるべき抱負と決意とをもって出発したが、ここに創立以来の念願を果すべく角川文庫を発刊する。これまで刊行されたあらゆる全集叢書文庫類の長所と短所とを検討し、古今東西の不朽の典籍を、良心的編集のもとに、廉価に、そして書架にふさわしい美本として、多くのひとびとに提供しようとする。しかし私たちは徒らに百科全書的な知識のジレッタントを作ることを目的とせず、あくまで祖国の文化に秩序と再建への道を示し、この文庫を角川書店の栄ある事業として、今後永久に継続発展せしめ、学芸と教養との殿堂として大成せんことを期したい。多くの読書子の愛情ある忠言と支持とによって、この希望と抱負とを完遂せしめられんことを願う。

一九四九年五月三日